GRADO IM MONDSCHEIN

Andrea Nagele, die mit Krimi-Literatur aufgewachsen ist, leitete über ein Jahrzehnt ein psychotherapeutisches Ambulatorium. Heute arbeitet sie als Autorin und betreibt in Klagenfurt eine psychotherapeutische Praxis. Mit ihrem Mann lebt sie in Klagenfurt am Wörthersee und in Grado.

ANDREA NAGELE

GRADO IM MONDSCHEIN

Ein Adria Krimi

emons:

Lust auf mehr? Laden Sie sich die »LChoice«-App runter, scannen Sie den QR-Code und bestellen Sie weitere Bücher direkt in Ihrer Buchhandlung.

Bibliografische Information der Deutschen Nationalbibliothek
Die Deutsche Nationalbibliothek verzeichnet diese Publikation in der Deutschen Nationalbibliografie; detaillierte bibliografische Daten sind im Internet über http://dnb.d-nb.de abrufbar.

MIX
Papier aus verantwortungsvollen Quellen
FSC® C083411

Umschlagmotiv: Montage aus iStockphoto.com/Alfaproxima, iStockphoto.com/AM-C
Umschlaggestaltung: Nina Schäfer, nach einem Konzept von Leonardo Magrelli und Nina Schäfer
Umsetzung: Tobias Doetsch
Gestaltung Innenteil: César Satz & Grafik GmbH, Köln
Lektorat: Marit Obsen
Druck und Bindung: CPI – Clausen & Bosse, Leck
Printed in Germany 2020
ISBN 978-3-7408-0803-7
Ein Adria Krimi
Originalausgabe

Für meinen Vater.
Ich hätte ihm noch so viel Zeit gewünscht.

Prolog

Sie prüfte die Temperatur des Wassers.

Warm.

So warm wie das Meer in jenem Sommer.

Als kleines Mädchen war sie mit ihren Eltern nach Cefalù ans Meer gefahren. Am liebsten hatte Giulietta nahe am Wasser gelegen, ihr langes Haar zu beiden Seiten des Kopfes ausgebreitet wie einen Vorhang und ihren Körper sanft vom Tyrrhenischen Meer umspülen lassen. Die Wellen schmiegten sich dann behutsam an ihre Haut und hüllten sie in eine Wärme, die sie zuvor nicht gekannt hatte. Der gelbe Sand hatte den Weg in jede Beuge, jede Falte ihres Körpers gefunden, das Kitzeln der feinen Körnchen war kaum zu ertragen gewesen und doch so angenehm. Und obwohl das Salz nach dem Schwimmen auf ihren Lippen gebrannt hatte, schmeckte es ebenso intensiv und köstlich nach Sommer.

Giulietta war damals fünf Jahre alt gewesen. Intuitiv aber hatte sie bereits gewusst, dass dieser Urlaub ein besonderer war, einer, an den sie sich ihr Leben lang erinnern würde. Alles hatte gestimmt. Sie fühlte sich aufgefangen und beschützt durch die Wärme des Wassers, glücklich und frei.

Frei.

Vielleicht hatte sie sich deshalb das Bad eingelassen und die Kerzen auf dem Rand der emaillierten Wanne drapiert. Das Aromaöl verströmte einen Duft, der sie an Cefalù erinnerte. Es roch nach Blau, nach Grün und nach Salz, und das Wasser lockte.

Vom Dunst war der Spiegel über dem Waschbecken beschlagen, und Giulietta wischte eine Stelle blank, um ihr Gesicht anzusehen. Es lächelte ihr zu. Es leuchtete, es strahlte. Und sie lächelte zurück.

Vorhin hatte sie sich verbraucht gefühlt, älter, als sie tatsächlich war. Aber jetzt ging es ihr gut.

Ihr helles Haar fiel lang über ihre Schultern, es reichte bis zu ihrer Brust. Mit einem geübten Griff drehte sie die Strähnen umeinander und klammerte sie lose am Hinterkopf fest. Dann stieg sie aus Shirt, Jeans und Unterwäsche und ließ die Kleidung achtlos zu Boden fallen.

Keiner durfte ihr mehr Vorschriften machen, niemandem würde sie mehr Rechenschaft für ihr Tun ablegen.

Es war richtig gewesen. Richtig und notwendig, den entscheidenden Schritt zu setzen. Es gab kein Zurück.

Sie musste frei sein. Und bleiben.

Kurz verließ sie das Bad, um eine Zeitschrift zu holen. Da begegnete ihr sein Blick.

Erschrocken hielt sie inne und spürte, wie ihr Mund trocken wurde. Schnell griff sie nach dem goldenen Herz auf der Kommode, das ihre beiden lächelnden Gesichter umrahmte, und schleuderte es gegen die Wand. Zufrieden sah sie das Sonnenlicht in den Glasscherben auf dem Fußboden funkeln.

Eine Flasche Rotwein stand auf dem Tisch. Es war noch früh am Nachmittag, aber heute spielte das keine Rolle.

Heute war ein besonderer Tag. Endlich war sie erwachsen.

Ihr Blick streifte die Tabletten in den Blistern. Die brauchte sie nun nicht mehr. Ihre Entscheidung gegen ihn und für sich selbst hatte den verrutschten Botenstoffen in ihrem Hirn den notwendigen Stoß versetzt, damit sie sich wieder richtig zusammenfügten. Angst und Depressionen waren wie verflogen.

Als es klopfte, schlüpfte sie widerwillig in ihren Morgenmantel und lugte misstrauisch durch den Spion. Niemand zu sehen. Erleichtert atmete sie aus. Sicher hatte der Postbote das erwartete Päckchen auf der Fußmatte abgelegt.

Sie öffnete die Tür nur einen Spalt, trotzdem war er breit genug, dass er seinen Fuß hineinzwängen konnte.

»Nein«, wehrte sie sich, doch da hatte er die Tür schon gegen sie gedrückt.

Sie stolperte rückwärts, und er war im Raum.

»Bitte«, sagte er sanft, und nicht zum ersten Mal stand seine Stimme im Kontrast zu der Gewalt, die er gegen sie eingesetzt hatte. »Giulietta, bitte lass uns kurz reden.« Sein Blick glitt an ihr vorbei, blieb an den Scherben hängen.

»Es gibt nichts mehr zu sagen. Es ist vorbei.« Stolz schwang in ihrer Stimme, doch ihr Herz stolperte bei den Worten. Immer noch konnte sie die Anziehungskraft spüren, die von ihm ausging und die sie über so viele Monate an ihn gefesselt hatte.

»Ich akzeptiere kein Nein.«

»Du musst.«

»Ist es unwiderruflich? Habe ich keine Chance?«

Wieder machte ihr Herz einen Sprung, denn verdammt noch mal, ein Teil von ihr strebte ihm entgegen. Unwiderstehlich. Ja, so konnte er sein. Aber es gab auch die andere Seite, die düstere.

»Wir haben es mehrmals versucht, doch immer endete es gleich. Du willst mich besitzen. Ich aber gehöre niemandem außer mir selbst.«

»Giulietta«, er verlegte sich aufs Bitten, »verlass mich nicht.«

»Stopp«, unterbrach sie ihn harsch und wunderte sich, wie ihre Stimme das heftige Pochen ihres Herzens und ihren Zweifel übertönen konnte. Wie gern würde sie sich jetzt an ihn schmiegen, sich ihm überlassen und seine Liebe spüren.

Es könnte gut gehen. Ein, zwei Wochen. Doch danach wäre es nur noch schlimmer. Schlimmer als die anderen Male, schlimmer als jemals zuvor.

Ihr Nein stand fest.

»Dann lass uns in Frieden auseinandergehen.« Er sah sie ernst an. »Ich liebe dich und werde dich immer lieben. Du bist mein Ein und Alles.«

Giulietta zögerte. Einen Augenblick zu lang.

Schon hatte er Gläser aus der Vitrine geholt, zur Flasche gegriffen und eingeschenkt.

»Schönes Purpur.« Er lächelte.

»Der Wein ist aus dem Keller meines Vaters.«

Entgegen allen Vorbehalten konnte sie ihm nicht böse sein, dazu hatte sie ihn zu sehr geliebt.

Schweigend tranken sie.

Als sie die Flasche geleert hatten, öffnete er eine zweite. Was soll's?, dachte sie. Seine Gesichtszüge waren weicher geworden, hatten das Drängende verloren.

»Wir bleiben Freunde?«, versicherte sie sich.

Seine dunkelbraunen Augen wurden noch eine Spur dunkler. »Natürlich bleiben wir Freunde.«

Sein Tonfall hatte sich verändert. Jetzt lag darin eine Schärfe, die vorhin nicht da gewesen war, die Giulietta aber allzu gut kannte. Sie schaute ihn an, überlegte, was sie sagen sollte, doch er kam ihr zuvor.

»Diesmal nehme ich meine Tasche mit den restlichen Kleidungsstücken mit.« Er sagte es mit einem Lächeln, doch seine Oberlippe zuckte dabei.

»Ich bringe sie dir.« Giulietta stand unsicher auf. Der Pinot Nero war stark, und sie fühlte sich benebelt.

Rasch warf sie sein Buch vom Nachtkästchen auf den Stoß Kleidung in der Reisetasche, die sie bereits gepackt hatte, und holte Rasierzeug, Kamm und Aftershave aus dem Badezimmer.

Das Wasser in der Wanne war inzwischen kalt. Sie ließ es ablaufen. Dann drehte sie den Hahn weit auf und füllte heißes Wasser und Duftöl nach. Zufrieden strich sie mit der Hand durch den sich bildenden Schaum.

»Giulietta?« Er stand in der Tür und sah sie an. »Dir ist nach einem Bad?«

Sie lachte verlegen. »Später.«

»Wenn ich fort bin?«

Sie nickte und ignorierte den klagenden Unterton.

»Lass uns zuerst noch unsere Gläser austrinken, einen letzten Schluck auf die alten Zeiten.«

Dagegen sprach nichts.

Der Wein schmeckte seidig. Er hatte die Gabe, alles in Aquarellfarben zu tauchen. Und nach dem Entspannungsbad hatte sie ohnehin nichts anderes vor, als es sich vor dem Fernsehapparat gemütlich zu machen.

Erneut schenkte er nach, und mit einem Mal verschwamm sein Gesicht. Sie hob ihre Hand, aber ihre Finger gehorchten nicht.

»Giulietta.« Seine Stimme war mehr Feststellung denn Frage, sie kam von weit her.

Sie dachte an den Mann mit der schwarzen Maske. Der sie angegriffen und ihr eine Reihe fürchterlicher Drohungen ins Ohr geflüstert hatte. Den *er* ihr geschickt hatte, um sie gefügig zu machen.

Sie dachte, wie dumm sie war. Wie vertrauensvoll, wie arglos. Doch ehe sich die Worte zu einem klaren Gedanken zusammenfügten, drifteten sie bereits wieder davon. Sie versuchte, etwas zu sagen, und verschluckte sich an ihrer Stimme.

Sein Gesicht näherte sich ihrem. Wie bei einem Vexierbild schien sein Mund zu lächeln, um gleich darauf in Wut zu erstarren. Es war bezaubernd und erschreckend zugleich.

Stand er auf?

Kam er auf sie zu?

Schimmerten Tränen in seinen Augen?

Sie versuchte, ihm auszuweichen. Ihr Rücken presste sich gegen die Lehne.

Er beugte sich über sie, mehr Schatten als Kontur. Eine Geisterhand zwängte ihre Lippen auseinander, ließ Wein in sie hineinfließen. Sie würgte, spuckte, verkrampfte sich. Rinnsale flossen über ihr Kinn, in ihr Dekolleté. Wieder zwang er den Rand des Glases an ihren Mund.

Seine Fingerspitzen strichen über ihre Haut.

Der Hauch seines Atems streifte ihr Ohr.

Wann hatte er ihr den Bademantel ausgezogen?

Wann sie vom Stuhl gehoben?

Trug er sie auf seinen Armen?

Sie schwebte durch den Raum und sank herab in das warme Wasser des Tyrrhenischen Meeres.

Es roch nach Blau, nach Grün und nach Salz.

Die Klinge schnitt eine Linie in ihren Unterarm. Es fühlte sich an wie das Kitzeln einer Feder.

Ehe Giulietta das Bewusstsein verlor, bündelte sie ein letztes Mal ihre Kraft.

Sie hob ihm ihr Gesicht entgegen.

Salvatore stand unbeweglich vor der Wanne, die Rasierklinge in der Hand. Seine unergründlichen Augen starrten sie an. Sie sahen zu, wie ihr Leben verrann.

Erster Teil

1

»Degrassi!«

Maddalena sah irritiert von ihrem Notebook hoch. Unverkennbar Scaramuzzas Stimme. Der Comandante stand in der offenen Tür und blickte sie auffordernd an.

»Ja?« Sie konnte nur vermuten, worum es ging. »Wir graben uns immer noch durch Unmengen an Aufzeichnungen aus der vordigitalen Zeit. Man kann sich nicht vorstellen …«

»Es geht nicht um die Vermisstenfälle. Jetzt nicht«, unterbrach er sie brüsk.

Neugierig stand sie auf und ging um ihren Schreibtisch herum auf ihn zu. Während der letzten Wochen hatte ihr Chef einigen Druck gemacht. Er wollte endlich Resultate sehen. Die Geschichte um die Knochenfunde im Garten der Villa Esperanza, in der von der ehemaligen Besitzerin über viele Jahre hinweg illegale Abtreibungen vorgenommen worden waren, hatte ihm ordentlich zugesetzt. Zwar waren die strafrechtlichen Zusammenhänge schon vor Monaten ermittelt worden, die Identifizierung der Frauen, die damals die Hilfe der Engelmacherin in Anspruch genommen hatten, erwies sich jedoch eher als Marathon denn als Sprint. Was die Überreste der ungeborenen Kinder betraf, so war von Anfang an klar gewesen, dass man nur wenige der gefundenen Knochen würde zuordnen können. Ohne die freiwillige Mithilfe der Frauen, die diese Kinder nicht gewollt hatten, würden die meisten von ihnen für immer namenlos bleiben. Es hatten sich in dem Massengrab allerdings auch die Knochen von zwei erwachsenen Frauen befunden, die mutmaßlich bei den Eingriffen verblutet waren und von irgendjemandem vermisst gemeldet worden sein mussten. Weshalb sie nun in jeder verfügbaren Minute, die sie nicht mit anderen Angelegenheiten beschäftigt waren, Datenbanken und alte Akten nach ihnen durchforsteten.

»Kommen Sie.« Er zeigte auf den kleinen Tisch, an dem sie manchmal mit Besuchern oder einem aus ihrem Team etwas besprach. »Setzen wir uns.«

Maddalena nahm Platz, und er entschied sich für den Stuhl an der direkt daran angrenzenden Tischseite statt ihr gegenüber.

»Also«, fing er an und machte eine Pause. Das war eines seiner üblichen Machtspielchen. Leute hinhalten. Maddalena versuchte, sich ihre Ungeduld nicht anmerken zu lassen. »Da ich in absehbarer Zeit Ihr Stiefvater werde, müssen wir uns überlegen, wie wir einander zukünftig ansprechen.«

Nun war es also so weit, dies war der Moment, den sie seit Langem hatte kommen sehen. Sie wollte ihm sagen, dass sie ihn als Chef nicht leiden konnte und schon gar nicht als Mann ihrer Mutter. Sie wollte ihm sagen, dass er verschwinden sollte, irgendwohin möglichst weit weg von hier, in eine andere Stadt, in der er fremde Menschen schikanieren konnte.

Sie sagte nichts dergleichen.

»Ich fände es am besten, wenn wir bei der offiziellen Anrede blieben«, entgegnete sie ruhig. »Sie sind mein Vorgesetzter, und das ändert sich durch die Heirat nicht.«

»Das ist doch nicht Ihr Ernst?« Der Comandante beugte sich vor, und ein Schwall seines aufdringlichen Aftershaves wehte ihr entgegen.

Mama, was findest du bloß an ihm?, fragte sie stumm.

»Sie selbst, Commissaria, haben dieses Thema angesprochen, an jenem Abend vor dem Tornado, als wir uns auf der Dachterrasse des ›Astoria‹ trafen. Sie erinnern sich?«

Das tat sie. Und auch daran, dass er sie damals »Kindchen« genannt hatte.

»Ich wollte von Ihnen wissen, ob ich mich versetzen lassen soll.«

»Was ich völlig unangebracht fand, obgleich der Vorschlag mich nicht überrascht hat, denn Sie sind ja als Hitzkopf bekannt.«

Maddalena unterdrückte eine scharfe Bemerkung, doch Scaramuzza gab ihr ohnehin keine Gelegenheit zu antworten.

»Ich habe keine Probleme mit Mitarbeitern, die aus meinem

persönlichen Umfeld kommen. Den talentierten Arturo Fanetti muss ich diesbezüglich wohl nicht extra erwähnen. Niemand nimmt Anstoß daran, dass der Sohn meines ältesten Freundes mich Onkel Muzzi nennt. Sie müssen ja nicht Vater zu mir sagen, Achille genügt.«

Maddalena drehte sich der Magen. Jetzt die richtige Antwort, betete sie.

Sie zwang ein Lächeln auf ihr Gesicht. »Gegenseitiger Respekt ist die Grundvoraussetzung für eine wertschätzende Zusammenarbeit. Vorerst schlage ich daher vor, beim Sie zu bleiben, jedenfalls auf der Polizeidienststelle und bei öffentlichen Auftritten. Im Privaten …« Sie zögerte und suchte nach Worten.

Scaramuzza lächelte breit. »Ja, so machen wir es. Alles andere wird sich ergeben. Ich werde Ihnen in den nächsten Wochen zwischendurch immer mal wieder etwas Freiraum verschaffen, damit Sie meine Sibilla bei den Hochzeitsvorbereitungen unterstützen können. Der Termin ist nicht mehr allzu weit entfernt. Und ihr jungen Leute wisst noch nicht, wie schnell die Zeit verfliegt.«

Maddalena konnte ob dieser Ansprache erst mal nichts erwidern. Ihre Mutter war gut imstande, mit ihren Freundinnen und Verwandten alles für die Hochzeit Erforderliche auch ohne ihr Mitwirken zu arrangieren. Vermutlich wäre sie dabei sowieso nur ein Störfaktor.

»Sibilla möchte ihren Brautjungfernabend unbedingt im ›Delfino Blu‹ feiern, während ich zeitgleich ein anderes Lokal für meinen Junggesellenabschied gewählt habe«, sagte Scaramuzza, der, obgleich sie das Wesentliche geklärt hatten, keine Anstalten machte, ihr Büro wieder zu verlassen.

»Das Restaurant ist doch sehr nett, manchmal gehe ich mit den Kollegen am Ende des Tages auf eine Pizza dorthin.«

»Das haben Sie im Führungskräfteseminar gelernt, auf das ich Sie geschickt habe, nicht? So ein gemeinsames Essen fördert den Teamgeist.« Wieder lächelte er breit, und Maddalena kam nicht umhin, fasziniert auf sein Raubtiergebiss zu starren. »Ich wollte meiner zukünftigen Gattin allerdings eine der Dachterrassen der Stadt vorschlagen.«

»Schöne Idee, aber die Besitzerin vom ›Delfino Blu‹ war mit meiner Mutter zusammen auf Kur, daher kennen sich die beiden. Und das ist auch der Grund, warum Mama dorthin will. Die Hochzeit selbst ist ja in Strassoldo geplant?«, setzte sie nach und kannte seine Antwort bereits.

»Das Beste ist gerade gut genug für meine schönste aller Frauen.«

Maddalena wand sich innerlich, musste ihm aber recht geben. Er hatte sehr gut gewählt. Der von einer romantischen Landschaft umgebene mittelalterliche Ort mit seinen beiden Schlössern und der Kirche schien wie aus der Zeit gefallen.

»Toll«, pflichtete sie ihm bei.

»Degrassi«, er lehnte sich zurück und streckte seine langen Beine aus, »wo wir schon mal beisammensitzen, was machen Ihre Ermittlungen für Fortschritte? Ich hoffe, der Aufruf in den Medien bezüglich der Knochenaffäre zahlt sich endlich aus.«

So war es immer. Kaum entspannte sie sich in seiner Gegenwart, begann er wieder, Druck auszuüben.

»Es sieht ganz so aus. Seit wir mit der Suche nach Zeugen an die Öffentlichkeit getreten sind, haben sich drei Frauen gemeldet, die sich in den siebziger Jahren von Dolores Moretti helfen ließen. Alle drei ließen Proben für einen DNA-Abgleich mit den gefundenen Überresten hier, und ihre Aussagen bestätigen das, was uns die Nichte der Engelmacherin erzählt hat.«

»Gut.« Scaramuzza nickte. »Haben Sie schon alle Vermisstenfälle durchsehen können? Unser Rechtsmediziner, übrigens ein guter Bekannter von mir, lässt ausrichten, dass ihm die Überreste der beiden Frauen in den letzten Monaten ans Herz gewachsen seien, er sie aber dennoch gern an die Angehörigen übergeben würde, die zu ermitteln Sie offenbar nicht in der Lage sind. Es wäre mir lieb, wenn Sie diese Unterstellung, die auch auf mich zurückfällt, bald widerlegen könnten.«

Maddalena stöhnte innerlich. Der Forensiker war als frauendiskriminierender Macho bekannt und ihr durch seinen herablassenden Umgangston ihr gegenüber verhasst. »Wie gesagt, wir sind dran. Das Verfahren gegen die Besitzer der Villa wegen Mitwisserschaft und Widerstand gegen die Staatsgewalt läuft.«

»Nun«, der Comandante stand auf, »dann werde ich Sie jetzt weiterarbeiten lassen und meine Sibilla zum Mittagessen ausführen. Ach«, er drehte sich noch einmal zu ihr um und sah sie direkt an, »wegen des Hauses in Santa Croce sollten wir uns bei Gelegenheit noch mal zusammensetzen. Sibilla wird ja zu mir ziehen, und Sie haben die kleine Villa am Meer. Wir müssen überlegen, ob wir das Haus verkaufen.«

Was erdreistete sich der Kerl? Maddalena biss die Zähne zusammen. Sie würde mit ihrer Mutter ein ernstes Wörtchen reden müssen. Wenn irgendwer darüber zu entscheiden hatte, waren es Mama und sie.

Unempfindlich für die Stimmungen seiner Gesprächspartner, grüßte der Comandante kurz und verließ ihr Büro. Kaum war er fort, stand Zoli in der Tür, die ihre beiden Büros verband.

»Der Chef war hier?«, fragte er misstrauisch, als er Maddalenas rote Wangen bemerkte. »Um was ging es?«

»Um das Übliche. Setzen Sie sich, Zoli, ich wollte ohnehin mit Ihnen sprechen. Es gibt da einen alten Vermisstenfall aus der Schweiz, der könnte was für uns sein. Zeitlich würde es hinkommen. Und das junge Mädchen wollte in den Süden.«

Durch das geöffnete Fenster drang Meerluft herein. Das Rauschen der Wellen war heute nur ein mildes Plätschern, allein die Möwen schrien laut wie immer.

Während sie den Fall besprachen, fielen Maddalena wieder die Worte des Comandante über ihr Elternhaus in Santa Croce ein. Sie ärgerte sich über ihre Mutter, die sie bei so vielem im Unklaren ließ. Und sie dachte an Franjo. Schon im kommenden Herbst würde er ein Restaurant hier in Grado übernehmen, eines, das an jener wunderbaren Stelle lag, wo Meer und Lagune sich trafen. Darüber, wie er sich alles genau vorstellte, hatten sie bisher nur oberflächlich gesprochen. Fest stand einzig, er würde zu ihr ziehen. Nach anfänglichem Unbehagen freute sie sich auf das Zusammenwohnen mit ihm. Ausschlaggebend war der verheerende Sturm im August gewesen, der Menschen getötet und vieles zerstört hatte. Auch der Kontakt zu Franjo war über Stunden abgerissen. Als er wieder vor ihr gestanden und sie mit seinen dunklen Augen angesehen hatte, wusste sie, dass sich ein Leben mit ihm an ihrer Seite richtig anfühlte. Was er allerdings mit seinem Gasthaus im Karst vorhatte und ob Mateja, seine Mutter, dort oben allein bleiben würde, waren Themen, die sie seither großzügig aussparten, bargen sie doch einiges an Sprengstoff für ihre Beziehung, die immer wieder von Krisen geschüttelt wurde.

»Chefin«, Zoli klopfte mit seinem Kugelschreiber auf den Tisch, »gestern war ein Mann hier, der eine Aussage machen wollte.«

»Ja, und worum ging es dabei?«

»Ich dachte, Sie sollten es sich selbst anhören. Er müsste jeden Moment da sein.«

»Warum so geheimnisvoll? Sie scheinen ja bereits zu wissen, was er loswerden wollte.« Zolis Verzögerungstaktik war für Maddalena zwar nicht neu, aber darum nicht weniger enervierend.

Er deutete auf sein Heft, in das er ständig schrieb, und hielt es ihr hin, doch Maddalena schob seine Hand weg. Er sollte selbst berichten.

»Der Mann behauptet, vor fünfzig Jahren ein seltsames Erlebnis gehabt zu haben, das ihm erst wieder ins Bewusstsein kam, als er hörte, dass wir nach betroffenen Frauen und Zeugen hinsichtlich der Vorgänge in der Villa Esperanza suchen.«

Sofort stand Maddalena das Bild des verwahrlosten Dschungels vor Augen, der das heruntergekommene Haus umschloss. Sie dachte an die Gräber der Katzen und an das, was der verheerende Sturm, der allein hier in Grado in knapp fünfzehn Minuten über fünfhundert Bäume entwurzelte, anstelle von Tierleichnamen unter den Palmen mit den falschen Datteln zutage gefördert hatte. Sie konnte nicht verhindern, dass sie sich schütteln musste.

Bevor sie genauer nachfragen konnte, klopfte es, und Fanetti betrat, gefolgt von einem etwa Siebzigjährigen, den Raum.

»Commissaria, dies ist Conte Breciani, er hat um zwölf Uhr einen Termin bei Ihnen.« Fanetti lächelte und sah den Mann bewundernd an.

Maddalena warf Zoli einen gereizten Blick zu. Verstand er noch immer nicht, dass sie es hasste, wenn andere ihren Kalender ohne vorhergehende Absprache mit ihr bestückten und sie dann nicht rechtzeitig informierten?

»Sorry«, murmelte Zoli geknickt.

»Fanetti, Sie bleiben hier und schreiben das Protokoll. Nehmen Sie dafür mein Notebook.« Sie wies auf einen freien Platz. »Conte Breciani, bitte setzen Sie sich zu uns.«

Arturo Fanetti nickte erfreut. Blaublütige hatten es ihm offensichtlich angetan.

»Zoli, Sie telefonieren inzwischen mit der Schweizer Kollegin, von der wir die Information aus der Datenbank vermisster Personen haben.« Sie stand auf, um ihm den Zettel mit der Nummer zu geben, und begleitete ihren Mitarbeiter in den angrenzenden Raum. »Lassen Sie sich alles geben, was man über das Mädchen weiß.«

Zoli zog sein typisches Raubvogelgesicht und wies mit einem entschuldigenden Lächeln auf seine Thermoskanne. »Ein kleiner Tropfen zur Stärkung?«

»Da kann ich nicht widerstehen.« Maddalena nickte versöhnlich und nahm den Becher. Zolis Mutter war in der Dienststelle bekannt für ihren vortrefflichen Mokka. Sogar Fanetti, der aus einer berühmten Kaffeedynastie stammte, musste ihre Brühkünste anerkennen.

»Commissaria, ich wollte Ihnen noch etwas sagen. Es ist etwas Persönliches, und es ist wichtig.« Zoli zog die Oberlippe zwischen seine Zähne, wodurch seine Adlernase noch länger wurde. »Meine Maddalena kommt bald nach Grado. Sie wird bei uns wohnen, also … bei meiner Mutter und mir. Ich glaube, diesmal ist es für immer.«

Maddalena sah ihn überrascht an. Über die angebliche Verlobte Zolis kursierten die albernsten Gerüchte. Tatsache war, niemand glaubte so recht an ihre Existenz. Die meisten, dazu gehörte auch sie selbst, vermuteten, dass es sich dabei um weiter nichts als eine Schwärmerei für seine Chefin handelte.

»Das ist doch großartig«, sagte Maddalena sanft und dachte: Der Arme, womit wird er diesmal das Nichterscheinen seiner Liebsten rechtfertigen?

»Nein, sie kommt wirklich.« Er wedelte mit einem Computerausdruck vor ihrer Nase. »Das Flugticket.«

Seine Antennen, was ihre Überlegungen betraf, waren scharf gestellt. Doch seine angebliche Verlobte sollte auch schon mal im Zug gesessen haben, ohne dass sie je an ihrem Bestimmungsort angekommen war. Wegen des Sturmes habe sie kurzfristig umkehren müssen. Das gab Anlass für so manches Gelächter hinter vorgehaltener Hand.

»Daher, Commissaria, wollte ich Sie etwas fragen. Comandante Scaramuzza hat ja das gesamte Team zur Hochzeit eingeladen. Bisher hatte ich keine Begleitung angegeben. Darf ich meine Verlobte trotzdem mitbringen? Was meinen Sie?«

»Natürlich, Zoli, warum nicht?«, erweiterte Maddalena großzügig die Einladungsliste ihres zukünftigen Stiefvaters. Was machte schon ein Gast mehr oder weniger? Diese Hochzeit lag ihr schwer im Magen. Mit der Idee, halb Grado zu den Zeugen seiner Eheschließung zu machen, hatte das ohnehin schon großspurige Verhalten ihres Chefs noch zusätzlich Fahrt aufgenommen.

In ihrem Büro fand sie den Conte und Arturo Fanetti in ein angeregtes Gespräch vertieft. Maddalena musterte den Adeligen. Er sah aus wie einer der Weinbauern, die sie durch Franjo kannte. Rotgesichtig, korpulent und leger gekleidet. Ein silberner Haarkranz begrenzte seine spiegelblanke Glatze. Seine Augen blickten freundlich, wenn auch ein wenig Angst darin zu liegen schien. Und er verströmte einen leichten Alkoholgeruch, der Maddalena an fruchtige Weißweine denken ließ.

»Stellen Sie sich vor, Commissaria, ich kenne den Vater Ihres Kollegen vom Golfen, wir habe gerade darüber gesprochen«, hob er nervös an, doch Maddalena stoppte ihn mit einer Geste am Weiterreden.

Fanetti sah mit leicht abschätzig gekräuselten Lippen vom Notebook hoch.

Nachdem der alte Mann die erforderlichen Angaben zu seiner Person gemacht hatte, erkundigte sich Maddalena nach dem Grund für seinen Besuch.

»Es fällt mir schwer, darüber zu sprechen, aber mein schlechtes

Gewissen lässt mir keine Ruhe, seit mir die möglichen Zusammenhänge klar geworden sind. Was der Sturm im Garten der Villa Esperanza zum Vorschein brachte …«

Wenn das so zäh weiterging, konnte sie sich das Mittagessen mit ihrer Freundin Bibiana abschminken.

»Nun?« Sie sah ihn aufmunternd an. »Conte Breciani, was ist es denn, was Sie an den Knochenfunden so irritiert hat?«

»Nein, bitte nennen Sie mich nicht Conte, Signor Breciani reicht.« Er sah sie verlegen an. »Wissen Sie, es ist so: Wir wohnen auf einem Landgut in der Umgebung von Fiumicello und bauen Wein an.«

Maddalena grinste innerlich, ein Bild des Schriftzugs auf den Flaschenetiketten vor Augen: »Conte BR«.

»Früher hatten wir viele Angestellte, heutzutage ist es eher ein Familienbetrieb. Damals, und ich rede jetzt von einem Tag vor rund fünfzig Jahren, war ich ein Junge, und es war Sommer.«

»Wann genau?«

»Ich war dreizehn, als es geschah.«

Maddalena rechnete rasch nach und stellte fest, dass sie sich verschätzt hatte, der Graf konnte erst Anfang sechzig sein.

»Ich will nicht sagen, dass ich mich langweilte, mein Vater war streng und wusste uns zu beschäftigen. Freizeit blieb kaum. Wir Kinder wurden durchgehend mit allerlei Aufgaben betraut und mussten unterschiedliche Sportarten betreiben. Ich hatte einen wunderschönen Papagei, einen Beo, dem ich mit großem Ehrgeiz das Sprechen beibrachte. Manchmal half ich dem Gärtner in unserer Parkanlage, ich hatte ein Faible für Blumen, eigentlich für alles Schöne. Und es traf mich wie ein Blitz, als ich sie das erste Mal sah. Sie, das war eine Küchenhilfe, ein Mädchen aus Schweden. Der Korb auf ihrer Schulter quoll über von Gemüse und Kräutern. Bis heute verbinde ich diesen Geruch mit ihr.«

Einen Moment lang war Maddalena abwesend. Sie verband Franjo mit diesem Geruch und wurde von Sehnsucht nach ihm erfasst.

»Sie schaute mich an, und ich war von der ersten Sekunde an unsterblich in sie verliebt. Nie zuvor und nie wieder danach sah ich so meerblaue Augen. Sie trug ihr glattes blondes Haar in der Mitte gescheitelt und zu einem Zopf gebunden. ›Kommst du aus einem Märchen?‹, fragte ich sie, und sie antwortete in einem so schlechten Italienisch, dass ich sie kaum verstand: ›Ich bin Frau Holles Pechmarie.‹ Aber egal was sie sagte, ob an diesem Tag oder in den darauffolgenden Wochen, ich hing an ihren Lippen. Sie hieß Lykke und war schon achtzehn. Sie war von Schweden nach Italien gereist, weil sie den Süden kennenlernen wollte. Bei uns auf dem Landgut konnte sie kostenlos wohnen und als Küchenhilfe etwas Geld verdienen. Ich glaube, sie sah kaum mehr als ein kleines Hündchen in mir, das ihr überallhin folgte.«

»Einen Moment bitte. Ich komme gleich zurück«, warf Maddalena ein, nahm ihr Handy und ging in Zolis Büro. Dort atmete sie tief durch. »Der Conte holt ziemlich weit aus, das kann eine Weile dauern. Sagen Sie bitte mein Mittagessen mit Bibiana ab.«

Zoli nickte und öffnete die Visitenkarte, die sie ihm via WhatsApp schickte. »Wird erledigt. Soll ich Ihnen ein paar Tramezzini mit Thunfisch und Ei besorgen?«

»Das wäre nett.«

Zoli sorgte gern für ihr Wohlbefinden, und sie war nicht wirklich erstaunt, dass er ihren Geschmack kannte.

Zurück in ihrem Büro, setzte der Conte seine Ausführungen anstandslos fort, so als hätte sie den Raum gar nicht verlassen. Maddalena war inzwischen gebannt von seiner Geschichte und unterbrach ihn kein einziges Mal.

»Ich konnte nicht aufhören, sie anzustarren, und lauerte ihr überall auf. Meinem Papagei brachte ich ihren Namen bei. Lykke fand mich niedlich, oft strich sie über mein damals noch volles schwarzes Haar und sagte: ›Kleiner Conte, wenn du bloß ein paar Jährchen älter wärst.‹ Ich bedauerte das, denn im Unterschied zu ihr sah ich darin kein Problem. Meine großen Schwestern zogen mich auf und ließen an Lykke kein gutes Haar. ›Eine Herumstreunerin ist sie, die wird dir noch ordentlichen Kummer bereiten. Halt dich von der besser fern.‹ Natürlich hörte ich nicht auf sie, auch wenn sie schließlich recht behalten sollten. Einer unserer

Stallburschen hatte mir im Vorjahr das Mopedfahren beigebracht, und so borgte ich mir einmal heimlich sein altes Vehikel aus und fuhr mit Lykke nach Grado an den Strand. Es war spätnachts, und die meisten Leute schliefen schon. Der Sand war noch warm vom heißen Tag. Über uns hing eine schmale Mondsichel, die kaum Licht spendete. Sterne waren in jener Nacht keine zu sehen. Das Meer hatte sich zurückgezogen, und sogar die Möwen schliefen. Wir saßen eine Weile so nebeneinander, bis Lykke meine Hand nahm und leise fragte: ›Hast du schon mal geküsst, kleiner Conte?‹ Ich weiß noch, wie mir die Hitze ins Gesicht stieg. Mutig drehte ich mich zu ihr und dachte, jetzt oder nie. Ihre Haut fühlte sich samtig an, als ich ihr Gesicht berührte. Ihre Lippen waren voll, und sie schmeckte nach Gemüse und Kräutern. Es war mein erster Kuss, und ihr langes offenes Haar kitzelte meine Wangen. ›Genug‹, sagte sie und machte sich los. ›Ja, ich habe schon geküsst‹, sagte ich und grinste. Ich war selig vor Glück.«

Maddalena hörte Fanetti leise seufzen. Dachte er an seine eigene romantische Liebesgeschichte mit Ginevra, oder passte er sich ihrer wieder zunehmenden Ungeduld an? Trotz der nicht zu leugnenden Spannung, die sich während Brecianis Erzählung in ihr aufbaute, konnte sie ein Gähnen nicht unterdrücken.

»Ich komme gleich zum Punkt.« Sein Gesicht hatte sich noch eine Spur mehr gerötet, und die Angst in seinen Augen hatte die Freundlichkeit verdrängt. »Nach dieser Begegnung sah ich Lykke eine Zeit lang nur noch aus der Ferne. Ich spürte, dass sie es vermied, mich zufällig zu treffen, und das ging zu meinem Kummer einige Tage so. Dann, eines Abends, klopfte es leise an meiner Tür. Ich war gerade mit Sprachübungen beschäftigt in der Absicht, meinem Beo ganze Sätze beizubringen. Sie handelten von ewiger Liebe. Damit wollte ich Lykke überraschen und sie für mich gewinnen. Da ich eine meiner Schwestern vermutete, riss ich verärgert die Tür auf, doch es war Lykke, die draußen stand. Sie weinte, und ich zog sie schnell ins Zimmer. Stockend erzählte sie mir, sie würde ein Kind erwarten, und ich überlegte eine Schrecksekunde lang, ob unser Kuss am Strand der Grund sein könnte. ›Nicht von dir, kleiner Conte‹, sagte sie, als könnte sie meine Gedanken lesen, und lächelte unter Tränen. ›Von wem ist es?‹, fragte ich bestürzt, aber das wollte sie mir nicht verraten. ›Es muss weg. Es zerstört mein Leben. Bitte hilf mir‹, sagte sie und erklärte mir ihren Plan. Eine der alten Köchinnen kannte eine Frau, die Schwangerschaftsabbrüche vornahm. Dolores hieß sie, daran kann ich mich noch erinnern, weil der Name vom lateinischen Wort für Schmerz abstammt, und ich fand das sehr passend. ›Das ist gefährlich und verboten‹, sagte ich. Aber meine Einwände überzeugten sie nicht, und schließlich fuhren wir mit dem Moped nach Grado. Ich hatte niemandem ein Sterbenswörtchen von unserem Vorhaben erzählt, nicht einmal der Stallbursche sollte um den Grund der Ausfahrt wissen. Er war ein mürrischer Kerl, und er beobachtete Lykke auf eine unangenehme Weise.«

Breciani hielt einen Moment inne. »Als wir in Grado angekommen waren, klingelte Lykke an der Haustür der Villa Esperanza und verschwand für etwa zehn Minuten, die mir wie Stunden vorkamen. Ich wartete neben dem Eingang zum Garten, der einem tropischen Urwald glich. Überall lungerten Katzen, teilweise saßen sie auf kleinen Grabsteinen unter den Palmen und starrten mich böse an. Ich bekam große Angst, und als Lykke endlich herauskam, fuhren wir zum Strand. Wir setzten uns in eine Bar und aßen ein Eis. Sie wirkte bedrückt, und ihre Hände zitterten, als sie das Eis löffelte. ›Du darfst das nicht machen‹, sagte ich. ›So etwas kann schiefgehen. Es ist aus diesem Grund verboten. Ich werde dich heiraten. Dann kommt alles wieder in Ordnung.‹ Ich hätte es getan und dachte keinen Moment an die Folgen. Lykke wäre wegen Unzucht mit Minderjährigen ins Gefängnis gekommen, hätte ich das Kind als meines ausgegeben. ›Nichts wirst du tun‹, sagte sie. ›Ich fahre nach Schweden zurück. Meine Eltern werden mir helfen. Wenn du mir für die Reise ein wenig Geld geben könntest, wäre ich dir auf ewig dankbar.‹ Natürlich gab ich ihr, was sie wollte. Außer meinem eigenen Sparschwein knackte ich, kaum dass wir wieder zu Hause waren, auch die meiner Schwestern. Lykke wartete im Gemüsegarten auf mich. Ich war unendlich traurig, weil sie mich verlassen musste. Aber sie versprach mir, sich zu melden, und als Dank für das Geld schnitt sie sich eine Haarsträhne ab und wickelte sie in ein Stück Stoff. Danach habe ich sie nie wiedergesehen. Sie schrieb auch nicht wie versprochen. Am nächsten Tag war sie einfach verschwunden.«

Wieder seufzte Fanetti, und Maddalena konnte es ihm nicht verübeln. Das Gehörte machte auch sie traurig.

»Wenn ich Sie richtig verstehe, ist Lykke Ihrer Meinung nach nicht nach Schweden zurückgekehrt, sondern fuhr mit dem Geld auf direktem Weg zur Engelmacherin.«

»Ja. Zuerst war ich überzeugt, dass sie zu ihrer Familie zurückgegangen war. Aber nach einer Weile ... Jedenfalls habe ich die Haarsträhne dabei.«

»Sehr gut«, hörte sie Fanetti aussprechen, was sie selbst in diesem Moment dachte.

Maddalena nahm ein Paar Handschuhe aus ihrem Schreibtisch und tütete die in ein Stück Stoff gehüllten blonden Haare ein. »Wir geben das zur Untersuchung an die Rechtsmedizin weiter und lassen einen Abgleich machen.

»Gesetzt den Fall, dass es eine Übereinstimmung gibt, müssen wir die Hinterbliebenen kontaktieren. Wissen Sie, wo die Familie in Schweden gewohnt hat?«

»Leben die Eltern des Mädchens nach fünfzig Jahren überhaupt noch?« Fanetti konnte sehr direkt sein, aber er war aufmerksam, und das schätzte Maddalena an ihm.

»Das ist so eine Sache«, sagte Breciani. »Ich weiß nur, dass sie aus der Gegend um Uppsala stammte, kannte aber nicht einmal ihren Nachnamen. In den Unterlagen meiner Eltern aus dem Jahr konnte ich auch nichts Verwertbares finden. Und fragen können wir sie nicht mehr, sie sind, genau wie die Köchin, inzwischen verstorben. Der Stallbursche war nur wenige Jahre älter als ich und könnte Näheres gewusst haben, doch er hatte sich am Ende jenes Sommers in unserer Scheune erhängt. Man munkelte, er sei unglücklich in das Schwedenmädchen verliebt gewesen. Ich fragte mich damals, ob er Lykke etwas angetan haben könnte, sie vielleicht vergewaltigt hatte. Doch es erschien mir abwegig, dass er sich deswegen umgebracht haben sollte. Dann traten andere Dinge in den Vordergrund, und ich muss zugeben, dass Lykke langsam aus meiner Erinnerung verschwand«, schloss er seine Erzählung.

In wen war ich mit dreizehn verliebt, überlegte Maddalena und stellte betroffen fest, dass es damals einen Jungen in ihrer Schule gegeben hatte, an den sie wohl jahrzehntelang nicht mehr gedacht hatte.

»Gibt es sonst noch jemandem auf Ihrem Hof, der Lykke kannte?«

Er dachte kurz nach. »Nein, von den damaligen Angestellten ist keiner mehr bei uns. Meine beiden Schwestern könnten Sie befragen. Aber angenehm wäre mir das nicht, wenn sie, selbst nach all den Jahren, mitbekämen, was für eine Rolle ich in der Angelegenheit gespielt habe.«

Maddalena lächelte den Conte unbestimmt an, entschied, dass es nichts mehr zu sagen gab, und wandte sich an Fanetti. »Wenn Sie das Protokoll fertig haben, schließen Sie den Computer bitte wieder an den Strom an. Ich bin in einer Dreiviertelstunde zurück.«

Sie verabschiedete sich vom Grafen, dachte, armer Hund, in deiner Haut möchte ich nicht stecken, und zog ihre Lederjacke über. Dann holte sie bei Zoli ihre Tramezzini ab und ging in den späten Nachmittag hinaus.

Überrascht stellte sie fest, wie spät es geworden war. Sie setzte sich auf eine der niedrigen Steinmauern, sah aufs Meer und biss hungrig von ihrem Sandwich ab.

2

Maria hatte Angst.

Und das lag nicht an den Toten. Der, der ihr Schrecken einflößte, war durch und durch lebendig.

Trotzdem würde sie es durchziehen. Heute war der Tag, an dem sie den Schlussstrich setzen musste.

Ihr Handy schnatterte. Erleichtert nahm Maria das Gespräch entgegen.

»Hallo, dumme Gans«, begrüßte sie ihre Cousine.

»Hallo, blöde Ziege«, antwortete Floriana keineswegs beleidigt.

Seit ihrer Kindheit waren sie füreinander jene Gestalten aus dem Tierreich, die oft als Schimpfwörter herhalten mussten. Und als die Handyhersteller begannen, individuelle Klingeltöne zu entwerfen, hatten Maria und Floriana ihre Freude daran, sich einander mit Ziegenmeckern und Gänseschnattern bemerkbar zu machen.

»Hast du es endlich hinter dich gebracht? Wenn nicht und wenn du das nicht mehr willst, steh ich dir trotzdem bei.«

Floriana konnte Maria beruhigen, wie kein anderer es vermochte. Sie waren im selben Jahr geboren, und ihre Mütter waren Schwestern, die Brüder geheiratet hatten. Ihre enge Verbindung, so meinten sie, ging darauf zurück, dass sie von Rechts wegen Zwillinge hätten sein müssen. Oft standen sie zusammen vor dem Spiegel und musterten sich.

»Wie ist es möglich, so unterschiedlich auszusehen und so gleich zu ticken?«, fragte Floriana dann und zerzauste ihr kurz geschnittenes hellblondes Haar, das kreuz und quer vom Kopf abstand. Maria lachte dazu und schüttelte ihre braunen langen Locken.

»Nein, Gans, lieb von dir. Doch diesmal ziehe ich es wirklich durch. Ich bin es meinem Stolz schuldig.«

»Vielleicht aber auch deiner Verliebtheit in den Mann aus dem Norden, Ziege?«

Vor einiger Zeit hatte sie bei einem Kurzurlaub mit ihrer Cousine auf dem italienischen Festland, weit weg von Sizilien, ihre große Liebe kennengelernt. Maria war vom ersten Moment an hin und weg gewesen von ihrem sanften »Mann aus dem Norden«, wie sie ihn seither nannten. Er passte so gar nicht in ihr Beuteschema, befand Floriana. Damit meinte sie wohl, dass er ihrem Dauerfreund, mit dem sie seit Jahren zusammen war und von dem sie sich nicht lösen konnte, nicht unähnlicher sein könnte. Und es stimmte. Der Mann aus dem Norden unterschied sich in jeglicher Hinsicht von Salvatore.

Floriana hatte ihre Zuneigung zu ihm eine Weile salopp als Schwärmerei abgetan, erkannte dann aber die tiefen Gefühle, die Maria für ihn hegte. Dabei war Maria in den ersten Monaten selbst nicht ganz sicher gewesen, ob diese Liebe eine Zukunft hatte. Natürlich gab es die Befürchtung, dass es ein Fehler wäre, ihr gewohntes Leben kurzerhand nach Norden zu verlegen, um es mit einem Mann zu teilen, den sie nur wenige Tage kannte. Doch nach unzähligen Telefonaten und zwei heimlichen Wiedersehen hegte Maria keinerlei Zweifel mehr. Sie würde ihren Freund verlassen und damit wohl auch Sizilien für immer den Rücken kehren.

Selbstverständlich hatte sie Angst gehabt, denn sie wusste um den archaischen Zorn ihres Dauerfreundes, wenn er sich verraten fühlte.

Doch dann hatte das Schicksal Salvatore in die Hände gespielt. Marias Vater war schwer erkrankt. Salvatore, der sich selbst gern als Familienmenschen bezeichnete, setzte alles daran, seinem zukünftigen Schwiegervater, wie er ihn stolz nannte, die bestmögliche Pflege zukommen zu lassen. Er hatte die Mittel dazu. Maria nicht. Natürlich nahm sie sein Angebot dankbar an. Ihr Vater sollte nicht leiden müssen. Ihre Abreise verschob sie auf später. Auf ein Später, an das sie nicht denken mochte, war es doch an den Tod ihres geliebten Vaters gebunden.

Tag für Tag saß sie an seinem Krankenbett. Salvatore, von dem sie sich zu diesem Zeitpunkt wieder einmal getrennt hatte, bedrängte sie, zu ihm zurückzukommen, bezahlte das Heim, danach das Hospiz, ersparte ihrem Vater dadurch große Qualen und starke Schmerzen, weswegen sie ihn nicht abweisen konnte.

Nachdem ihr Vater im letzten August verstorben war, hatte sie unter Tränen ihre Sachen gepackt und war in den Zug nach Norden gestiegen. Doch ein schlimmer Sturm hatte schon nach wenigen hundert Kilometern die Weiterfahrt verhindert, und Salvatore bekam Wind davon. Er ließ sie von einem seiner Freunde abholen und stellte sie danach monatelang unter Beobachtung. Eine furchtbare Zeit, in der sie seine Aggressionen ungefiltert hatte ertragen müssen, um ihn nicht vollends gegen sich aufzubringen. Außerdem kannte sie die Gerüchte, wie er mit Frauen verfuhr, die ihn verlassen hatten. Doch sie würde nicht aufgeben, denn seit jenem Sommertag, an dem sie *ihn* getroffen hatte, war ihr klar, was sie wirklich wollte.

Nun bot Floriana ihre Unterstützung an, weil sie wusste, wie schwierig sich die Trennung von Marias langjährigem Freund gestaltete.

»Ich habe das Leben im goldenen Käfig satt, das weißt du. Ich wähle bewusst zwischen einem Luxusgefängnis und einem ruhigen Dasein an der Seite meines Seelenverwandten. Diesmal wird es klappen. Es muss. Und Papa kann ich damit auch nicht mehr schaden.«

»Beruhige dich, ich will dir nur Mut machen. Wir alle stehen hinter dir. Niemand möchte, dass du Teil seiner Familie wirst. Du wusstest von Anfang an, wie ich darüber denke.«

»Ja. Ich war blind, ich wollte das damals nicht wahrhaben.«

Salvatore arbeitete, wie er es nannte, im Export-Import-Geschäft. Über die Jahre hatte Maria sich an den damit verbundenen Reichtum gewöhnt und Stück für Stück ihr Leben für seines aufgegeben. Einzig ihre kleine Wohnung mitten in Trapanis Altstadt hatte sie sich als ihr persönliches Refugium bewahren können und die Herausgabe eines Zweitschlüssels beharrlich verweigert.

Forscher, als sie sich fühlte, verabschiedete sie sich von ihrer Cousine. »Wir sehen uns dann nach der Prozession.«

»In Ordnung. Der Karfreitag ist ein würdiger Tag für dein Vorhaben. Bis später, kleine Ziege. Kopf hoch. Du schaffst es.«

Maria atmete tief durch und ließ das Handy in die Tasche ihrer Jeans gleiten.

Als es klingelte, öffnete sie mit klopfendem Herzen.

Salvatore stand, bereits für die Prozession gekleidet, in einem schwarzen Anzug vor ihr. Er gehörte zu den »Massari«, war also einer jener zwölf Männer, welche die »Misteri« trugen. Und er führte den Umzug an.

Seine Familie gehörte zu den maßgebenden Katholiken der Stadt. Das hieß, jeweils einer von ihnen marschierte mit der ersten der etwa zwanzig Statuengruppen voran. Die Massari gaben mit ihrer »l'annaccata« genannten typischen Gangart Takt und Rhythmus der Prozession vor. Salvatore bestand hartnäckig darauf, dass seine Familie von den Borgia abstammte. Warum er darauf stolz war, entzog sich Marias Verständnis von Ethik. Aber wer war sie, über Moral zu richten? Mit zwei Männern an ihrer Seite.

»Ciao, bella mia«, begrüßte er sie salopp.

»Hallo«, antwortete sie und schluckte den Kloß in ihrem Hals hinunter. »Setz dich bitte einen Moment zu mir in die Küche.«

»Warum so förmlich?« Salvatore schlang seinen Arm um sie, und ein Schwall »Gentleman« von Givenchy stieg in ihre Nase.

Vorsichtig machte sie sich los. »Bitte mach es mir nicht so schwer. Lass uns reden.«

Salvatore war das Abbild eines schönen, feurigen Sizilianers. Charmant mit dunkel glühenden Augen und einem durchtrainierten Körper, dem anscheinend weder die reichlich genossene Pizza noch ein stetes Übermaß an Rotwein etwas anhaben konnten. Als sie sich kennenlernten, war Maria glücklich gewesen, von all den ihn umschwärmenden Mädchen das große Los gezogen zu haben. Sie hatte sich blenden lassen und nicht einen Moment lang darüber nachgedacht, einen Blick hinter die glänzende Fassade zu werfen. Die Zärtlichkeit, die sie in seinen Augen zu sehen glaubte, war lediglich das Abbild ihrer eigenen Sehnsüchte.

»Salvatore«, sie holte Luft und räusperte sich. Wie sollte sie es ihm beibringen? »Ich ... also ... Unsere Beziehung ist beendet«, stieß sie schließlich hervor.

»Mein Liebling«, Salvatore wirkte verletzt, aber auch gelangweilt, »unser Leben verspricht Glück, nichts als reines Glück. Wie kannst du so leichtfertig damit umgehen? Wir wollen heiraten und eine Familie gründen, mit mindestens vier Kindern.«

Maria, die nicht einmal wusste, ob sie überhaupt für ein einziges Kind bereit war, schnappte nach Luft. »Das war *dein* Plan. Meiner weicht davon ab.«

»Was, Liebste, hast du gegen einen prachtvollen Sportflitzer, eine schmucke Villa am Meer mit Swimmingpool und eine Armee von Bediensteten einzuwenden? Nenne mir einen einzigen vernünftigen und stichhaltigen Grund. Und bitte keine Ausflüchte. Klartext. Mehr will ich nicht.«

Maria zögerte, denn entgegen ihrer Erwartung fiel es ihr nun doch nicht so leicht, auszusprechen, was sie bewegte. »Ich möchte nicht mehr Teil deines Lebens sein. Unsere gemeinsame Zeit sehe ich als beendet.«

»Klartext.«

»Ich liebe dich nicht.« Das hatte sie noch nie zu ihm gesagt. Innerlich duckte sie sich.

Salvatore sah sie lange an. In seinen dunklen Augen lag etwas Unergründliches. Etwas, das Maria anfangs verzaubert hatte. Jetzt verunsicherte es sie.

Dann lächelte er. Es war kein freundliches, kein gewährendes Lächeln. Es hatte etwas Böses.

»Gut. Nur dass ich dir das nicht glaube. Mach kein Drama daraus, Maria. In zwei Wochen hast du deine Meinung, so wie sonst auch, geändert. So seid ihr Frauen nun mal. Wankelmütig und unberechenbar.« Er stand auf. »Vereinbaren wir eine kurze Auszeit.«

Maria spürte, wie die Erleichterung sie schwindlig machte. Auszeit? Das hörte sich gut an. Es gab ihr den Spielraum, den sie benötigte. Sie würde ihm jetzt sicher nicht widersprechen. Da fiel ihr Blick auf den gepackten Trolley, der in der Tür zu ihrem Schlafzimmer stand.

Verdammt. Warum hatte sie das blöde Ding dort stehen lassen, warum es nicht in der Besenkammer versteckt? Wenn Salvatore mitbekam, dass sie abhauen wollte, würde er das zu verhindern wissen.

Salvatore aber sah nicht zum Trolley, er streifte bloß ihre Stirn mit seinen Lippen. »Wir sehen uns wieder. Früher, als du vermutest, mein Liebling.« Mit einem Mal packte er sie grob an beiden Oberarmen. »Und glaub nicht, dass du ungestraft davonkommst. Diesmal bist du zu weit gegangen, mein Herzblatt. Ich werde dich lehren, mich zu lieben. So etwas wirst du nie wieder zu mir sagen.« Abrupt ließ er sie los.

Schau nicht zum Koffer, betete Maria stumm. Salvatore würdigte den Trolley keines Blickes.

Mit dem Zeige- und Mittelfinger wies er zuerst auf seine Augen und dann auf die ihren. Es war eine Geste, die Maria fürchtete, denn sie wusste, was das hieß: Ich beobachte dich, du hast keine Chance zu entkommen. Es war eines der unzähligen Zeichen der Gemeinschaft, der er angehörte.

Mit hämmerndem Herzen schloss Maria die Tür hinter ihm. Einige Zeit lehnte sie an der Wand und versuchte, sich zu beruhigen. Er war weg, nur das zählte. Sie atmete tief durch, bis sich ihr Oberkörper wieder gleichmäßig hob und senkte. Floriana fiel ihr ein. Ihre Cousine würde sie später anrufen, noch war sie zu aufgewühlt. Immer wieder ging sie das Gespräch mit Salvatore im Kopf durch. Die unverhohlene Drohung ängstigte sie. Aber sie durfte sich davon nicht beeinflussen lassen, musste dem Plan folgen. Maria verschob das unerfreuliche Grübeln auf später und zog sich für die Prozession um.

Es dämmerte bereits, als sie das Haus verließ. Vom ersten Moment an kam sie sich beobachtet vor. Salvatore konnte es nicht sein, sein Amt heute war ein ehrwürdiges. Eines, das er ihretwegen nicht leichtfertig aufs Spiel setzen würde.

Wäre nicht die Tochter ihrer Kollegin eine der Fahnenträgerinnen, sie hätte es sich mit einem Glas Wein vor dem Fernseher gemütlich gemacht, statt an der Prozession teilzunehmen. Morgen schon würde sie weit weg sein. Sie würde in den Norden fliegen und Sizilien und Salvatore hinter sich lassen. Hier hielt sie außer ihrer Cousine nichts zurück. Die Kündigung in ihrer Firma, in der sie als Buchhalterin beschäftigt war, würde sie vornehmen, sobald sie außer Landes war.

Von Karfreitagnachmittag bis Samstagmorgen war in Trapani die Hölle los. Die Bußprozession schlängelte sich, begleitet von

Kapellen, die melancholische Musik spielten, durch die Innenstadt. Die mit Blumen überladenen Figurengruppen versinnbildlichten die Leidensgeschichte Jesu, und ein strikt festgelegtes Protokoll bestimmte den Ablauf. Touristen standen verzückt am Straßenrand, fotografierten die Statuetten oder machten Selfies mit den Heiligen, bis sie vom Ordnungsdienst daran gehindert wurden.

Wieder sah Maria sich um. Es war, als bohrten sich Blicke wie Pfeilspitzen rechts und links in ihre Schulterblätter. Sie drehte sich einmal um die eigene Achse. Harmlose Gesichter braver Gefolgschaft, Lippen, die sich stumm zum Gebet öffneten. Sie scannte prüfend die Menschenmenge, der sie folgte, warf einen Blick zu der Ansammlung von Schaulustigen und gestand sich schließlich ein, unter Verfolgungswahn zu leiden. Kein Wunder, hatte sie doch eben mit Salvatore Schluss gemacht, der zu einer der mächtigsten Familien Trapanis gehörte. Diese Demütigung hatte er im Vergleich zu ihren vorausgegangenen Trennungsversuchen erstaunlich gelassen hingenommen. Viel zu gelassen. Es berührte sie auf eine eigenartige Weise, denn noch nie hatte sie ihm auf den Kopf zugesagt, dass sie ihn nicht mehr liebte. Auf diesen von ihm eingeforderten »Klartext« hatte sie mit wesentlich mehr Krawall gerechnet.

Sie dachte daran, ihre Schnattergans sofort anzurufen, aber dafür war später noch Zeit, wenn sie sich entspannt auf ihrer Couch zusammenrollte und auf den morgigen Tag wartete.

Today is the first day of the rest of your life.

Genau, sagte Maria sich, ab jetzt bestimme ich den Lauf der Dinge.

Jemand verfolgte sie. Sie spürte es genau. Es war so laut, dass sie ihren eigenen erschrockenen Aufschrei in diesem Fest der Passion voller Lichter, Musik und Farben nicht hörte.

Wohin sollte sie? Wo war sie sicher?

Der Zug der Misteri hatte vor der barocken Kirche Delle Anime Sante del Purgatorio begonnen, wohin er um etwa vierzehn Uhr des Karsamstags zurückkehren würde. Wo sie selbst sich der Prozession angeschlossen hatte, konnte sie nicht mehr sagen. Sie war so erleichtert gewesen, Salvatore los zu sein, dass sie auf die Straße hinausgeeilt war und sich in die Anonymität der Menschenmasse gestürzt hatte.

Längst schon ging es ihr nicht mehr um das Fahnenmädchen, längst schon verschwendete sie keinen weiteren Gedanken an ihre Kollegin. Sie musste die Situation irgendwie unter Kontrolle bringen.

Hektisch tastete Maria nach ihrem Handy. Es konnte nur in der Tasche ihrer engen Jeans stecken. Ich muss hier raus, beschwor sie sich und sah sich nervös um.

Da, jemand drängte durch die Menschenmenge auf sie zu. Es war wirklich einer hinter ihr her. Das war kein Schatten, kein Trugbild ihrer Phantasie. Sie konnte seinen Atem in ihrem Nacken spüren. Wenn sie sich umdrehte, würde sie geradewegs in seine bösen Augen schauen.

Als sie es dann tat, war da nur das freundliche Lächeln im Gesicht einer mittelalten Matrone.

Sie rief sich zur Räson. Nur weil sie es gewagt hatte, mit Salvatore Schluss zu machen, hieß das noch lange nicht, dass er ihr nach dem Leben trachtete, ihr einen Killer auf den Hals hetzte. Wenn er wirklich vorhätte, sie zu erledigen, gab es bessere Wege. Ohne großes Aufsehen zu erregen.

Irgendeine eigentümliche Geschichte kursierte um ihn und ein Mädchen, das er in den Selbstmord getrieben haben sollte. Seine Eltern hatten damals eine Unterlassungsklage angestrebt, trotzdem wollte das Gerücht nicht verstummen. Was dachte sie da bloß? Entschlossen zog sie ihre Bluse glatt und straffte ihre Schultern.

Auch wenn sie sich heldenhaft gegen ihre aufsteigende Angst wehrte, bekam sie inzwischen kaum noch Luft. Sie spürte die Blicke der Menschen um sie herum, so als würden sie durch den dünnen Stoff ihrer Bluse ihren nackten Rücken hochkriechen. Maria konnte nicht mehr an sich halten, egal, was die Leute hinter ihr dachten. Sie setzte zu einem gewagten Sprung an, der sie aus der Menge katapultierte, holte tief Luft und begann zu laufen. Sie rannte um ihr Leben.

Warum sich der Gedanke in ihrem Kopf festgesetzt hatte, konnte sie später nicht begründen. Instinkt? Möglicherweise. Hechelnd blieb sie irgendwann stehen, rang mit vornübergebeugtem Oberkörper verzweifelt nach Luft und rannte weiter.

Als sie mit ihrer Kraft am Ende war, fand sie sich in einer leeren Gasse wieder und lehnte sich schwer atmend an eine sonnendurchflutete Hauswand. In ihrem Zwerchfell tobte der Schmerz, auf ihrer Stirn perlte der Schweiß.

Ihrem Verfolger war sie entkommen.

Oder doch nicht? Auf einmal hörte sie Schritte, die sich ihr langsam, geradezu mit Bedacht, näherten.

Ehe Maria davonlaufen konnte, stand der Mann bereits vor ihr. Er trug eine schwarze Maske, die sein Gesicht vollständig verdeckte.

Die Spitze eines Messers zeigte auf ihre Kehle.

»Nein!«

»Du bist Salvatores Braut. Und das bleibt auch so. Du tust, was er will. Verstanden? Wir werden eure Hochzeit feiern. Schlampe. Auf unsere Art.«

Maria spürte den Stich. Sie roch das Blut. Es hatte etwas Metallisches, wie rostig gewordenes Eisen. Und es floss ihren Hals hinab, über die weiße Bluse, fand einen Weg unter dem Kragen hindurch und schlängelte sich zwischen ihren Brüsten entlang. Sie war unfähig, sich zu bewegen. Dann ging ein Beben durch ihren Körper, und Maria stemmte beide Hände gegen den Brustkorb ihres Angreifers. Sein Lachen dröhnte in ihren Ohren.

Bevor sie schreien konnte, war er weg. Maria kauerte zitternd an der rauen Hauswand. Ihr Hals war feucht, die Bluse klebte an ihrem Körper. Sie atmete stoßweise. Unter größter Kraftanstrengung löste sie sich von der Mauer und stolperte die Gasse entlang, fiel einmal hin und schürfte sich die Knie und Hände blutig.

In einer der hell erleuchteten Fensternischen eines Modegeschäftes sank sie zu Boden und rief Floriana an.

»Polizei«, hauchte sie, »bitte ruf die Bullen. Er will mich umbringen. Und ich blute. Hilf mir.«

»Wo um Himmels willen bist du?«

»Ich weiß es nicht«, brachte Maria hervor, dann wurde es schwarz um sie.

Sie erwachte in einem Krankenzimmer. Ihr Mund war trocken, die Kehle schmerzte. Neben ihrem Bett saß Floriana und hielt ihre Hand.

»Du hast mir einen gehörigen Schreck eingejagt, blöde Ziege.«

»Hast du die Polizei gerufen?« Maria setzte sich auf. Ihr Kopf brummte.

»Es war bloß ein junger Carabiniere da, so ein Anfänger, und als der Krankenwagen kam, ist er gegangen.«

»Wie bitte? Ich wurde auf offener Straße tätlich von einem maskierten Mann angegriffen. Es war jemand aus Salvatores Freundeskreis.«

»Jetzt hörst du mir genau zu. Halt dich da raus. Ich habe es für dich erledigt.«

»Was redest du da?« Maria hob die Hand an ihren Hals, und ihre Fingerkuppen berührten weiches Verbandmaterial. »Er drückte ein Messer in meine Kehle.« Sogar das Sprechen schmerzte.

»Zum Glück konnte ich dich über unsere App finden. Ich war innerhalb von fünf Minuten bei dir. Der Polizist kam zufällig vorbei.«

»Was?«, krächzte Maria. »Du hast gar nicht erst angerufen? Was, wenn der Maskierte noch einmal aufgetaucht wäre?«

»Es hatte sich um dich herum eine Menschentraube gebildet, du warst ohnmächtig. Das hätte der nicht riskiert. Ich habe gegenüber dem Polizisten behauptet, dass du zu viel getrunken hättest und deshalb gestürzt seist. Außerdem war die Ambulanz gleich da. Sei froh. Du brauchst die Aufmerksamkeit der Polizei nicht.«

»Aber der Mann war gefährlich. Was, wenn er wiederkommt?«

»Genau deshalb will ich nicht, dass du deinen Flug verpasst. Bei der Polizei wärest du stundenlangen Verhören ausgesetzt gewesen.«

Maria begann zu weinen. Die Tränen strömten, ohne dass sie

imstande war, sie aufzuhalten. Erst mit dem Angriff auf ihre Person war ihr das Ausmaß der Gefahr, in der sie schwebte, so richtig bewusst geworden.

Floriana beugte sich über sie und umarmte sie fest. »Du musst weg von hier. Kapierst du das? Dein Flug geht in ein paar Stunden. Zum Glück bist du nicht ernsthaft verletzt worden.«

»Mein Trolley, das Ticket …« Maria überlegte. »Das Flugticket habe ich Gott sei Dank online gebucht und auf dem Smartphone abgespeichert.«

Ihre Eltern fielen ihr ein und dass sie vor ihrer Reise unbedingt noch zum Friedhof gewollt hatte.

»Das Grab«, sagte sie, und wieder flossen Tränen.

»Maria.« Die Stimme ihrer Cousine beherrschte das Krankenzimmer. »Du hast alles dabei, was du brauchst. Tickets, dein Internetbanking, und in deiner Tasche«, sie hielt den verschlissenen Beutel hoch, »ist dein Portemonnaie mit deinem Pass und der EC-Karte. Sogar das Schminktäschchen und Schmerzmittel sind hier.« Sie hielt den gefüllten Blister hoch. »Was willst du mehr?«

»Ich verstehe nicht …« Maria wurde von einem Pfleger unterbrochen, der einen Servierwagen mit einer Mahlzeit hereinschob.

»Die Ärztin sieht später nach Ihnen«, sagte er und zwinkerte dabei ihrer hübschen Cousine zu.

»Blöder Aufreißer«, schimpfte Floriana, kaum dass er das Zimmer wieder verlassen hatte. »Keiner von denen, weder Ärzte noch Pfleger, wird heute mehr nach dir sehen. Wir hauen jetzt ab. Iss einen Happen.« Sie hielt ihr einen Teller mit Kuchen hin, und Maria zwang Stück um Stück ihre schmerzende Kehle hinunter. »Die haben dir im Rettungswagen eine Spritze verpasst und deinen Hals versorgt. Du bist sonst okay, nur dein Kreislauf hat kurz aufgegeben. Du kannst das Krankenhaus also beruhigt verlassen, darfst jedoch unter keinen Umständen zurück in deine Wohnung.«

»Aber … mein Koffer ist doch noch dort«, stammelte Maria. »Den hat Salvatore vermutlich sogar gesehen, auch wenn er es sich nicht hat anmerken lassen. Aber ihm entgeht so schnell nichts.«

»Er weiß also, dass du wegfährst. Noch ein Grund mehr,

dich fernzuhalten. Er oder einer seiner Freunde wartet garantiert darauf, dass du zu Hause auftauchst. Gibt es irgendetwas in deinem Trolley oder deiner Wohnung, das auf deinen Zielort schließen lässt?«

Maria dachte nach. »Nein«, entgegnete sie, »es ist wirklich alles auf meinem Handy.«

»Gut.« Floriana stand auf und öffnete das Fenster. Frische Abendluft strömte herein. »Ich habe einen Freund angerufen. Er wird dich in seinem Cinquecento direkt zum Flughafen bringen. Ich steuere mit meinem Wagen, in dem Salvatore dich vermutet, und einer brünetten Freundin auf dem Beifahrersitz die Busstation an.«

»Und wie komme ich aus dem Krankenhaus?«

»Auch daran habe ich gedacht.« Sie zeigte auf den Rollstuhl, der in einer Ecke des Zimmers stand, und nahm aus der Schublade im Nachttisch eine Mullbinde. Gekonnt wickelte sie den weißen Stoff um Marias Kopf, bis auch die letzte Locke darunter verschwunden war. Dann schlüpfte sie aus ihren Jeans und hielt sie Maria hin. »Zieh meine an, ich nehme deine zerrissenen.«

Maria erhob sich mit brummendem Schädel vom Bett und tat wie ihr geheißen.

»Du weißt, dass ich dich am liebsten begleiten würde, um auf dich aufzupassen. Aber es geht nicht. Sobald du gelandet bist, zerstörst du deine SIM-Karte, wirfst dein Handy weg und besorgst dir ein neues. Der sanfte Mann aus dem Norden holt dich doch auf alle Fälle ab?«

»Auf ihn ist Verlass. Aber mir geht das viel zu schnell. Außerdem tut mir alles weh.«

»Du hast keine andere Wahl. Entweder du ziehst es durch, oder du bleibst da und wirst für immer an Salvatore gekettet sein.«

Marias Herz zog sich schmerzhaft zusammen.

Behutsam öffnete Floriana die Tür und spähte auf den Flur hinaus. »Jetzt«, sagte sie, öffnete sie ganz und schob den Rollstuhl aus dem Krankenzimmer.

3

Franjo stand vor dem geöffneten Backrohr. Prüfend betrachtete er die Zinken der Gabel, die er aus dem Rücken des Wolfsbarschs gezogen hatte. »Es dauert noch«, meinte er und entkorkte den Weißwein.

»Soll ich in der Zwischenzeit den Salat zubereiten?« Maddalena schüttete die grünen und roten Blätter aus der Plastikverpackung in ein Sieb, stellte es in die Spüle und brauste den Salat mit dem Wasserstrahl aus dem Schwenkhahn ab.

»Dafür gibt es ein Gerät, das sich Salatschleuder nennt.« Franjo grinste. »Der Küchenjunge hätte eins hinter die Löffel gekriegt. Ausnahmsweise gestattet, aber nur, weil du es bist«, sagte er schnell, als er Maddalenas Blick auffing. »Wo hast du das Zeug eigentlich her?«

»Aus dem Supermarkt, woher denn sonst? Ich habe nun mal keine Zeit, Rucola selbst anzupflanzen oder unterschiedliches Krautwerk auf den Wiesen von Fossalon zu ernten.« Manchmal konnte sie ihren Ärger über Franjos Art, was das Essen, das Zubereiten und die Zutaten der Speisen insgesamt betraf, nicht unterdrücken. »Alles muss bei dir perfekt sein. Nie können wir harmlos bei einer Pasta mit gewöhnlichem Pesto aus dem Kühlregal sitzen«, fauchte sie und ging an ihm vorbei auf den kleinen Balkon über der Diga, Grados Promenade am Meer.

Die Flut rollte gegen die Steine, graue Gischt spritzte hoch. Die Luft roch nach Seetang, Muscheln und feuchtem Sand. Der Himmel war von rosafarbenen Abendwolken überzogen. Ein romantisches Ambiente, das ganz und gar nicht ihrer inneren Zerrissenheit entsprach.

»Aber dir schmeckt, was ich koche. Allein darauf kommt es mir an!«, hörte sie Franjo durch das Küchenfenster rufen, und heftige Schuldgefühle überfielen sie.

Was konnte er dafür, dass ihr Mamas Hochzeit mit dem Comandante derart zusetzte?

Franjo war verständnisvoll, vielleicht zu verständnisvoll, was ihre Gemütsverfassungen betraf. Oft genug sah er großzügig über ihre Launen hinweg, gab sich Mühe, sie aufzuheitern, wenn sie einen stressigen Tag gehabt hatte, und versuchte, Leichtigkeit in ihre zunehmend gereizte Grundstimmung zu bringen.

»Lass die beiden doch«, pflegte er sie zu trösten. Sie aber hätte es lieber, wenn er nicht so tolerant wäre, sondern sie hin und wieder zurechtweisen würde.

Sie wusste, wie kindisch es war und wie kleinlich, aber sie gönnte ihrer Mutter das unverhoffte Glück nicht. Ständig musste sie an ihren Vater denken, der seit Jahren, seit Beginn ihrer Tätigkeit in Grado, dort oben auf dem Friedhof begraben lag. An ihn und seine lieben Augen, die so blau schimmerten wie das Meer unter Santa Croce.

Wütend auf sich selbst, zornig auf ihre Mutter, der sie tief in ihrem Inneren Untreue vorwarf, zog Maddalena eine zerquetschte Zigarettenpackung aus ihrer Jackentasche, zündete sich einen der Glimmstängel an und inhalierte tief und trotzig den Rauch.

Natürlich hatte Franjo bemerkt, dass sie seit einiger Zeit wieder heimlich rauchte, also konnte sie ruhig offen dazu stehen. Sie blickte in die Küche, wo Franjo sorgsam den großen Fisch filetierte. Das Messer in der Hand, sah er im selben Moment auf und ihr direkt in die Augen.

Maddalena drehte sich weg, zerdrückte die Zigarettenkippe mit der Spitze ihres Stiefels und schnippte sie in alter, schlechter Angewohnheit über die Brüstung hinab auf die Promenade.

»Unverbesserlich, ja, das bist du«, murmelte Franjo und nahm sie in seine Arme, kaum dass sie die Küche betreten hatte. Sie schmiegte sich an ihn und küsste sein Ohrläppchen.

»Ich liebe dich«, flüsterte sie beschämt, und Franjo hob sie hoch. Ungestüm wirbelte er sie im Kreis herum.

»Das gefällt mir«, sagte er und lachte unbeschwert, »genau das will ich öfter hören. Ich lasse dich erst los, wenn du das wiederholst.«

»Hilfe! Polizei!«, rief Maddalena stattdessen lachend und versuchte, sich zu befreien. »Jetzt will ich nicht reden, sondern essen, und wenn ich nichts bekomme, bestehe ich auf meinem Recht, für immer zu schweigen.«

Franjo setzte sie auf einen Stuhl und zündete eine Kerze an. »Weißt du«, sagte er nachdenklich, »jetzt, da ich merke, wie überaus emotional du auf die Hochzeit reagierst, dachte ich mir, vielleicht bist du bloß neidisch auf deine Mutter.«

Maddalena sog scharf die Luft ein. Sie hatte sich wohl verhört? Aber Franjo sprach weiter, unbeirrt von ihrem Gesichtsausdruck.

»Die einzig logische Schlussfolgerung daraus ist, dass wir es ihnen gleichtun sollten. Was meinst du, meine Schöne?«

»Franjo«, setzte Maddalena an und wusste nicht, was sie antworten sollte.

»Ich möchte Kinder mit dir, Maddalena, und ein geregeltes Leben. Es gab eine Zeit, da wünschte ich mir nichts mehr, als dass du zu mir in den Karst nach Dol pri Vogljah kommen würdest, aber irgendwann habe ich verstanden, dass ich dir damit nichts Gutes täte. Gegen ein Baby, und bald danach ein Geschwisterchen, hätte ich allerdings nichts.«

»Kinder«, sagte Maddalena gedehnt, »hat das nicht noch etwas Zeit?«

Still gestand sie sich ein, dass sie längst eine späte Erstgebärende wäre. Am achtundzwanzigsten Oktober, in einem halben Jahr, feierte sie ihren sechsunddreißigsten Geburtstag.

Ihre Mutter hatte sie schon an die ständig tickende biologische Uhr erinnert, als sie noch zwei Jahre jünger gewesen war, und obgleich Maddalena einen Scherz darüber gemacht hatte, war ihr dieser Umstand mehr als bewusst.

Sie betrachtete den Ring mit den funkelnden Diamanten, den sie von Franjo an ihrem vierunddreißigsten Geburtstag oben auf den Hügeln des Karstes bekommen hatte, hoch über dem weit aufgefächerten türkisen Meer der Triestiner Bucht. Und sie dachte an ihr Jawort, das sie ihm erst nach dem Unfall im Krankenhaus gegeben hatte. Wochen später.

Es klang wie ein Scherz, hatte aber einen bitteren Beigeschmack, als er einmal meinte: »Damals standst du unter Tabletteneinfluss.«

Ein Körnchen Wahrheit war wohl dran, denn geheiratet hatten sie noch immer nicht.

»Dieses schöne Haus bietet genug Platz für eine ganze Rasselbande.« Stolz sah Franjo sich um. Die Innenausstattung der alten Villa, die Maddalena vor einigen Jahren geerbt hatte, war einzig und allein sein und Fulvios Verdienst.

Das rechnete Maddalena dem besten Freund ihres verstorbenen Vaters hoch an. Der schlaue Fuchs hatte Franjo erstaunlich uneigennützig bei der Renovierung der baufälligen Villa unterstützt. Das Herz des Gebäudes war – wie konnte es anders sein? – unverkennbar die Küche. Franjos Kleinod. Sie könnte aus einem Hochglanzprospekt stammen: kühler Marmor, Edelstahl, teures Holz.

Vielleicht sollte sie das Haus ihrer Mutter als Morgengabe überreichen, dachte der Schalk in Maddalena, und sie sah Mamas vor Entzücken aufleuchtende Augen und gleichzeitig Scaramuzzas unverhülltes Entsetzen ob dieses Danaergeschenks. Für ihn zählte nur sein Penthouse in einem der neuen Hochhäuser der Insel, seine Kommandobrücke mit Fluglotsenblick.

»Franjo.« In Maddalenas Augen traten Tränen. »Wann haben wir uns so sehr voneinander entfernt?«

»Was redest du da, meine Schöne?« Er war aufgestanden und umrundete den Tisch. Heftig nahm er sie in die Arme, und Maddalena atmete verzweifelt seinen vertrauten Geruch nach Küchenkräutern ein.

»Wir haben einander verloren.«

»Psst«, flüsterte er in ihr Ohr. »Den Vertrag für das Restaurant habe ich unter Dach und Fach. Unserem Glück steht nichts mehr im Weg.«

»Und Mateja?«, erkundigte sie sich nach Franjos sehr eigenwilliger Mutter.

»Wie schon gesagt, das hier ist groß genug für eine Mannschaft. Nenn mir den Tag, an dem unsere Hochzeit stattfinden wird.«

Seine Mutter? Hier? Mit ihnen zusammen? Niemals. Das würden sowohl Maddalena als auch Mateja zu verhindern wissen.

»Das mit dem Wonnemonat Mai ist wohl etwas zu knapp berechnet«, murmelte sie. »Aber was hältst du davon, wir durchforsten unsere Kalender und verkünden das Datum unserer Heirat, nachdem Mama und Scaramuzza die Hochzeitstorte angeschnitten haben?«

Franjo strahlte. »Tesoro«, sagte er, und in seinen Augen schimmerten Tränen.

Irgendetwas in Maddalenas Innerem zog sich schmerzhaft zusammen.

4

Wahrscheinlich lag es an den Schmerzmitteln und an der Beruhigungspille, die ihre Cousine ihr noch im Krankenhaus in den Mund geschoben hatte. Für Maria war die Erinnerung an die Flucht aus dem Krankenhaus und die darauffolgende Fahrt zum Flughafen nur eine schemenhafte Traumsequenz.

Florianas Arme, die sich um ihren Körper schlangen und sie gar nicht mehr loslassen wollten. Dazu die Stimme ihrer Cousine, die eindringlich zu ihr sagte: »Wegwerfhandy.«

Mehr war nicht in ihrem Kopf geblieben.

Dann befand sie sich auf einmal in einem nach Tabak und schmutziger Wäsche stinkenden Miniauto und lehnte benommen auf dem Beifahrersitz. Ob sie sich mit Florianas Arbeitskollegen unterhalten hatte? Vermutlich schon.

Wie sie durch die Kontrolle gekommen war, das Boarding mit all den neuen verschärften Sicherheitschecks überstanden hatte, entzog sich ihrem bewussten Denken.

Der erste Moment, den Maria danach lebhaft und farbenfroh vor Augen hatte, war die Morgenröte, die sich sanft vor dem Fenster neben ihrem Sitz über den Himmel ergoss.

»Wunderschön.« Sie hauchte ihren Atem gegen die Scheibe und malte ein Herz auf das Glas. Bald würde sie ihren Mann aus dem Norden in die Arme schließen, bald all das Schreckliche, all die ausgestandene Angst der Vergangenheit hinter sich lassen können.

Eine hübsche Stewardess brachte Kaffee und knusprige Croissants, und als die Aprikosenmarmelade sich in Marias Mund verteilte, spürte sie so heftig die Vorfreude ihres zukünftigen Glücks, dass sie leise vor sich hin summte.

Ihr Sitznachbar warf ihr einen belustigten Blick zu.

Maria vertiefte sich in ein Magazin, in dem für Getränke und Speisen geworben wurde, und freute sich auf einmal unbändig auf das erste gemeinsame Essen mit ihrem Freund.

5

Guido Lippi stand vor dem Spiegel in seinem schmalen Vorzimmer. Wirklich erfreulich war das, was ihm entgegenblickte, nicht. Ein dickleibiger Mann mit fliehendem Haaransatz. Mit so einem Rotgesichtigen wollte er sich nicht identifizieren. Der da war nicht mehr als eine Lachnummer. Verärgert versuchte Lippi, das Hemd über seinem gewölbten Bauch glatt zu ziehen. Die erhoffte Verbesserung blieb aus. Eine Speckfalte quoll unter dem Stoff hervor. Fluchend zog er ein größeres Hemd vom Kleiderbügel.

Es war die Woche nach Ostern und schon recht heiß, die blöden Feiertage waren dieses Jahr auf ein spätes Wochenende gefallen. Den Touristen behagte der vorgezogene Sommer natürlich. Sie strömten auf die Insel und brachten dem Hotel- und Gastronomiegewerbe das notwendige Geld.

Dafür häuften sich wie jedes Jahr in den Sommermonaten die Brieftaschendiebstähle und Autoeinbrüche. Ebenso fiel es bedauerlicherweise regelmäßig irgendwelchen verwöhnten Jugendlichen ein, Boote zu kapern. Natürlich nicht in Piratenmanier auf hoher See, wie sie es ihren Freunden daheim vielleicht angeberisch erzählten, nein, die Dummköpfe »borgten« sie sich im sicheren Hafen der Innenstadt oder von einem Platz entlang der Kanäle aus und ließen sie dann irgendwo anders zurück. Oft konnten sie von Lippi und »seiner Mannschaft«, so bezeichnete er die Kollegen, mit denen er zusammenarbeitete, gern vor Fremden, erst Tage später wiedergefunden werden. Für die Betroffenen, meistens heimische Fischer, glichen diese kindischen Streiche einer mittleren Katastrophe.

Guido Lippi war seit Jahrzehnten Polizist, und seiner Überzeugung nach kein schlechter. Es gab wesentlich unbegabtere Ermittler als ihn. Natürlich hatte er seinen Freundeskreis durch seine unverblümte Art im Lauf der Zeit nicht eben erweitert.

Früher wollte er es seiner Stella gleichtun und in jedem Menschen auch das Gute sehen.

»Es sind doch nur verblendete Kinder, die auf einen schlechten Weg gekommen sind«, pflegte sie auf seine üblichen Schimpfereien zu entgegnen.

Stella.

Lippi warf sich im Spiegel einen wehleidigen Blick zu und sagte: »Dieses Gerede gehört zum Glück der Vergangenheit an. Wie auch die Rednerin.«

Zum Glück hatten sie keine Kinder. Denn die hätte seine Ex-Frau sicher auch mitgenommen und alles darangesetzt, das alleinige Sorgerecht zu erstreiten.

»Stella«, der strahlende Stern. Anfangs zumindest. Aber mit den Jahren erwies sie sich als streitsüchtig und kleinmütig. Aus der schönen Stella war ein zänkisches Weib geworden, das ihm vorwarf, stets nur das Böse in der Welt zu sehen, schlimme Nachrichten in den Medien als unreflektierte Bestätigung seiner Sicht wahrzunehmen und jeden Morgen mit einem derben Fluch auf den Lippen aufzuwachen, statt sie zärtlich zu umfangen und ausgiebig zu küssen.

Unwillkürlich erinnerte Lippi sich an ihr letztes gemeinsames Fest vor rund anderthalb Jahren.

Es war kurz vor Weihnachten gewesen, und er hatte sich auf ihr Drängen eine alberne rote Zipfelmütze über die Halbglatze gestülpt. Stella hatte unbedingt mit in die Villa der Commissaria gewollt. Es sei doch furchtbar nett von seiner Chefin, alle Mitarbeiter zu ihrer familiären Adventsfeier einzuladen. Ihm war jedoch klar gewesen, dass die Degrassi nur vor ihrem Team mit dem ererbten Haus angeben wollte. Und diese Idioten waren darauf auch noch hereingefallen, so wie seine Ex.

Nach dem Unfall der Degrassi gut sechs Wochen zuvor hatte Comandante Scaramuzza ihm die Interimsführung des Teams übergeben. Eine Zeit lang hatte er gehofft, der Comandante, dem er trotz dessen mitunter tyrannischen Auftretens viel abgewinnen konnte, würde ihn nicht nur vorübergehend mit der Leitung der Dienststelle betrauen, sondern der Commissaria für immer die Zügel aus der Hand nehmen – um sie in seine zu legen, wo sie viel besser aufgehoben wären. Aber trotz seiner erfolgreichen

Arbeit, seines Engagements und der seines Teamgeistes hatte er sich damals ordentlich verschätzt.

Und das lag nicht an Arturo Fanetti, wie zu befürchten gewesen wäre. Denn Fanetti, sein Gegenspieler um die Gunst des Alten, hatte während dieser Zeit mit einem Verbrechensopfer angebandelt und einen schweren Ermittlungsfehler begangen. Dafür war er dann eine ganze Weile kaltgestellt worden. Trotzdem bekam Lippi keine echte Chance, sein Können unter Beweis zu stellen, weil der alte Griesgram Scaramuzza, von niemandem vorhersehbar, während des Krankenhausaufenthaltes der Commissaria in heftiger Liebe zu ihrer schönen Mutter entbrannt war. An Degrassis Krankenbett hatten die beiden sich tief in die Augen geschaut, und schon war es um sie geschehen.

Als die Commissaria wieder genesen war, hatte er gute Miene zum bösen Spiel machen und ihre Einladung annehmen müssen. Mit einer Dose selbst gebackener Kekse war er mit Stella in der viel gepriesenen Villa aufgekreuzt. In Wirklichkeit war dieses Haus eine heruntergekommene, baufällige Ruine. Das konnte er auf den ersten Blick erkennen.

Als Stella und er, mit der verdammten Zipfelmütze auf dem Kopf, in den weihnachtlich geschmückten Raum getreten waren, hatte es so etwas wie ein kollektives Aufseufzen hinter vorgehaltener Hand gegeben.

Hatten die ihn etwa für einen Einsiedler gehalten?

Ihre sensationslüsternen Blicke, als sie die hübsche Stella an seiner Seite bemerkten, waren jedenfalls nicht zu übersehen gewesen.

Seiner Frau hatte er, aus einer gehässigen Laune heraus, die zugegebenermaßen hübsche Commissaria als seine über alles verehrte Vorgesetzte vorgestellt. Stella war jedoch mitnichten eifersüchtig geworden, sie hatte der Degrassi überflüssigerweise sogar noch Komplimente gemacht.

Zoli, dem Obertrottel der Kompanie, war der Mund offen stehen geblieben. Eine so attraktive Gattin mit einer solchen Ladung Charme hatte ihm wohl keiner zugetraut.

Nach einer ordentlichen Dosis Weihnachtspunsch hatte Zoli

dann zur Erquickung seiner Kollegen von seiner eingebildeten Verlobten namens Maddalena zu schwärmen begonnen. Dass er nicht alle Tassen im Schrank hatte, wussten in der Dienststelle alle, und doch wurde er von ihrer Chefin bevorzugt. Für die Degrassi war er praktisch, er folgte ihr hingebungsvoll auf Schritt und Tritt und war stets zu ihren Diensten.

Fanetti eignete sich nicht zu dieser Art Leibeigenschaft. Sein Herr war eindeutig Comandante Scaramuzza, sein »Onkel Muzzi«. Wahrscheinlich war er von dem Alten als Spion in die Dienststelle eingeschleust worden. Nur weil Fanettis Vater und Scaramuzza seit Kindertagen Jagdkollegen waren, hatte man den schönen Arturo für seinen Ermittlungsfehler neben der Suspendierung nur geringfügig verwarnt. Hätte Lippi sich Vergleichbares geleistet, würde er bis an sein Lebensende Strafzettel schreiben.

Strafzettel!

Jetzt lachte ihn sein Gegenüber im Spiegel an. »Halte deine blöde Klappe«, sagte der Dicke, und Lippi trat gegen die Ablage, auf der noch immer Stellas Regenstiefel standen.

»Scheißtag aber auch«, konterte Lippi.

Nachdem Stella ihn verlassen hatte, war er lange Zeit wie paralysiert durch die Gegend getaumelt.

»Glaubst du, Alter«, schrie er sein Spiegelbild an, »irgendein ach so netter Kollege wäre auf die Idee gekommen, mich nach Dienstschluss auf eine Pizza oder ein Bier mitzunehmen?«

Nein, nicht einmal die unansehnliche Rita Beltrame hatte sich seiner angenommen.

Die Krönung von alldem war jedoch Comandante Scaramuzzas herablassend ausgesprochene Einladung zu seiner mehr als überflüssigen Hochzeitsfeier gewesen.

»Lippi, mein Bester«, hatte er gesäuselt und ihm dabei fest auf die Schulter geklopft. »Sie und Ihr prachtvolles Weib sind selbstverständlich meine Gäste. Auch am Polterabend brauche ich eine vernünftige Seele wie Sie an meiner Seite, und Ihre Luna wird in der Zwischenzeit meiner Sibilla Gesellschaft leisten.«

»Stella heißt sie«, brachte Lippi zwischen zusammengebissenen

Zähnen hervor, »nicht Luna. Aber sie wird nicht kommen. Wir sind geschieden.«

»Na«, lautete des Alten jovial geheuchelte Erwiderung, »hübsches Frauchen, schade drum. Aber Lippi, auch andere Mütter haben schöne Töchter.«

Da hatte er sich erstmals eingestehen müssen, dass auch Heldenverehrung ihre Grenzen aufwies.

Nach der ereignislosen Fahrt zur Arbeit saß er in seinem Büro, das er sich mit Beltrame teilen musste. Fanetti hatte die Ehre, sich direkt hinter der Chefin, nur durch eine Tür von ihrem Büro getrennt, mit ihrem persönlichen Gehilfen die Zeit zu vertreiben. Piero Zoli, der kleine Genosse, strahlte neuerdings vor Glück. Das versonnene Grinsen hätte er ihm schon vor Tagen am liebsten aus dem Gesicht geprügelt.

Nur hätte das wohl niemand verstanden.

Seit die Raumordnung wieder einmal auf den Kopf gestellt worden war, indem die Degrassi ihn mit dem zuvor aus ihrem Nachbarbüro verbannten Zoli die Plätze tauschen ließ, wahrscheinlich, um sich gegen Scaramuzza aufzulehnen, der diese Entscheidung bei Fanettis Einstellung allein getroffen hatte, waren jetzt ihre beiden Liebkinder treu vereint, während er auf der anderen Seite des Flurs bei der Kollegin sein Dasein fristete. Insgesamt war Beltrame gar nicht so übel. Abgesehen von ihrem testosterongesteuerten Getue und der täglichen Portion Achselschweiß, die sie absonderte.

Es klopfte einmal heftig an der Tür, und Scaramuzza stand im Büro. Beltrame sprang vom Stuhl hoch und fragte devot: »Comandante, Kaffee oder lieber ein Glas Wasser?«

»Wasser«, bellte Scaramuzza, »wenn ich noch so einen starken Mokka wie den von Zolis Mutter trinke, erlebe ich meine eigene Hochzeit nicht.«

Beltrame verließ verschämt kichernd den Raum.

»Lippi«, Scaramuzza setzte sich ihm gegenüber, »was hat der Abgleich gebracht?«

Abgleich? Lippi überlegte krampfhaft. Wovon sprach der

Chef? Dann fiel es ihm ein. Aber dafür war doch die Degrassi zuständig.

»Das müsste Ihnen die Commissaria genauer sagen können.« Er stockte kurz und legte dann mit einem Blick auf seine Armbanduhr, die bereits zehn Uhr anzeigte, zuckersüß nach: »Sofern sie heute noch zur Arbeit kommt.«

Scaramuzza wischte einen Krümel von Lippis Tisch. »Wie bitte? Ich dachte, Sie wären ein hartgesottener, halbwegs intelligenter Kerl? Und da machen Sie mir bei erster Gelegenheit meine zukünftige Stieftochter schlecht?«

Lippi verschluckte sich an seinem Speichel, er musste husten. »So war das nicht gemeint«, beeilte er sich zu sagen und fuhr, ohne aufzusehen, seinen Computer hoch.

»Ich weiß durchaus, wie das gemeint war. Und deshalb informiere ich Sie, dass Ihre Chefin derzeit andere Aufgaben wahrnimmt, die sie von mir persönlich zugeteilt bekommen hat. Sie unterstützt meine Zukünftige bei den Vorbereitungen unserer Hochzeit in Strassoldo.« Er lachte dröhnend. »Wäre der Conte Breciani nicht zufällig ein alter Jagdfreund von mir, würde ich jetzt auch gar nicht nachfragen. Denn ich setze Prioritäten. Das würde auch Ihnen nicht schaden. Also, Lippi. Schießen Sie los. Aber bitte nicht im wörtlichen Sinn.«

»Der DNA-Abgleich«, sagte Lippi, als Beltrame mit einem Glas Wasser zurückkehrte, »die DNA der Haare stimmt mit der DNA der Knochen einer der beiden Leichen überein.«

»Nun. So weit, so gut. Dann wäre ein Skelettfund aufgeklärt. Ein bei einer illegalen Abtreibung durch Komplikationen verstorbenes, wahrscheinlich verblutetes junges Mädchen. Erfolg. Ja, so etwas verbuchen wir als Erfolg, nicht wahr? Sie gehen damit heute noch an die Presse, und ich warne Sie, weder der Conte noch sein Landgut werden erwähnt.« Scaramuzza sah ihn scharf an, nahm das Glas und stürzte das Wasser hinunter. Dann wandte er sich an Beltrame, die immer noch vor ihm stand, um weitere Befehle entgegenzunehmen. »Junge Frau«, bellte er. »Ihr Vater hat eine eigene Einladung erhalten, doch er kann Sie ebenso gern begleiten. Sie sind mein Gast, egal, wen Sie mitbringen, es kann auch eine Frau sein.«

Lippi biss sich auf die Zunge. Am liebsten hätte er laut gelacht.

»Comandante«, hörte er Beltrame mit zaghafter Stimme sagen, »mein Vater kommt gern. Er freut sich darauf.«

Als Scaramuzza das Büro verlassen hatte, baute Lippi sich vor ihr auf. »Lass dich vom Alten doch nicht so einschüchtern.«

»Mach ich nicht. Papa freut sich wirklich.« Jetzt klang sie nicht mehr verzagt. »Und ›hartgesotten‹ sind Sie selbst nicht, Sie geben das nur gern vor. Ich durchschaue Sie. Aber spielen Sie nur weiter den starken Mann, wenn Sie das für Ihr Ego brauchen. Ich muss den Annahmen des Chefs nichts entgegensetzen, mein Privatleben geht hier niemanden etwas an. Verstanden? Schon gar nicht Sie. Mein Vater ist ausgesprochen tanzfreudig, amüsant und zuvorkommend. Ich könnte mir daher keinen besseren Begleiter als ihn wünschen.«

Lippi sah sie überrascht an.

Ihm fehlten die Worte für eine freche Entgegnung, was selten genug der Fall war. Aber heute war anscheinend ein Tag großer Weisheit, denn Beltrame war noch nicht am Ende angelangt.

»Lippi, behandeln wir einander doch nicht so geringschätzig. Ich entschuldige mich, dass ich Sie so angefahren habe. Nicht wir sind der Abschaum. Der wartet vor der Tür.«

Das allerdings hatte Lippi nicht erwartet, und er betrachtete seine Kollegin zum ersten Mal genauer.

Eine Schönheit war sie nicht, zu breit in den Hüften, das Haar hing glanzlos an den Seiten ihres kantigen Gesichts herab, die hellen Augen standen zu eng beieinander, und die Nase stach zu weit hervor. Doch ihr Blick war offen und ließ darauf schließen, dass das Angebot ernst gemeint war.

»Ja, Beltrame. Versuchen wir, freundlicher zueinander zu sein. Schließlich teilen wir uns dieses Büro. Noch ein Wort.« Er sah sie an, und als sie nicht reagierte, fuhr er fort: »Es macht doch nichts, wenn Sie lesbisch sind, deswegen bricht die Welt nicht zusammen. Wir alle hielten Piero Zoli für schwul, und jetzt wird seine erfundene Verlobte Maddalena sogar zur Hochzeit anreisen. Also, es geschehen noch Wunder.«

Rita Beltrame seufzte und fuhr ihren Computer herunter.

»Auch wenn Sie das vermutlich freundlich meinen, Lippi, meine sexuelle Orientierung ist und bleibt allein meine Angelegenheit.« Ihre Stimme klang herablassend.

Dumme Kuh, dachte Lippi und wurde sogleich ein weiteres Mal überrascht.

»Ich hole mir jetzt eine saftige Brioche mit Crema, soll ich Ihnen auch eine mitbringen?« Als er verlegen nickte, lächelte sie ihn an. »Ich gehe am Abend mit ein paar Kollegen auf Pizza und Bier ins ›Delfino Blu‹. Wenn Sie möchten, schließen Sie sich uns doch an.«

Wieder nickte er. »Das überlege ich mir noch«, schob er barsch nach.

Allzu bedürftig wollte er auch nicht wahrgenommen werden.

6

»Zum Glück lebt dein Großvater nicht mehr, sonst müsste er das alles hier bezahlen.« Sibilla zwinkerte Maddalena verschwörerisch zu.

»Mama«, sagte Maddalena peinlich berührt. Ihre Mutter veränderte sich stündlich mehr in einen habgierigen, verschwendungssüchtigen und oberflächlichen Alptraum. Es war, als hätte sie den Blick für das Maß der Dinge endgültig verloren.

»Maddy.«

Maddalena entzog sich abrupt dem Klammergriff ihrer Mutter. »Ich finde auch, Mama, dass Comandante Achille Scaramuzza selbst für diesen Luxus aufkommen muss. Keinem einzigen Brautvater wäre das zuzumuten. Das, was ihr euch vorstellt, ist ja fast schon so dekadent wie zu Neros Zeiten im alten Rom. Ein Gelage wie aus dem Bilderbuch. Es fehlen nur noch nackte Jünglinge, die einem Austern und Kaviar in den Mund schieben und Champagner nachschütten.« Maddalena kicherte, aber ihre Mutter fand das nicht lustig.

»Deine Phantasie, Maddy, ist das Einzige, was hier keinem zuzumuten ist. Wie kannst du so etwas auch nur denken? Achille mag kein leicht geschürztes Personal, er gönnt uns allen jedoch den Wohlstand. Mein zukünftiger Mann ist nun mal reich. Eine Schande ist das nicht, oder?«

Maddalena verdrehte die Augen und dachte an ihren verstorbenen Vater. Er war mit seiner Bescheidenheit und zurückhaltenden Art das krasse Gegenteil von Scaramuzza gewesen. Könnte er diesen Überfluss sehen, würde er sich enttäuscht abwenden und Maddalena dennoch zärtlich über den Kopf streichen. »Mädchen, nimm es nicht so tragisch. Mir ist es lieber, es geht deiner Mutter gut, als dass sie um mich trauert bis ans Ende ihrer Tage. Ich konnte ihr das alles nicht bieten. Gönne ihr doch das Vergnügen und den Reichtum. Und auch das Glück, einen neuen Mann an ihrer Seite zu haben.« Er war immer so verdammt verständnisvoll gewesen und hatte sie beide über alles geliebt.

Maddalena seufzte.

Die Arbeit ihres Vaters im Archiv der Risiera di San Sabba, dem ehemaligen nationalsozialistischen Konzentrationslager in Triest, war für ihn emotional belastend gewesen. Auch wenn er nur für die Sortierung diverser Dokumente verantwortlich war und sich die Zeit frei einteilen konnte, war er doch ständig mit Trauer, mit Grausamkeit, mit willkürlicher Vernichtung und dem Tod jüdischer Häftlinge, Partisanen und Antifaschisten konfrontiert worden.

Mehr an Widerspruch kann es kaum geben, dachte Maddalena. Dabei waren ihre Eltern und sie, was den Comandante betraf, anfänglich einer Meinung gewesen. Wie oft hatten sie sich gemeinsam über ihn lustig gemacht. Wenn Maddalena sich bei ihrem Vater beklagte, hatte er ihr den Rücken gestärkt und sie aufgemuntert. Zu Beginn ihrer Tätigkeit in Grado waren schlimme Auseinandersetzungen mit ihrem Chef an der Tagesordnung gewesen. Damals hatte auch ihre Mutter Entsetzen über Scaramuzzas Großspurigkeit ausgedrückt, doch wenn Maddalena genauer darüber nachdachte, musste sie sich eingestehen, dass sie sich schon eine ganze Weile entzückt zeigte, Geschichten über ihn zu hören. Sie konnte von seinen dummen Sprüchen gar nicht genug bekommen.

»Mama«, sagte Maddalena und trat einen Schritt auf sie zu, »Papa war doch Historiker. Vielleicht sollten wir seine Bibliothek nach der Familiengeschichte der Scaramuzzas durchforsten. Was meinst du, auf was wir da stoßen?«

»Maddalena, du bist unmöglich.« Ihre Mutter warf ihr unter elegant geschwungenen Wimpern einen tadelnden Blick zu. Hatte sie sich neben den Botox- und Hyaluronsäure-Behandlungen auch die Wimpern verdichten und verlängern lassen? »Jetzt sei mal nicht so moralinsauer. Achte ein wenig mehr auf dein Äußeres, Kind, pflege dein Haar, es ist struppig, und iss mehr, du bist ja knochendürr. Nicht immer zählen nur die inneren Werte. Wenn du nicht besser auf dich achtest, kommt dir dein Franjo eines Tages abhanden. Zu sehr solltest du dich auf den besten aller Männer nicht verlassen.«

Maddalena wollte etwas erwidern, doch die Worte schafften es nicht über ihre Lippen. Die Ankunft der Gräfin von Strassoldo ließ sie ihren Ärger hinunterschlucken. Beschwingt eilte die Eigentümerin der weitläufigen Anlage auf sie zu. Die kurzen blonden Locken wippten um ihr hübsches Gesicht. Sie trug ein wadenlanges Kleid, das bei jeder ihrer Bewegungen um ihren Körper schwang. Und sie bewegte sich eigentlich ständig. Ihr Lächeln war bezaubernd.

Das Castello di Strassoldo war bekannt für Hochzeiten. Der Ort war malerisch, das musste Maddalena zugeben. Wie in eine andere Zeit versetzt, spazierten sie durch das mittelalterliche Dorf. Es war umgeben von einem Park mit frühlingshaft grünen Wiesen, auf denen jahrhundertealte Bäume standen, und durchzogen von zwei Flüssen mit sprudelndem Karstwasser, die sich an der Südseite des Parks kreuzten.

»Ein magischer Ort.« Sogar Maddalena kam ins Schwärmen.

Der Anblick war märchenhaft. Besonders hatte es ihr der Lindenbaum angetan, der mit seinem mächtigen Blätterdach der Kirche Schatten bot. Doch irgendwann begann sich Maddalena ob der endlosen Schönheit der Landschaft und umgeben von so viel Historie zu langweilen.

Die beiden burgähnlichen Gemäuer inmitten des Parks waren klassische Wasserschlösser. Neben der Porta Cistigna stand ein imposanter Turm aus der Karolingerzeit, der eine alte Reismühle mit funktionierendem Wasserrad beherbergte.

Tapfer und schweigend spazierte sie an der Seite ihrer Mutter dahin. Sie enthielt sich jedweden Kommentars, selbst dann noch, als die Gräfin sie durch sämtliche Etagen des Schlosses führte, ihnen den mächtigen Ahnenbaum der Familie präsentierte und in ihrer liebenswürdigen Art die Bedeutung jedes einzelnen Raumes erklärte. Als die Gastgeberin schließlich Maddalenas verhaltenes Gähnen bemerkte, bat sie sie zu Tee und Kuchen in einen der hübschen Salons.

Die Wände waren mit Ahnenbildern geschmückt, zu denen

es eine Vielzahl von Geschichten gab, und das gesamte Mobiliar stammte aus längst vergangenen Zeiten. Maddalena schloss die Augen und war Elizabeth Bennet, die mit Mr. Darcy Zitronenlimonade trank. Sie gab ihm gerade eine freche, sehr kluge Antwort, und er sah sie bewundernd an.

»Du schläfst doch nicht etwa?« Die Stimme ihrer Mutter riss sie aus der romantischen Träumerei.

»Ihre Tochter wird müde sein. Bei der großen Aufgabe, als so junge Frau eine Polizeistation zu leiten, ist das sicherlich kein Wunder.«

Sofort schloss Maddalena die Frau in ihr Herz.

»Hier, das belebt den müden Geist.« Die Gräfin lächelte und goss Prosecco in die bereitstehenden Gläser ein.

Maddalenas Mutter entspannte sich. Sichtlich angetan von so viel atmosphärischer Schönheit, gab sie sich von ihrer besten Seite und besprach im Plauderton Prozedere und Speisenfolge der Hochzeit. Sogar die Kirche San Nicolò innerhalb der Schlossanlage würde für die Zeremonie zur Verfügung stehen.

»Mama!« Maddalena konnte nicht mehr an sich halten. »Papa und du, ihr habt damals kirchlich geheiratet. In Santa Croce. Du kannst das nicht ein zweites Mal einfach so machen. Dein *Verlobter* und du«, sie betonte das Wort verächtlich, »ihr seid Katholiken. Das verstößt gegen jede Regel. Nicht mal Scaramuzza kann sich darüber hinwegsetzen.«

»Es ist Ihre zweite Eheschließung?«, erkundigte sich die Contessa im Plauderton.

»Ja«, antwortete Maddalena für ihre Mutter.

»Dafür gibt es eine praktikable Lösung. Wir führen hier häufig zivile, also standesamtliche Heiraten durch.«

»Achille«, begann Sibilla und leerte ihr Glas.

»Scaramuzza ist nicht allmächtig, Mama, er glaubt das nur. Aber er liebt dich und wird es daher verstehen. Ihr werdet nicht kirchlich heiraten. Punkt.«

»Ein wenig streng ist Ihre Tochter schon, aber ich muss ihr recht geben.«

Ihre Mutter murmelte etwas Unverständliches.

Beim Anblick der Sonne, die auf die Wiese vor den Fenstern strahlte, heiterte sich Maddalenas Laune ein wenig auf. Später würde sie mit Franjo am Meer entlangschlendern und in einer der kleinen Strandbars einen Campari Soda trinken.

Ihr fiel auf, dass sie sich gar nicht mehr erinnern konnte, wann sie das letzte Mal mit einer solchen Serie sonniger Tage gesegnet gewesen waren. Oder wann Franjo und sie zuletzt in Ruhe zusammengesessen und ohne gereizten Unterton miteinander geredet hatten.

Mit halbem Ohr hörte sie zu und wurde erst aufmerksam, als die Gräfin sagte: »Die Legende, die sich um die schöne Ginevra rankt, ist traurig.«

»Wieso?«, fragte Maddalena.

Die Gräfin sah sie erstaunt an. »Wollen Sie das wirklich hören? Ich hatte den Eindruck, Sie langweilen sich etwas?«

Ertappt schüttelte Maddalena den Kopf. »Nein. Bitte erzählen Sie.«

»Es gibt mehrere Geschichten um die schöne Ginevra von Strassoldo, die Anfang des dreizehnten Jahrhunderts hier in unserem Schloss gelebt haben soll. Folgende gefällt mir am besten.«

Maddalena und ihre Mutter sahen die Gräfin neugierig an.

»Ginevra war schon als kleines Mädchen von ihrem Vater mit Federico von Cuccagna verlobt worden. Sie verliebte sich aber in den Grafen Odorico von Villalta, und ihr Vater, der seine Tochter sehr verehrte, willigte schließlich in die Hochzeit der beiden ein. Somit brach er den Pakt mit den Cuccagnas. Die Hochzeit mit dem Grafen wurde hier im Schloss Strassoldo gefeiert. Bald danach reiste die junge Ehefrau mit ihrer Gefolgschaft nach Villalta ab. Der durch das gebrochene Eheversprechen schwer beleidigte Federico raubte jedoch die schöne Ginevra auf dem Weg in ihr neues Leben. Aus Kummer um den Verlust ihrer großen Liebe verwandelte sie sich daraufhin in eine Marmorstatue.«

Die Gräfin lächelte über die erstaunten Gesichter ihrer beiden Zuhörerinnen. »Odorico, verzweifelt wegen der Entführung seiner jungen Frau, machte sich mit seinen Rittern auf den Weg, um sie zu befreien«, berichtete sie weiter. »In der Festung kam es zu einem Kampf, den Odorico für sich entschied. Allerdings tötete er seinen Widersacher, bevor der ihm verraten konnte, wo Ginevra sich befand. Also machten Odorico und seine Ritter sich auf die Suche nach ihr. Sie durchkämmten die Burg, das Verlies, den Park, doch nirgends fand sich eine Spur von ihr. Bei Sonnenuntergang entdeckte Odorico auf dem Turm eine prächtige Statue. Sie ähnelte seiner Ginevra, war aber aus Marmor. Verzweifelt brach er darunter zusammen und umklammerte tränenüberströmt die Füße seiner marmornen Angebeteten. Die Ritter versuchten, ihn von der steinernen Gestalt zu lösen, aber es gelang ihnen nicht. Sein Weinen wurde immer heftiger, und dann geschah das Wunder. Der eiskalte Marmor wurde lebendig, Ginevra beugte sich zu ihm herab und schloss ihn fest in ihre Arme.«

Hatte ihre Mutter Tränen in den Augen?

»Mama?« Maddalena grinste, doch auf einmal beschlich sie ein unangenehmes Gefühl. Sie musste an eine andere Ginevra denken, die auch Opfer einer Entführung geworden war.

In Gedanken weit weg, nahm Maddalena die ausführliche Besprechung des opulenten Mahls nur noch am Rande wahr.

Sie verabschiedeten sich herzlich voneinander. Maddalena mochte die Gräfin, die eine reizende und gebildete Frau war und einem das Gefühl vermittelte, willkommen zu sein.

»Siehst du, Maddy«, sagte ihre Mutter, als sie ins Auto einstiegen, »so hätte ich gerne, dass du einmal wirst. Ihr beide seht euch ähnlich. Du musst nur ein wenig mehr auf dein Äußeres achten.«

Wieder blieben Maddalena die Worte im Hals stecken. Abgesehen davon, dass ihr die Contessa gefiel, war sie blond und kurzhaarig, während sie selbst lange dunkelbraune Locken hatte. Sie unterschieden sich auch in Größe, Gesichtsform und Auftreten voneinander. Genau genommen sahen sie sich überhaupt nicht ähnlich.

Langsam begann Maddalena, ernsthaft am geistigen Zustand ihrer Mutter zu zweifeln. Hatten Scaramuzzas Pheromone ihr Hirn angegriffen? Sie schien jedenfalls von einem besonders aggressiven Liebeshormon überfallen worden zu sein, sonst hätte sie sich wohl kaum in den Comandante verliebt.

Maddalena schüttelte sich bei dem Gedanken an die beiden als Liebespaar.

»Ist dir kalt? Du wirst mir doch nicht so kurz vor der Hochzeit schlappmachen?«

Auf die Selbstbezogenheit ihrer Mutter war noch immer Verlass.

»Nein, Mama, keine Sorge, ich lasse dich schon nicht im Stich. Einer muss dich schließlich zum Altar führen.«

»Da wir gerade davon sprechen.« Sibilla nahm die Kurve rasant, und Maddalena klammerte sich an den Haltegriff. »Diese Aufgabe wird der Mann meiner Mailänder Freundin übernehmen. Ich habe dir doch erzählt, dass sie kommen.«

Hatte sie nicht. Aber warum auch, bei rund dreihundert geladenen Gästen hatte Maddalena über die Frage, wer zu- und wer absagte, ohnehin keinen Überblick mehr. Sie konnte ein Schmunzeln nicht unterdrücken und fragte sich nicht zum ersten Mal, wobei sie ihre Mutter, die ohnehin alles allein entschied und organisierte, eigentlich unterstützen sollte? Was führte der Comandante, der ihr dafür extra freigegeben hatte, im Schilde? War er eifersüchtig und wollte seine zukünftige Frau unter Beobachtung einer Anstandsdame wissen?

»Am späten Nachmittag fahren wir zur Anprobe des Brautkleides nach Triest«, erinnerte ihre Mutter sie. »Wir müssen uns auch noch die Farbe der Garderobe für die Brautjungfern überlegen.« Kaum dass sie das gesagt hatte, bremste Sibilla scharf ab und stellte das Auto großzügig auf die Trennlinie zweier Parkplätze.

»Mama«, empörte Maddalena sich, um gleich darauf erstaunt um sich zu blicken.

Sie standen vor dem Bahnhof in Cervignano.

»Warum halten wir hier?« Sie war so in Gedanken gewesen, dass sie nicht auf die Straße geachtet hatte. »Bitte nimm anderen nicht den Parkplatz weg. Das ist asozial.«

»Maddy, jetzt mach mal nicht auf moralische Verkehrspolizistin.« Sie lachte silberhell auf. Dieses Lachen hatte ihr Vater geliebt, es glich Tausenden Glöckchen, die in unterschiedlicher Tonart zur selben Zeit erklangen. »Du kannst mich ja festnehmen oder mir einen Strafzettel ausstellen, wenn es dir danach besser geht.«

»Du bist unmöglich.« Maddalena stieg aus und wartete, bis auch ihre Mutter den Wagen verlassen hatte. »Mama, du weißt, dass mich Überraschungen nicht unbedingt begeistern. Also bitte, mach es nicht so spannend. Wen erwarten wir?«

Maddalenas Mutter zog es vor, die Frage nicht zu beantworten, da in diesem Moment eine Lautsprecherstimme den herannahenden Zug ankündigte.

»Komm schon!« Sie zog Maddalena durch die Halle zum Bahnsteig.

Schüler, ältere Leute und Rucksacktouristen verließen die Waggons.

»Hallo!« Ihre Mutter winkte und stürzte auf ein älteres Pärchen zu. »Das sind meine lieben Mailänder Freunde. Ich habe dir doch erzählt, wie sehr ich mich auf sie freue. Maddy, nimm ihnen die Koffer ab.«

Maddalena, die sich ob des Befehlstons zuerst erbost abwenden wollte, besann sich eines Besseren. Sie nahm der Frau den Trolley aus der Hand.

»Willkommen«, grüßte sie freundlich. Sie kannte die beiden noch nicht persönlich, war aber durchaus bereit, ihnen wohlwollend zu begegnen. Immerhin hatten sie ihrer Mutter in der schweren Zeit nach dem Tod von Maddalenas Vater beigestanden. Das war ein Umstand, den sie zu würdigen wusste.

Margherita und Gabriele hießen die beiden. Flüchtig betrachtet waren sie gar nicht mal so übel. Sie wirkten solide und bestanden darauf, die schweren Reisekoffer selbst zu tragen. Alle drei freuten sich aufrichtig über das Wiedersehen.

Margherita erzählte auf ihrem Weg zum Parkplatz von der anstrengenden Reise, und Gabriele warf einen sehnsüchtigen Blick in Richtung Bahnhofsbar.

Nachdem sie das Gepäck im Kofferraum des Wagens untergebracht hatten, stellte Maddalena leise die entscheidende Frage. »Mama, wo hast du die beiden untergebracht? Wohin geht es als Nächstes?«

»Was für eine Frage. Natürlich zu dir, wohin denn sonst? Margherita und Gabriele werden in der Villa wohnen. Sie haben auch mir immer Asyl geboten. Und dein Haus bietet ausreichend Platz, nicht wahr?«

»Mama.« Maddalena packte ihre Mutter am Arm. »Das ist jetzt aber nicht dein Ernst?«, zischte sie ihr ins Ohr.

»Stell dich nicht so an. Glaubst du wirklich, so enge Freunde bringe ich in einem unpersönlichen Hotel unter? Achille hätte im ›Astoria‹ oder im ›Savoy‹ selbstverständlich ein schönes Zimmer bekommen. Ich aber wollte, dass sie es familiär haben. Und er widersetzt sich meinen Wünschen nicht. Also werden sie die nächsten Tage bei dir logieren, mein Schatz. Das ist doch auch in deinem Sinn, oder?«

Peinlich berührt bemerkte Maddalena, dass sich Margherita und Gabriele während ihrer halblaut geführten Unterhaltung diskret etwas abseits gestellt hatten.

»Ja, selbstverständlich, ihr seid bei mir herzlich willkommen, ich … ich war nur nicht auf euren Besuch vorbereitet«, stammelte Maddalena verlegen und ärgerte sich über ihre Mutter. Doch so war sie nun mal, selbstbezogen und oft rücksichtslos. Dabei hatte Maddalena gar nichts gegen den Besuch, sie wäre nur gern etwas früher darum gebeten worden.

7

Als er an diesem Morgen aufgewacht war, glaubte Enrico seine Welt noch in Ordnung. Nicht in jeder Hinsicht, aber in den meisten Belangen seines Lebens war er zufrieden. Sein Job war okay, sein Privatleben mehr oder weniger ebenfalls, einige gute Freundschaften hatte er inzwischen geschlossen.

Den Absprung aus Sizilien hatte er gemeistert und sich hier im Norden Italiens eine Existenz aufgebaut, auf die er stolz sein konnte. Er wohnte am Stadtrand von Monfalcone in einer Mietskaserne im dritten Stock und war bei einem renommierten Paketdienst als Zusteller beschäftigt. Ein eigenes Auto besaß er nicht, aber das war auch nicht notwendig, denn der Lieferwagen stand in seiner Garage. Es lag wohl an seiner Körperfülle oder seinem blassen Teint, dass er immer noch ohne Freundin war.

Woran es noch liegen könnte, wollte er sich lieber nicht überlegen. Einmal hatte eine seiner Zufallsbekanntschaften gefragt, ob er an zu vielen weiblichen Hormonen leide? Ganz dahintergekommen, was diese wohl gehässig gemeinte Botschaft bedeutete, war er nie.

Nach dem Duschen war er in frische Kleidung gestiegen. Seine Uniformen pflegte er mit Hingabe.

Es machte ihm Spaß, von Wohnung zu Wohnung, von Industrie- zu Handwerksbetrieben zu fahren und seine Ware auszuliefern. Oft entwickelte sich ein netter Plausch mit einer der Angestellten, jeder Tag brachte ein anderes Vergnügen.

Doch jetzt, als er die Wohnungstür absperrte, klingelte sein Handy.

Irritiert ob der frühen Stunde sah er auf das Display.

Salvatore.

Seine Gefühle schwankten zwischen reiner Freude und Erschrecken. Was wollte Salvatore von ihm?

»Hallo«, meldete er sich zögernd.

»Enrico, alter Junge. Wie gut, dass ich dich erwische. Ich dachte schon, du hättest deine Handynummer gewechselt, aber ein paar der Jungs aus unserer alten Clique wussten, dass dem nicht so ist.«

Komm zum Punkt, dachte Enrico verunsichert. Salvatore schwafelte gern um den heißen Brei herum, ehe er zum eigentlichen Thema seines Anrufes kam. »Warum hätte ich eine neue Telefonnummer haben sollen? Verstehe ich nicht.«

»Na, weil du jetzt woanders lebst, im Norden, und vielleicht mit einigen Dingen aus deiner Vergangenheit abschließen willst?«

Das Blut stieg in Enricos Wangen.

Es gab so einiges, mit dem er abschließen, woran er nicht erinnert werden wollte. Kurz überlegte er, das Gespräch zu beenden. Aber hartnäckig, wie Salvatore war, würde er nicht aufhören, ihn mit Anrufen zu bombardieren.

»Hat es dir die Sprache verschlagen? Ich dachte, du freust dich, nach so langer Zeit von mir zu hören?«

»Natürlich«, beeilte sich Enrico zu sagen und ärgerte sich im selben Moment, weil es nicht stimmte. »Kommst du auf Besuch? Wir haben ja wirklich kaum mehr Kontakt zueinander.«

»Ja, du hast es erraten. Aber bei den Vorbereitungen zu meiner Reise brauche ich deine Unterstützung.«

Enrico fühlte sich auf einmal schwach wie vor einer bösen Grippe. Von einer unliebsamen Vorahnung beschlichen, sank er auf den Küchenstuhl.

»Wie und wobei kann ich dir helfen?«

»Meine Verlobte ist durchgebrannt. Sie hat mich einfach sitzen gelassen. Es sieht aus, als hätte sie ihre Flucht geplant. Aber dabei ist dann wohl etwas schiefgegangen und sie hat den Trolley zurücklassen müssen. Im Nachhinein betrachtet ein schwerer Fehler.«

»Jetzt mach es nicht so spannend, was hast du gefunden?«

»Ich habe den Inhalt des Trolleys komplett auseinandergenommen. In der Innentasche einer Jacke steckte ein Zettel. Und da kommst du ins Spiel.«

Rasch nahm Enrico einen Schluck vom kalt gewordenen Espresso und verschluckte sich prompt. »Was erwartest du von mir?«, fragte er bang.

»Tu nicht so dramatisch. Denk lieber an den Tag, als du meine Hilfe brauchtest.«

Enricos Halsschlagader pochte so heftig im Takt seines Herzschlags, dass sie den Kragen seines engen Uniformhemdes zu sprengen drohte.

»Ich schicke dir über WhatsApp ein Foto des Zettels. Ein Name steht darauf und eine Straße. Es dürfte sich um ein Geschäftslokal, eine Bar oder Ähnliches handeln. Finde heraus, worum es dabei geht und wie meine Maria dort hineinpasst. Alles Weitere besprechen wir, wenn du das in Erfahrung gebracht hast.«

Enrico gab einen gequälten Seufzer von sich. Er wusste, es gab keine Möglichkeit, Salvatores Bitte abzulehnen. »Mein Freund«, sagte er ernst, »du kannst dich auf mich verlassen.«

Ohne auf die Bemerkung einzugehen, fuhr Salvatore fort. »Als Paketzusteller triffst du viele Menschen in deiner Umgebung. Dadurch bist du unauffällig, wenn du dich nach jemandem erkundigst. Zusätzlich kennst du die Gegend wie deine Westentasche.«

Enrico schluckte hart, atmete tief durch und stand auf. »Wir hören uns, sobald ich Näheres in Erfahrung gebracht habe.«

»Lass dir nur nicht zu viel Zeit.«

Er konnte sich nicht mehr daran erinnern, wann er sich das letzte Mal so schlecht gefühlt hatte. Erst als er das Haus verließ, fiel es ihm wieder ein. Es war, als ein Betrunkener seine Mutter überfahren und Salvatore die Sache für ihn geregelt hatte.

Alter Zorn brannte in ihm auf.

8

Maria lag in den Armen ihres Mannes aus dem Norden und sah ihn verträumt an. Er war so anders als Salvatore, so sanft, so behutsam. Bei ihm fühlte sie sich geborgen.

Er hatte sie am Flughafen abgeholt und war mit ihr durch Treviso spaziert. Die Stadt übte einen besonderen Reiz auf sie aus. Vielleicht lag es an den vielen Kanälen, vielleicht an den verschlungenen Gassen mit den hübschen Geschäften, die zu schönen Plätzen führten. Es gefiel ihr hier.

Ein wenig überrascht war ihr Liebster schon gewesen, als sie mit so leichtem Gepäck vor ihm in der Ankunftshalle aufgetaucht war, und kurz hatte sich bittere Enttäuschung auf seinem Gesicht breitgemacht.

»Nein«, hatte sie beteuert, um seine Zweifel im Keim zu ersticken, »es ist nicht so, wie du denkst. Wenn du mich immer noch willst, dann bleibe ich. Der Weg zu dir war steinig. Aber, mein Liebster, zweifle niemals an den tiefen Gefühlen, die ich für dich hege. Ich bin so froh, endlich bei dir zu sein.«

Anschließend hatten sie in einem der Straßencafés gesessen, und Maria hatte stockend erzählt, wie es zu ihrer fluchtartigen Abreise gekommen war. Obgleich sie einiges ausließ, schüttelte er zunehmend bekümmert seine dunklen Locken und bekräftigte mehrmals nachdrücklich, dass sie nun unter seinem Schutz stehe. Es hatte sich wunderbar angehört, und sie glaubte jedes seiner Worte, sie vertraute ihm blind, dennoch konnte Maria nicht umhin, sich immer wieder umzudrehen und ängstlich hinter sich zu blicken.

»Mein Liebling«, hatte er sie auf dem Weg zu seiner Wohnung zärtlich gefragt, »fürchtest du dich vor deinem eigenen Schatten?«

»Nein. Ich bin von Geburt aus schreckhaft«, hatte sie ihn zu beruhigen versucht. Es war für sie unerträglich, die Besorgtheit in seinen Augen zu sehen.

Er war so gut zu ihr.

»Möchtest du deine Cousine nicht für ein paar Tage herkommen lassen? Ich zahle ihr gern den Flug. Vielleicht gelingt es dir dann leichter, dich bei mir einzuleben und deine traurige Erinnerung allmählich zu vergessen.« Seine Fürsorge trieb ihr Tränen in die Augen.

»Liebster, ich will die schlimme Zeit hinter mir lassen. Verstehst du das? Mit Floriana fühle ich mich zutiefst verbunden, uns kann die Entfernung nichts anhaben. Aber es wäre nicht gut, sie zu mir zu holen und mein neues Leben mit diesem Schatten zu beginnen.«

Noch am Flughafen hatte sie sich Drogerieartikel und ein Handy gekauft, jedoch nur ihrer Cousine die neue Nummer geschickt. Seither waren die Tage wie im Flug vergangen.

Der heutige Morgen versprach wundervoll zu werden. Sie wachten wieder gemeinsam auf, er brachte ihr Kaffee und eine Brioche mit Vanillecreme ans Bett.

»Wo hast du das so schnell hergezaubert?«

Er lächelte geheimnisvoll. Sie vereinbarten, sich nach seinem Dienst zu treffen.

Jeder Abend seit ihrer Ankunft war ein besonderer, und das würde auch für diesen gelten. Nach langen Monaten der Trennung hatten sie einander endlich wieder.

»Was machst du heute?«, fragte er liebevoll, als sie zusammen die Wohnung verließen.

»Ich erkunde die Stadt und besorge mir noch ein paar neue Kleidungsstücke.«

Er grinste sie an. »Wenn du ohne Koffer reist, bleibt dir wohl nichts anderes übrig, als in der nächsten Zeit häufig shoppen zu gehen.«

Maria war glücklich.

Die Art, wie er sie über ihre Ängste hinwegtröstete, gefiel ihr mehr und mehr. Sie küsste ihn auf die Stirn, und einander umarmend gingen sie über eine kleine Brücke. Da klingelte ein Handy. Automatisch griff er in seine Hosentasche.

»War gar nicht meines. Ich dachte, es wäre die Dienststelle«, sagte er nach einem Blick auf das dunkel gebliebene Display, und Maria begann mit ihrem neuen Telefon in der Hand zu zittern.

»So hebe doch ab. Das wird sicher deine Cousine sein, nur sie hat deine neue Nummer.«

Zögernd nahm sie das Gespräch entgegen.

»Maria«, Florianas Stimme klang rau, »reg dich bitte nicht auf, es ist mir nicht viel geschehen. Ich liege mit einer gebrochenen Nase im Krankenhaus, doch davon wird schon bald nichts mehr zu sehen sein, sagen die Ärzte. Einer von Salvatores Handlangern hat mich überfallen. Sei unbesorgt, er hat nichts von mir erfahren. Doch er hat etwas Merkwürdiges gesagt, das mir zu denken gibt. Über irgendeinen Hinweis, den Salvatore in deinem Trolley gefunden hat. Bitte versenke das neue Handy sofort auf Nimmerwiedersehen. Falls du dir jemals wieder eins anschaffen solltest, gib mir auf keinen Fall deine Nummer. Es ist zu deiner und meiner Sicherheit. Verstanden?«

Maria hatte verstanden. Die Tränen flossen ihr über das Gesicht.

9

Was blieb ihm anderes übrig, als zu erledigen, was von ihm verlangt wurde?

Enrico musste nicht lange nach Gründen suchen.

Es war eine Sache der Ehre.

Salvatore hatte den Gefallen von ihm eingefordert, den er ihm schuldig war.

Nach dem tödlichen Verkehrsunfall seiner Mutter hatte Enrico seinen Freund um Unterstützung gebeten, weil die Polizei kläglich versagte. Salvatore und seine Männer waren dem Flüchtigen innerhalb weniger Tage auf die Spur gekommen. Enrico wusste genau, was mit dem Mann geschehen war.

Fahrerflucht konnte dieser nun nie wieder begehen. Vielleicht kurvte er als Gespenst weiterhin auf der Autobahn umher, aber umbringen würde er sicher niemanden mehr.

»Ist das Schicksal ungerecht, helfen wir nach, das Gleichgewicht wiederherzustellen.«

Und so waren sie auch mit diesem Typen verfahren.

Trotzdem war Enrico darüber nicht glücklich, auch wenn Salvatore seine Mutter gerächt hatte.

Enrico konnte damals nicht anders, als daheim in Trapani immer wieder zum Grab des Geisterfahrers zu schleichen, die Schirmkappe tief in die Stirn gezogen, und heimlich in der Friedhofskapelle eine Kerze für ihn anzuzünden. Darum hatte er sich irgendwann entschieden, seiner Heimat den Rücken zu kehren und hier im Norden neu anzufangen.

Gleich nachdem er per WhatsApp ein Foto von Salvatores Verlobter Maria Daidone erhalten hatte, war eine zweite Nachricht eingegangen. Mit dem Vergrößerungsglas hatte Enrico vor der fast unleserlich von Hand hingekritzelten Adresse gesessen. »Virginia, Via Regionale 75«, hatte er schließlich entziffert.

Als Paketauslieferer kannte er die meisten Straßennamen.

Mit der Adresse hatte er auch kein Problem.

Wer aber war Virginia?

Er musste sich konzentrieren, was ihm in letzter Zeit schwerfiel. Dann erinnerte er sich.

»Na klar!«, rief er in den leeren Raum und klatschte sich auf die Stirn.

Längere Zeit saß er dann einfach nur so da, kratzte sich am Kopf und dachte nach. Erst, als die wund gekratzte Stelle zu schmerzen begann, ging er zu seinem Lieferwagen, um mit seiner täglichen Tour zu beginnen.

So spät wie heute war er selten unterwegs.

In der Zentrale kannte ihn jeder, und er war allerseits beliebt. Da er hier keine Familie hatte und sich selten krankmeldete, sprang er an den Feiertagen regelmäßig für seine Kollegen ein. Nicht nur die Fahrer, auch die Firmenleitung schätzten sein Engagement.

Virginia war kein Mädchen.

Ein Friseursalon in Aquileia hieß so, und das Geschäft war Teil seiner Zustellroute. Er musste also nicht einmal die Tour tauschen. Das war ihm angenehm. Sein Interesse für diese Adresse würde an seiner Arbeitsstelle niemandem auffallen. Der Friseursalon war eine andere Geschichte, hier musste er besonnen vorgehen. Nur wie?

Er überlegte während seiner Tour, nach Feierabend und beinahe die ganze Nacht. Doch auch am Morgen nach Erhalt der Nachricht hatte Enrico kaum ausreichend Mut gefasst, um der Sache auf den Grund zu gehen. Was blieb ihm aber anderes übrig? Er musste unverzüglich handeln, wollte er sich nicht Salvatores Groll zuziehen.

»Paketzustellung!«, rief Enrico fröhlich und betrat den Friseursalon.

»Guten Tag erst mal«, war die brummige Antwort der Besitzerin. Das Lehrmädchen senkte den Blick und kehrte Wolken abgeschnittener Haare in eine Ecke.

»Einen schönen guten Morgen den Damen.« Er wollte Virginia, sollte die Chefin wirklich so heißen, nicht verstimmen.

Bis auf die beiden Frauen und ihn war der Laden leer. So einfach würde es also nicht werden. Er hatte gehofft, vom Lehrmädchen unter vier Augen die gewünschte Information zu erhalten, während die Chefin beschäftigt war.

Aber er war auch nicht davon ausgegangen, dass es einfach werden würde.

»Keine Kundschaft heute?«

Das Lehrmädchen sah erschrocken hoch. Die Friseurmeisterin formte ihr rötlich schimmerndes toupiertes Haar vor einem der Spiegel zu einem schiefen Kegel.

»Was ist denn das für eine Frage? Die Kunden verteilen sich über den ganzen Tag. Haben Sie ein Paket, ja oder nein? Die Lieferzeiten werden überdies immer länger. Ich warte auf die Farbpalette schon eine ganze Woche. Bringen Sie sie mir nun endlich?«

Es war sicher von Vorteil, diesem Wunsch entsprechen zu können. Eifrig nickend übergab er der grimmigen Signora das flache Päckchen und ließ sie auf dem Bildschirm seines Scanners ihre Unterschrift auf die Empfangsbestätigung kritzeln.

»Viele unserer Kundinnen kommen erst kurz vor der großen Hochzeit wieder«, flüsterte das Lehrmädchen und fing sich einen bösen Blick der Chefin ein.

»Ja, ja, die Hochzeit«, improvisierte er. »Dann kommt Signora Daidone wohl auch?«

»Gut möglich. Aber glauben Sie, ich habe die Termine aller meiner Kunden im Kopf? Was interessiert Sie das überhaupt?«

»Ich habe eine Lieferung für die junge Dame und hatte gehofft, sie bei Ihnen, Signora Belmonte, anzutreffen.« Er wies auf seine prall gefüllte Tasche. »Da sie im Moment jedoch nicht zugegen ist und Sie es, genauso wie ich, mit dem Datenschutz sehr ernst nehmen, darf ich Ihnen das Paket leider nicht dalassen.«

»Ich würde es auch nicht annehmen. Ich bin schließlich keine Postdienststelle. Warum liefern Sie es nicht zu ihr nach Hause?«

Jetzt war eine gewisse Neugier im Gesicht der älteren Frau nicht zu übersehen.

»Weil als Adresse nur die des Salons genannt ist, sehen Sie hier.«

Er holte das vorbereitete Päckchen aus der Tasche und zeigte ihr den Adressaufkleber, den er mit »Maria Daidone c/o Friseursalon Virginia« beschriftet hatte. »Zudem ist es ein Einschreiben, das muss ich persönlich übergeben.«

»Wegen der Hochzeit. Es soll vermutlich eine Überraschung sein«, murmelte das Lehrmädchen und sah ihn mit romantisch verklärtem Blick an.

»Signora«, Enrico wandte sich bittend an die Friseurin, »wann hat die junge Frau ihren nächsten Termin? Das dürfen Sie mir doch sicher verraten. Haareschneiden unterliegt kaum einer strengen Geheimhaltung oder gar dem Datenschutz.« Er sah sie treuherzig an.

Jetzt lachte die Frau auf, und das Lehrmädchen stimmte erleichtert mit ein.

»Das wird kein Problem sein, ich kenne Sie ja schon eine Ewigkeit, Enrico. Zwar nehme ich die Post anderer nicht entgegen. Damit aber kann ich Ihnen helfen.« Sie ging zum Empfangstresen und blätterte in dem Buch, das aufgeschlagen auf der Tischplatte lag. »Signora Daidone wollte vor längerer Zeit schon zu uns kommen, musste aber kurzfristig absagen. Nun wurde ein Termin für einen besonderen Anlass vereinbart. Sie kommt am Samstag. Da können Sie ihr das Präsent persönlich übergeben.« Nach einem weiteren Blick in ihren Terminkalender verriet sie ihm lächelnd die Uhrzeit des Besuchs.

Und das Lehrmädchen fügte mit leicht geröteten Wangen hinzu: »Wegen der Hochzeit. Sie wissen schon.«

Aber Enrico wusste nicht.

Er ahnte nur.

Eine Hochzeit, das würde Salvatores Zorn anstacheln.

Er fürchtete sich davor, ihm diese Nachricht überbringen zu müssen.

Seine Verlobte war die Braut eines anderen.

10

Das Abendessen im Kreis der Kollegen war genauso unglücklich verlaufen, wie Lippi es erwartet hatte.

Beltrames Idee, ihn mitzunehmen – sie mochte einer Art Helfersyndrom geschuldet sein –, war nett gemeint gewesen. Doch sie hatte es nicht für notwendig erachtet, die anderen vorab von seiner Anwesenheit in der Pizzeria zu informieren. Vermutlich war das der Grund dafür, wie sich alles entwickelt hatte.

Da Lippi nicht gern etwas schönredete, wusste er natürlich um seinen eigenen Anteil an dem Fiasko.

Er hätte es gar nicht erst versuchen sollen.

Die überraschten Blicke seiner Kollegen, als er mit Beltrame das »Delfino Blu« betrat, würde Guido Lippi so schnell nicht vergessen.

In ihnen sah er nur Ablehnung und Abscheu.

»Was macht der denn da?«, hatte er eine junge Polizistin tuscheln gehört.

Zwar rückten alle höflich zur Seite, damit er sich neben Beltrame an den Rand eines der großen Tische quetschen konnte, aber niemand wandte sich ihm zu.

Auf einem Tablett standen bereits einige Karaffen Bier, und die Kellnerin eilte mit zwei frischen Gläsern herbei.

»Auch eine Pizza, und wenn ja, welche?« Beltrame vermied es tunlichst, ihn vor den Kollegen direkt anzureden. Anders als er pflegte sie zu den meisten der Versammelten ein freundschaftliches Verhältnis. Sie, die erst vor ungefähr zwei Jahren zur Mannschaft gestoßen war, hatte sich mit ihrer sachlichen, zurückhaltenden Art die notwendige Anerkennung verschafft. Sofort war sie in Gespräche verwickelt, und die Kollegen lachten miteinander, während er stocksteif dasaß.

Es war ihm unmöglich gewesen, unter den beobachtenden Blicken der anderen eine Pizza auszusuchen.

»Lassen Sie mich für Sie wählen, Commissario?« Die Frage

war keck, und sie kam von der Polizistin, die zuvor über ihn getuschelt hatte.

»Ich bin kein Commissario«, wies er sie rüde zurecht, »oder sehe ich aus wie die Degrassi?«

Wieder wurde gekichert, und Beltrame sagte leise: »So macht man sich Freunde, Lippi. Das verstehen Sie ausgezeichnet.«

Fanetti beendete die darauffolgende peinliche Stille, indem er Lippi aus dem Krug Bier einschenkte. »Ich würde eine Pizza Quattro Stagioni nehmen, da ist für jeden Geschmack etwas drauf.«

»Gute Wahl.« Lippi nickte versöhnt und dachte, auf Legolas, den Elbenprinzen, ist in puncto gutes Benehmen eben Verlass. »Hätte von mir sein können.«

Fanetti lächelte amüsiert, und Lippi begann sich zu fragen, ob der Wichtigtuer ihn nicht einfach auf den Arm genommen hatte.

Wie es kam, dass er sich so ausgeschlossen fühlte, war ihm klar.

Dass es ihm etwas ausmachte, verunsicherte ihn. Unbehaglich rutschte er ein Stück von Beltrame weg.

Vielleicht sollte er Scaramuzza ermuntern, das nächste Mal ihn statt der Degrassi auf ein Führungsseminar zu schicken. Da konnte er sich einige Tricks im Umgang mit seinen Kollegen aneignen. Seit die Commissaria von ihrem Unfall genesen war und erneut die Führung übernommen hatte, standen Teamwork und soziales Miteinander anscheinend ganz oben auf der Tagesordnung.

So als wäre nicht jeder von ihnen ein Einzelkämpfer!

Die Commissaria war selbst das beste Beispiel dafür. Da sollte mal jemand etwas Gegenteiliges behaupten.

Lippi hatte sich auf seine Pizza konzentriert und sich angestrengt bemüht, den langen Faden geschmolzenen Käses abzubeißen. Das Essen schmeckte gut, und das Bier löschte seinen Durst, aber eine richtig gute Stimmung wollte sich bei ihm nicht einstellen. Am Tisch wurde zwar angeregt geplaudert, doch es blieb ein bitterer Beigeschmack.

Sie mochten ihn nicht.

Er war ein Fremdkörper in dieser Runde. Deutlicher hätten sie es ihm nicht zeigen können. Seine Verletztheit verwandelte sich in Ärger.

»Wo sind die Chefin und ihr Äffchen geblieben?«, fragte er Beltrame laut. Unter dem Tisch spürte er einen Tritt gegen den Unterschenkel, und sie schüttelte den Kopf.

»Lippi, Sie werden es wohl nie lernen«, sagte sie leise. »Lassen Sie solche Provokationen einfach bleiben. Wir mögen Zoli, und es stößt allen schlecht auf, wenn Sie in dieser Art von einem Kollegen sprechen.«

Daraufhin hatte Guido Lippi beleidigt den Mund gehalten. Statt zu reden, trank er reichlich Bier und verabschiedete sich schließlich als Erster.

Beim Hinausgehen sah er, wie Beltrame näher an die anderen heranrückte und fröhlich über etwas lachte. Vermutlich über ihn.

Werde jetzt nicht wehleidig, ermahnte er sich streng. Wahrscheinlich bist du betrunken, trotz der öligen Pizza. Bekanntlich sog ja das Fett den Alkohol auf, aber bei ihm schien das nicht der Fall zu sein. Er torkelte leicht und musste an Stella denken.

Das fehlte gerade noch, dachte er, Sentimentalität und Trübsal. Rasch schob er die Erinnerung beiseite.

Trotzdem. So ganz allein fühlte er sich verlassen.

Es war eine laue Nacht, und das Meer plätscherte gegen den Sand. Eine leichte Brise kühlte sein schweißüberströmtes Gesicht. Lippi lüftete das Hemd, das an seinem Bauch klebte.

In seinem Magen rumorte es.

Als er bald darauf in die Straße eingebogen war, in der sein Wohnhaus lag, hatte er vor sich ein eng umschlungenes Pärchen erblickt. Die beiden gingen langsam, blieben zwischendurch stehen und küssten einander innig.

Wie ferngesteuert näherte er sich ihnen und erkannte Zolis markanten Raubvogelkopf.

War das die Chefin?

Turtelte die Degrassi neuerdings öffentlich mit Piero Zoli?

Er war stehen geblieben, denn wenn es so war, wie er glaubte, sollten die beiden nicht wissen, dass er sie bemerkt hatte.

Aber kaum dass er seinen Schritt verhalten hatte, drehte sich das Paar ruckartig um.

Noch mal Schwein gehabt, dachte Lippi erleichtert, denn es

war nicht die Degrassi, die ihn erschrocken anstarrte, sondern eine ihm unbekannte Frau.

»Guido«, vernahm er Zolis sanfte Stimme, »was machst du denn hier?«

»Dasselbe könnte ich dich fragen.« Es hatte spöttisch klingen sollen, war aber eher verwaschen aus seinem Mund gekommen.

»Entschuldige.« Zoli schritt geradewegs auf ihn zu. »Darf ich dir meine Verlobte vorstellen?« Er zog die junge Frau noch näher an sich heran. »Das hier ist meine Maddalena.«

Lippi blieb die Luft weg. Die sah ja wirklich aus wie die Commissaria. Nur etwas jünger und knackiger.

»Guten Abend noch«, quetschte er hervor und ging raschen Schrittes an den beiden vorbei, ohne die ausgestreckte Hand der Frau zu beachten.

»Komischer Kauz«, hörte er sie sagen.

Jetzt, am nächsten Morgen, war ihm die nächtliche Szene peinlich. Vor allem aber ärgerte er sich noch immer über den schlechten Eindruck, den er beim Pizzaessen hinterlassen hatte.

Zum Glück konnte er sich nicht an alle Einzelheiten des Abends erinnern.

Die Begrüßung in der Dienststelle fiel etwas unterkühlt aus. Aber das war nichts Neues für ihn.

Beltrame war heute nicht im Dienst, und so gönnte er sich erst mal einen kurzen Büroschlaf. Nach dem reichlich genossenen Bier hatte er sich das verdient.

»Lippi!« Eine Stimme riss ihn unsanft aus seinem Traum. Die Degrassi stand breitbeinig vor ihm, die Hände in die Hüften gestemmt.

»Commissaria.« Er sprang auf und hätte fast salutiert.

»Kam ich in Ihrer Träumerei als General vor?«, fragte sie ihn mit skeptisch erhobener Augenbraue.

Eigentlich mochte er ihren trockenen Humor, auch wenn er das nie zugeben würde. Er hob zu einer Antwort an, aber sie winkte ab.

»War rhetorisch gemeint.«

Die Chefin war eindeutig sauer auf ihn.

»Wo bleibt Zoli? Er hat doch heute Dienst?« Sie funkelte ihn an, als hätte er ihren Liebling persönlich im Aktenschrank versteckt.

»Gestern habe ich ihn noch gesehen. Er schien gerade seine Flitterwochen anzutreten.«

Die Degrassi schüttelte den Kopf und rief kurzerhand im Personalbüro an.

»Keine Krankmeldung«, hieß es dort.

Eine Minute später stürzte Zoli zu ihnen ins Büro. »Entschuldigen Sie die Verspätung«, rief er atemlos und sah hündisch ergeben zu seiner Herrin auf. »Mama ging es heute Morgen nicht gut. Ich musste ihr etwas aus der Apotheke besorgen.«

Der log.

Lippi war davon überzeugt. Doch die Degrassi fiel wie üblich auf Zoli herein.

»Hoffentlich nichts Ernstes?«

»Nein, nein, nur ein Magen-Darm-Virus.«

»Gestern Nacht ging es ihr aber noch gut. Da war sie wohlauf«, spottete Lippi.

»Guido, das war doch nicht Mama, ich habe dir meine Verlobte, Maddalena, vorgestellt.«

Der Narr, dachte Lippi verächtlich, er geht mir einfach immer auf den Leim.

»Klopfen Sie hier keine dummen Sprüche, Lippi. Wir haben anderes zu tun«, herrschte die Commissaria ihn an. »Fanetti ist den ganzen Tag unterwegs. Daher ist in Zolis Büro ein Stuhl frei. Er ist in der Vermisstensache aus der Schweiz auf eine Spur gestoßen, der Sie bitte gemeinsam nachgehen. Außerdem möchte ich, dass Sie die Akten der Vermisstenfälle aus drei weiteren Jahren durchsehen. Zwar scheint Dolores Moretti erst 1968 mit den gewerbsmäßigen Abtreibungen begonnen zu haben, aber es könnte vorab einige Einzelfälle gegeben haben, bei denen eine der Frauen umkam. Also, worauf warten Sie?«

Das kam fast einer Degradierung gleich, fand Lippi, aber er lächelte nur und nickte.

Als sie hinübergegangen waren und die Chefin die Verbindungstür zwischen den Büros hinter sich zugezogen hatte, meinte Zoli: »Guido, du solltest dich mit deinen Spötteleien ein wenig zurückhalten.«

Jetzt fing der auch noch damit an.

»Halt dich selbst mit deinen faulen Ausreden zurück. Mir machst du nichts vor. Hast wohl deiner Maddalena die Locken kämmen müssen?«

Piero Zoli warf ihm einen bösen Blick zu. Dann schraubte er die berühmte Thermoskanne mit dem Mokka seiner Mutter auf und fragte versöhnlich: »Guido, wie wäre es mit einer Tasse Kaffee?«

Die hatte Lippi bitter nötig.

Irgendwann, sie waren mit ihren Recherchen beschäftigt, platzte der Comandante ins Büro.

»Ich habe soeben von Fanetti erfahren, dass schon wieder ein Fischerboot gestohlen wurde. Und erneut handelt es sich bei den Dieben um ein paar verwöhnte Gören, denen langweilig war. Leider ist der Vater eines der Burschen ein Bekannter von meinem Freund Fulvio Benedetti. Wir halten die Presse da also mal besser raus. Ich erteile den Jugendlichen persönlich einen Rüffel.«

»Ist klar. Es dringt nichts nach außen. Darf ich mir eine Frage erlauben, Comandante?«

»Nur zu«, ermunterte ihn Scaramuzza.

»Wir haben uns bezüglich der Knochenfunde ja inzwischen durch alle Vermisstenfälle in Grado und Umgebung gearbeitet, die zeitlich in Frage kommen«, erwiderte Lippi. »Leider ohne Erfolg. Daher überlege ich mir natürlich, ob eines der Opfer damals möglicherweise gar nicht vermisst gemeldet wurde?«

Der Comandante sah ihn scharf an. »Und?«

Lippi holte tief Luft. Den Fall als ungelöst zu schließen, wäre nach diesem monatelang betriebenen Aufwand sicherlich gerechtfertigt und würde ihn endlich der lästigen Aufgabe der Aktendurchsicht entheben.

»Wir richten unsere Aufmerksamkeit im Moment auf dieses Mädchen aus der Schweiz, das in den Süden reisen wollte und nie wieder nach Hause kam«, warf Zoli ein, ehe er etwas entgegnen konnte. »Ihre Eltern waren sehr einflussreiche Industrielle und setzten damals alle Hebel in Bewegung, um ihre Tochter wiederzufinden. Wir folgen gerade einer Spur in ein Sprachlerninstitut, aus dem zur selben Zeit eine Schülerin spurlos verschwunden ist. Auch wenn die Einrichtung mittlerweile geschlossen ist.«

»Das klingt doch vielversprechend. Überprüfen Sie, ob Sie Infos zu den Schülerinnen, Schülern, Lehrern, zu all den Leuten, die damals dort zugegen waren, bekommen. Vielleicht kann sich von denen jemand an das Mädchen erinnern.«

Lippi spürte Zolis Blick und fühlte sich verpflichtet, ein »Da sind wir dran« beizusteuern.

War das Teamwork?

Der Comandante rieb sich mit sichtlichem Wohlgefallen die Hände und verließ grußlos das Büro.

Lippi atmete tief aus.

11

Maria fühlte sich besser.

Der gestrige Anruf hatte sie in eine minutenlange Schockstarre versetzt. Floriana lag verletzt im Krankenhaus.

»Was, wenn es viel schlimmer ist, als sie mir verraten will?«

Ihr Liebster aber hatte sie mit seinen Armen fest umschlossen und ihr besänftigende Worte ins Ohr geflüstert.

Umgehend wollte er sich einen Tag für sie freinehmen, aber das ließ sie nicht zu.

Was brachte es, wenn er Schwierigkeiten bei der Arbeit bekam? Sie hatten doch vor, sich ein gemeinsames Leben aufzubauen. Wäre er seinen Job los, würde von Beginn an alles kompliziert werden.

Wovon sollten sie dann leben?

Er hielt es für das Beste, wenn Maria sich ein wenig Zeit ließe, bevor sie sich einen Job suchte, und Maria teilte seine Ansicht. Im Moment könnte sie sich ohnehin nur schwer auf ihren Beruf konzentrieren.

Salvatores Absicht war es, sie mit dem Angriff auf Floriana in Angst und Schrecken zu versetzen. Das hatte er erreicht. Aber darüber hinaus war es ihm nicht gelungen, sie zurück nach Sizilien zu zwingen. Den Gefallen würde sie ihm nicht tun.

Sie hatte immer noch ihren eigenen Kopf, sie konnte ihre Entscheidungen selbstständig treffen, und mit ihrem Liebsten an ihrer Seite war zudem vieles anders, besser und schöner als je zuvor.

Trotzdem hatte sie sich geschworen, sich in keiner Beziehung, egal wie wunderbar sie auch war, jemals wieder so manipulieren zu lassen.

Sie hatte den Rat ihrer Cousine befolgt und ihr Handy in den Kanal geschmissen.

»Mach dir keine Sorgen, mein Liebster. Alles kommt in Ordnung.«

»Das sind doch meine Worte.« Er hatte sie an sich gezogen und ihren Haaransatz geküsst.

»Ich weiß, und ich gebe dir recht.«

»Das höre ich gern.«

Inzwischen glaubte sie selbst, dass alles gut werden würde. Denn, so fragte sie sich, was sollte in ihrem Trolley gewesen sein, das sie hätte verraten können? Welchen Hinweis auf ihren Aufenthaltsort wollte er dort gefunden haben?

Sie hatte alles, was sie verraten könnte, immer bei sich getragen, Nachrichten und Dokumente nur im passwortgeschützten Handy gespeichert und nicht einmal die Fotos vom Urlaub mit Floriana ausgedruckt, auf denen sie beide zu sehen waren.

Nichts als reine Panikmache.

Sie erstarrte, als der flüchtige Blick eines vorbeischlendernden Mannes sie an Salvatores Augen erinnerte. Ihr Hals schnürte sich zu, und sie tastete automatisch nach der dünnen Kruste, die sich über dem Schnitt an ihrer Kehle gebildet hatte. Dann spürte sie, wie Tränen über ihr Gesicht liefen, und wischte sie, verschämt zu Boden blickend, unauffällig fort.

Floriana! Ein entstelltes Gesicht tauchte vor Marias innerem Auge auf. Er hatte Floriana die Nase gebrochen.

Was hatte er ihr noch alles angetan?

Sie allein war verantwortlich dafür, dass Salvatores Kumpane ihre Cousine unter Druck gesetzt hatten.

Warum hatte sie Floriana nicht aus allem herausgehalten? Warum war sie nicht allein damit fertiggeworden? Immerhin hatte sie sich die Suppe ja auch selbst eingebrockt. Gegen Florianas Ratschlag und den ihrer Freundinnen hatte sie Salvatore damals unbedingt haben wollen.

Der gestrige Abend mit ihrem Liebsten und dessen Mutter war wieder angenehm verlaufen, und es war ihr gelungen, sich zunehmend von ihren Ängsten zu distanzieren.

Ihr Schlaf war tief und erfrischend gewesen, und nun stand sie hier vor der Fischhandlung und überlegte, den beiden ein Überraschungsessen zu kochen. Sehr gern ließ sie sich von den Fischern im Laden beraten, die eine Goldstriemenbrasse, genannt Salpa, empfahlen. Mit diesem Lagunenfisch, den es auch im Atlantik gab, würde sie bei ihrer zukünftigen Schwiegermutter sicher Eindruck schinden können.

Die ältere Frau hatte sie so herzlich aufgenommen und, obwohl sie an ihrem Sohn sehr hing, nicht die geringste Spur von Eifersucht gezeigt. Das gemeinsame Osterfest hatte Maria besonders genossen. Es war äußerst harmonisch verlaufen.

»Man darf nur den Kopf nicht essen«, ermahnte der Fischer sie, und Maria lachte schallend.

»Den Kopf verliere ich ohnehin meistens. Meinen jedenfalls.«

Der Fischer sah sie kurz verunsichert an und lachte dann mit.

Beschwingt machte sie sich auf den Heimweg. Seine Mutter erwartete sie schon.

»Schön, dass du da bist. Der Friseursalon hat eben bei mir angerufen.«

»Oh nein. Haben sie meinen Termin abgesagt?« Das wäre ärgerlich, denn sie wollte sich die Haare etwas schneiden und tönen lassen.

»Nein, natürlich nicht. Die Friseurin wollte wissen, ob du dieses Mal auch sicher kommst.«

Mit einem Mal war Maria alarmiert. »Ist so eine Nachfrage denn üblich?«

»Nein. Keineswegs. Auch ich war verwundert. Aber sie erklärte mir, ein Bote habe ein Paket für dich, ein Geschenk, meinte sie, das er dir persönlich übergeben müsse.«

Maria wurde schlecht.

Der Raum begann sich zu drehen, immer schneller, bis die Wände auf sie zukamen und sie umschlossen. Sie war gefangen, eingesperrt in einem Käfig aus Mauern. Ihr blieb die Luft weg, und die Plastiktüte mit dem Fisch entglitt ihrer Hand.

Salvatore hatte sie aufgespürt.

Er war der Bote. Und sie das Geschenk, das er nicht ausliefern, sondern sich abholen wollte.

»Setz dich. Kind, du bist ja kreideweiß.«

Maria wurde auf einen Stuhl gedrückt und hatte im nächsten Moment ein Glas Wasser in der Hand.

»Trink. Das ist die Hitze. Da spielt der Kreislauf schon mal verrückt.«

Langsam beruhigte sich Marias Herzschlag, und sie konnte wieder durchatmen.

»Den Termin … den muss ich absagen.«

»Wieso, ich dachte, du wolltest dich hübsch machen? Ich gehe selbst schon lange in diesen Salon und war bisher immer zufrieden.«

Marias Hände zitterten, sie musste das Glas absetzen. Was, wenn die Friseurin dem Boten ihre neue Adresse verraten hatte?

»Das ist es nicht. Bitte rufe dort an und bestehe darauf, dass niemand einem Boten oder sonst jemandem sagt, dass wir uns kennen oder wo ich wohne. Bitte frage auch, ob sie es vielleicht schon getan haben.«

Maria erntete einen verständnislosen Blick von der älteren Frau. Sie hatte ihr nichts von Salvatore erzählt und auch ihrem Liebsten das Versprechen abgenommen, seiner Mutter gegenüber kein Wort über Salvatore zu verlieren.

»Das mache ich selbstverständlich sofort, wenn es dir dann besser geht. Aber vertraue mir, diese Friseurin ist verschwiegen, sie hat Haare auf den Zähnen. Mit dem Datenschutz nimmt sie es genau. Außerdem kennt sie den Boten. Es ist ihr Paketzusteller, der den Salon schon seit Jahren beliefert.«

»Ach so«, sagte Maria matt und beruhigte sich etwas. Vielleicht sah sie schon Gespenster.

Aber was wollte er für sie abgeben? Niemand wusste, dass sie hier war. Außer Floriana, und die hatte keine Ahnung von dem Friseurtermin.

Maria biss fest in ihren Zeigefingerknöchel und hatte auf einmal ein Bild vor sich. Der Zettel, den seine Mutter ihr gegeben hatte. Es war Monate her, sie hatten einen Abend im Casino von Venedig verbringen wollen, aus dem dann nichts geworden war, und Maria hatte sich zuvor nach einem guten Friseur erkundigt. Die Notiz hatte Maria vergessen. Sie musste irgendwo im Trolley verborgen gewesen sein und war Salvatores akribischer Suche nicht entgangen.

Maria atmete hektisch ein. »Es wäre mir wichtig, dass du den Termin verschiebst und der Friseurin klarmachst, unter keinen Umständen meine Adresse zu verraten.«

»Das ist ja wie in einem Krimi«, murmelte die alte Frau.

Aber sie tat anstandslos, worum Maria sie gebeten hatte.

12

Enrico lief der Schweiß über den Rücken. Das Hemd seiner Uniform fühlte sich durchtränkt an. Seine Stirn war klitschnass, die spärlichen Haare klebten an der Kopfhaut fest.

Sicher, der Tag heute war anstrengend gewesen, und ja, mitunter waren die Pakete schwer, doch die eigentliche Last, die ihm zu schaffen machte, war der bevorstehende Anruf bei Salvatore.

Länger damit zu warten, war keine Option. Jedes weitere Zögern verschlimmerte seine Lage. Wollte Salvatore Maria zurückhaben, durfte er ihn dabei nicht im Stich lassen. Es war eine klare Rechnung, die ein eindeutiges Ergebnis unter dem Strich ergab. Der Anruf musste unmittelbar erfolgen.

»Los, du feiger Sack«, trieb er sich leise an.

Auf das Abendessen konnte er gut verzichten, es würde ihm ohnehin nur schwer im Magen liegen. Also konnte er dieses verhasste Gespräch auch gleich führen.

»Endlich«, meldete sich Salvatore beim ersten Klingeln grußlos.

»Salve«, erwiderte Enrico leise.

»Du rufst an, weil du etwas in Erfahrung gebracht hast, nehme ich an?«

»Ja. Ich mache es kurz, aber ich warne dich vor, es wird dir nicht gefallen. Virginia ist der Name eines Friseurladens, und ich war dort, um mich nach Maria zu erkundigen.«

»Schwafle nicht herum.«

»Also, ich kenne die Friseurin und …« Er wischte sich mit einem Stück Küchenrolle den Schweiß vom Gesicht. Bevor er weiterreden konnte, fiel ihm Salvatore gereizt ins Wort.

»Meine Maria arbeitet neuerdings als Friseuse. Wie grauenvoll ist das denn? Jetzt verstehe ich natürlich, warum du wusstest, dass mir das nicht gefallen würde.«

Das Gespräch war schlimmer, als Enrico es sich vorgestellt hatte.

»Nein.« Er verfluchte den Tag, an dem Salvatore ihn in die Pflicht genommen hatte. »Sie arbeitet nicht im Salon. Sie ist dort Kundin. Maria heiratet.«

»Was?«, brüllte Salvatore wie ein verwundeter Stier. »Wann zum Teufel, wann?«

»Wenn du jetzt einen Flug buchst, bist du rechtzeitig hier. Der Friseurtermin vor der Hochzeit ist am Samstag.«

»Verdammt!«, schrie Salvatore. »Seit wann weißt du das?«

»Seit gerade eben erst. Ich habe dich unmittelbar angerufen«, log Enrico.

»Gut. Nein, schlecht.« Salvatore klang jetzt wieder etwas ruhiger. »Hör mir genau zu. Du musst noch etwas für mich erledigen. Sei dabei aber absolut diskret. Kein Wort zu niemandem. Verstanden?«

»Ich schwöre es dir«, stammelte Enrico.

»Du organisierst mir einen Unterschlupf, irgendetwas, das ein wenig abgelegen ist. Eine Wohnung oder ein Häuschen, in das so schnell niemand kommt. Ich komme am Freitag mit zwei Freunden zu dir und hole mir am nächsten Morgen Maria, bevor sie ihr den Blumenkranz ins Haar stecken. Wir mieten uns am Flughafen ein Auto, und du stehst mit deinem eigenen bereit. Nimm auf keinen Fall den Lieferwagen. Ich erwarte deinen Anruf wegen des Verstecks. Und du hältst deinen Mund. Alles kapiert?«

Enrico hatte nur den Lieferwagen. »Alles klar. Ich nehme mir dafür frei. Das ist kein Problem. Bloß ein eigenes Auto habe ich nicht.«

»Egal. Dann bestelle ich eben, um sicherzugehen, zwei Fahrzeuge, auf einen mehr kommt es nicht an. Wir treffen uns, und du übernimmst eins der Autos von uns. Oder du borgst dir von irgendwem eine Karre aus.«

»Ich … hmm … ich könnte einen Kumpel fragen, ob er mir sein Auto leiht.«

»Gut. Mach das. Ansonsten kriegst du den Mietwagen.«

In Enricos Kopf drehte sich alles. Diesem Auftrag fühlte er sich nicht gewachsen. Aber er würde sich hüten, das Salvatore gegenüber zu erwähnen. Was der Freund da von ihm verlangte, war nichts anderes als die Mithilfe zu einer Entführung.

»Was ist? Hast du deine Zunge verschluckt? Wäre schade, denn die brauche ich noch, um sie dir notfalls abzuschneiden, solltest du auf die Idee kommen, mich zu verraten.«

»Wie kannst du so etwas Furchtbares nur denken?«, flüsterte Enrico und erinnerte sich an Salvatores unbezähmbaren Jähzorn. Er stellte sich bildlich vor, wie Salvatores Männer ihn festhielten und … »Nein! Natürlich erledige ich alles und rufe dich morgen pünktlich an.«

»Gut.« Ohne ein weiteres Wort beendete Salvatore das Gespräch.

Enrico stand vom Küchenstuhl auf und übergab sich in die Spüle.

13

Robby freute sich auf das Rendezvous mit Bobby.

Beide waren seit zwei Jahrzehnten verheiratet. Leider nicht miteinander.

Bobby, seine Eltern hatten ihn auf den Namen Bonifacio getauft, arbeitete als Werksingenieur bei den Fincantieri, einer Werft in Monfalcone. Robby, die eigentlich Roberta hieß, verdiente dort ihr Geld als Büroaushilfskraft. So hatten sie einander während einer Mittagspause kennengelernt.

Beide waren den intensiven Gefühlen, die sie füreinander empfanden, machtlos ausgeliefert gewesen.

Seit einem Jahr ging ihre Affäre, und sie trafen sich im Verborgenen. Das war nicht immer einfach, denn niemand durfte etwas von ihrer Liaison erfahren.

Lange waren sich die beiden Verliebten über den perfekten Ort für ihre geheimen Treffen uneinig gewesen. Bis einer der Kollegen aus der Werft ein verstecktes Fischerdorf bei Fossalon erwähnte.

Robby hatte die Geschichte der kleinen Ansiedlung daraufhin im Internet recherchiert. Es handelte sich um Punta Sdobba an der Mündung des Isonzo.

Der Ort lag mitten in einem Naturschutzgebiet. Die romantische Siedlung wurde wie zum Schutz vor Eindringlingen von Tausenden Stechmücken bewacht.

»Bobby! Wie gehen wir es an?«, hatte sie ihm in einer Mittagspause zugeflüstert. »Ich habe mich ausführlich mit der Gegend beschäftigt.« Mit Begeisterung registrierte sie, dass sich die feinen Härchen auf seinen Armen bei ihren Worten aufstellten und sich eine Gänsehaut bildete.

»Ich schlage vor, wir sehen uns das Fischerdorf zunächst einmal an und überprüfen vor Ort, ob es wirklich so verlassen ist, wie uns erzählt wurde.« Seine Worte waren stets von einer Ernsthaftigkeit durchdrungen, die sie rührte.

»Abgemacht.« Ein symbolischer Handschlag hatte die Entscheidung besiegelt.

Seither trafen sie sich dort, stellten ihre Autos dezent entfernt voneinander in Parkbuchten oder unter den Trauerweiden ab. Sie verbrachten ihre Schäferstündchen unter einem Insektennetz, geschützt vor den sie umschwirrenden Stechmücken und mit dem Gekreische unzähliger Möwen als Hintergrundmusik.

Mittlerweile wussten sie, dass viele Häuser leer standen, nur noch sechs Familien lebten ständig hier. Sie hatten ihr Versteck mit Bedacht gewählt. Der Pfad zu ihrer abgelegenen Hütte führte durch eine dicht bewachsene Schilfzone, und sie mussten keine ungebetenen Gäste fürchten.

Die Gefahr, die von den dort lebenden Höckerschwänen ausging, war weit größer. Aus gutem Grund wichen sie den eifersüchtigen Tieren aus. Fingen sie erst mal an zu knurren, war höchste Vorsicht geboten.

»Reize bloß die Schwäne nicht«, hatte Robby ihren Bobby, dem es Vergnügen bereitete, die Tiere mit hingeworfenen Brotkrumen zu provozieren, des Öfteren ermahnen müssen. Erst seit eines der weißen Ungetüme einmal die Flügel hochwarf und mit einem tiefen Grollen aus dem Wasser heraus auf ihn zustürzte, nahm Bobby ihre Worte ernst.

So schlichen Robby und Bobby von da an auf leisen Sohlen den Kanal entlang zu ihrem Häuschen, das ein wenig abseits lag. Es war ein eigenartiges Ambiente, das sie umgab. Wasservögel und Sumpfpflanzen, hohe Bäume und dichtes Gestrüpp. Und rundherum wogendes Schilf.

Leider war die außergewöhnlich reizvolle Gegend tagsüber das Ziel wagemutiger Urlauber, die mit ihren Rädern an den Kanälen entlangfuhren oder auf weißen Camargue-Pferden durch die Gegend ritten, ungeachtet dessen, dass es wenig schattenspendende Bäume gab und sie der Sonne direkt ausgesetzt waren. Auch Vogelfreunde und Hobbyfotografen fanden hier ihr gelobtes Paradies.

Fauna und Flora hatten es eben in sich.

Außerdem konnten Touristen in den beiden Besucherzentren

Führungen durch das Reservat buchen. In diesen Arrangements war auch die Besichtigung von Punta Sdobba enthalten.

Doch Touristen störten Robby und Bobby nicht wirklich, denn von denen kannte sie niemand, und ihre Hütte lag zu weit entfernt vom gesicherten Pfad durch das Dorf.

Jetzt lagen sie aneinandergeschmiegt auf der mitgebrachten Matratze, und ihre Körper trieften vor Schweiß.

Ihr Sex war eine Wucht, die Bobby, wie er Robby gern versicherte, jedes Mal um den Verstand brachte.

»So soll es auch sein«, wisperte Robby dann und kam sich nur ein klein wenig schlecht vor, wenn sie an ihren Ehemann dachte, der zu Hause mit dem Abendessen auf sie wartete. Längst hatte er akzeptiert, dass ihre Überstunden dazu dienten, die ersehnte Festanstellung zu erhalten.

Was Bobby seiner Frau erzählte, wollte sie nicht wissen.

Es war ein unausgesprochenes Abkommen zwischen ihnen, möglichst wenig über ihre sonstigen Lebensbedingungen zu sprechen.

Robby war verliebt wie nie zuvor. Bobby löste etwas in ihr aus, das sie bisher nicht gekannt hatte. Ihre Haut glühte, sobald er sie berührte, und sie konnte nicht anders, als vor Glück zu strahlen, wenn sich ihre Blicke kreuzten. Er machte sie lebendig, brachte sie zum Tanzen und zum Lachen. Miteinander konnten sie kindisch sein und herumalbern wie verknallte Teenager, aber ebenso führten sie lange, ernsthafte Gespräche. Nur die drängenden Fragen einer gemeinsamen Zukunft sparten sie verlegen aus.

Zärtlich fuhr Robby mit der Kuppe ihres Zeigefingers über die senkrechte Linie von Bobbys Brustbehaarung und hob dann den Bund seiner Boxershorts.

Als er nicht wie erwartet lustvoll aufstöhnte, sondern »Psst« machte, fuhr sie erschrocken hoch.

»Da draußen schleicht einer herum. Ich kann ihn hören. Sei ganz still.«

»Wer ist es, was glaubst du?«, flüsterte sie und vermutete einen Detektiv, der ihnen auf die Schliche gekommen war.

»Vielleicht will der Hüttenbesitzer nach dem Rechten sehen«, flüsterte Bobby zurück.

Der würde sich doch kaum anschleichen, dachte Robby und lauschte eine Weile in die Nacht. Ja, da war ein Knacken und Knistern. Aber die Geräusche konnten auch von Tieren stammen. Irgendwann war nur noch das Plätschern des Wassers im nahen Kanal zu hören.

Bobby atmete geräuschvoll aus.

»Sollen wir nachsehen?«, fragte sie ihn leise.

»Warten wir noch.«

Eng aneinandergeschmiegt verharrten sie ein paar Minuten und spürten nichts als das heftige Klopfen ihrer Herzen.

»Da ist nichts mehr, was auf einen Eindringling schließen lässt«, meinte Bobby schließlich, und Robby dachte: Die Eindringlinge sind wohl eher wir.

Trotzdem beschlossen sie, es für heute gut sein zu lassen und morgen wiederzukommen. Rasch zogen sie sich im Dunklen an und nahmen ihre Taschen.

Bobby öffnete vorsichtig die Tür, und sie schlüpfte an ihm vorbei hinaus.

Es war finster. Und still.

Bobby knipste die Taschenlampe auf seinem iPhone an und leuchtete die Umgebung aus, so gut es ging. »Los, machen wir uns auf den Weg.« Er fasste sie am Arm.

Mit jedem Schritt, den sie gingen, wurde Robby mutiger.

»Ich vermute, die Höckerschwäne wollten sich für deine Boshaftigkeit rächen«, sagte sie und küsste seine Wange.

Bobby lachte auf, und in diesem Moment hörten sie, wie weit vor ihnen ein Wagen gestartet wurde.

14

Maddalena saß mit ihren Hausgästen auf der Terrasse ihrer Villa. Es war Donnerstagabend, der Blick über die Diga hin zum tiefblauen Meer war atemberaubend. Das Kreischen der Möwen vermischte sich mit dem Rauschen der Wellen.

Margherita und Maddalena tranken Eistee mit Pfefferminze, Gabriele und Franjo genehmigten sich einen guten Schluck Ribolla Gialla, während Gabriele andächtig den Erzählungen aus dem Restaurant lauschte und einige Rezepte in das digitale Notizbuch auf seinem Smartphone schrieb.

Ein mildes Lüftchen wehte vom Wasser her, und die hellen Glockenschläge der Basilica Santa Eufemia kündigten die nächste Stunde an.

Sie hatte Windlichter aufgestellt, die einen angenehmen Duft verströmten, der gleichzeitig die Insekten verscheuchte und ihrem Beisammensitzen eine festliche Note verlieh.

Maddalena mochte das Mailänder Ehepaar, sie fand die beiden humorvoll und liebenswürdig. Es waren angenehme und zurückhaltende Gäste, die ihrer Wege gingen, aber halfen, wenn es notwendig war.

Trotzdem war Maddalena nicht glücklich darüber, dass ihre Mutter die beiden bei ihr einquartiert hatte. Obwohl das große Haus genug Platz für alle bot, fühlte sich Maddalena mitunter schon durch Franjos Anwesenheit eingeengt.

Vielleicht war sie ja für ein Zusammenwohnen nicht geschaffen?

Nicht zum ersten Mal dachte Maddalena darüber nach.

Das Alleinsein schenkte ihr etwas überaus Wertvolles: Sie konnte sich sammeln, auf sich selbst konzentrieren und somit neue Kraft schöpfen, ihre Ressourcen stärken und die geleerten inneren Speicher neu auffüllen. Wenn sie sich auf sich selbst besann, fand sie den notwendigen Ausgleich zu ihrer harten Arbeit.

Heutzutage gab es alle möglichen Arrangements zwischen Paaren. Maddalena konnte der Vorstellung, ihre Liebe in getrennten Wohnungen auszuleben, durchaus etwas Reizvolles abgewinnen. Nur Franjos Idee von Glück und Zweisamkeit stimmte damit nicht überein.

Das war ihr bewusst.

Er litt jetzt schon darunter, dass sie zwischen dem Karst und Grado hin- und herpendelten und nicht wie selbstverständlich Abend für Abend am Küchentisch einander gegenübersitzen durften.

Sie liebte ihn auch dafür und konnte sich eine Welt ohne ihn nicht vorstellen. Das war der Grund, weshalb sie bei allem Vorbehalt bereit war, das große Abenteuer eines gemeinsamen Lebens zu wagen.

Und deswegen hatte sie zugesagt, beim Anschnitt der köstlichen Hochzeitstorte ihrer Mutter Ort und Datum ihrer eigenen Eheschließung bekannt zu geben.

Damit war es also besiegelt.

Erst die miteinander verbrachten Jahre würden zeigen, ob die Nähe ihre Beziehung vertiefte oder sie als Paar auseinandertrieb.

»Du wirkst so melancholisch.« Margherita legte ihre Hand auf Maddalenas Unterarm.

»Mamas Hochzeit löst vieles in mir aus.« Sie atmete tief ein. »Und wahrscheinlich bin ich einfach nur müde«, fügte sie hinzu, als sie Franjos fragendem Blick begegnete.

»Ist es wegen meiner Mutter?« Er biss auf seine Oberlippe, und sie wusste, dass es ihm selbst nicht passte, die alte, mäkelnde Frau ständig um sich zu haben. Morgen aber würde Mateja als zusätzlicher Gast bis kurz nach der Hochzeit in ihrem Haus unterkommen. Dagegen konnte und wollte Maddalena nichts einwenden. Franjos Mutter war weit über achtzig, und die Reise vom Karst nach Grado würde sie ermüden und erschöpfen.

Maddalena schüttelte den Kopf und lächelte Franjo an.

»Bringen wir meine Mutter doch im ›Albergo alla Spiaggia‹ oder besser noch gegenüber im Hotel ›Astoria‹ unter.«

»Blödsinn, Franjo. Das würde ja bedeuten, sie nimmt an eurem Junggesellenabschied teil.«

Gabriele verzog belustigt sein Gesicht.

Das Zusammenleben mit Franjos Mutter gestaltete sich auch im Karst kompliziert. Mateja war eine eigensinnige, energiegeladene Frau, die mit ihrer Meinung nicht hinter dem Berg hielt. In Bezug auf und Maddalena gegenüber tat sie sie oftmals eine Spur zu schroff kund, was Franjos und ihre Beziehung über lange Strecken hin überschattet hatte.

Vielleicht hätte sie sein Angebot annehmen sollen, aber sie wollte keine zusätzlichen Konflikte schüren.

Gabriele schenkte Wein und Eistee nach. Am Vormittag hatten die beiden Mailänder eingekauft, Kühlschrank und Weinregal bestückt. Darüber hinaus waren sie, was Maddalena mehr als alles andere schätzte, so unaufdringlich, dass es manchmal den Anschein hatte, als würden sie mit den Wänden verschmelzen und sich wie durch Zauberhand wieder aus den Mauern lösen.

Margherita teilte zudem Maddalenas Leidenschaft fürs Motorradfahren. Früher hatten sie und ihr Mann viele Reisen mit einer Moto Guzzi unternommen.

Mit Grauen dachte Maddalena an jene Zeit zurück, als ihre Mutter nach dem Motorradunfall in die Villa eingezogen war und das Haus in Besitz genommen hatte. Alles in ihrer Abwesenheit und unter dem Vorwand, der Tochter die Heimkehr aus dem Krankenhaus zu erleichtern.

Ihr Zusammensein war in einen bösen Streit ausgeartet, von dem sie beide sich lange Zeit nicht erholt hatten.

Franjo war hineingegangen und schnitt gerade sein selbst gebackenes Brot auf, als es klingelte und Scaramuzza mit Maddalenas Mutter erschien.

Meine Gedanken haben die beiden wohl herbeigezaubert, dachte Maddalena und nahm eine Zigarette aus der Packung, die auf dem Tisch lag.

Franjo und sie witzelten schon darüber, warum der Comandante sich nicht längst einen Zweitschlüssel für Maddalenas Villa hatte machen lassen. Bereits gestern platzten Scaramuzza und Sibilla zu jeder frühen oder späten Stunde unangemeldet herein, um Zeit mit ihren Mailänder Hochzeitsgästen zu verbringen. Seine

Penthousewohnung hingegen hielt er von Übernachtungsgästen frei.

»Da kommen wir ja gerade rechtzeitig, um eine kleine Jause mit euch zu genießen. Stärkung für die kommenden Tage ist jetzt genau das, was meine fast schon Angetraute und ich gut gebrauchen können.«

Übermorgen stand der Polterabend auf dem Programm. Der Comandante lud Tag für Tag zusätzliche Gäste ein, die laut seiner Ansicht allesamt seine guten Freunde waren.

Fulvio Benedetti, Dante, der Besitzer der Bar an der Riva Brioni, Arturo Fanetti und natürlich dessen Vater, Piero Zoli, Guido Lippi, der amtierende Bürgermeister, der Strandchef, der Tourismuspräsident, Maurizio aus dem Buchgeschäft, Davide, der Friseur, Guido, der Fotograf, einige Jagdfreunde, Franjo natürlich und wohl sonst noch die Hälfte der männlichen Gradeser Bevölkerung würden morgen mit ihm feiern.

Nachdem sich Scaramuzza großzügig an den lombardischen Spezialitäten bedient hatte, zwinkerte er Gabriele und Franjo zu. »Wir gehen auf einen Digestif zu Stefano, ich möchte etwas mit euch bereden.«

Er küsste seine Braut laut schmatzend zum Abschied, und Sibilla kicherte wie ein junges Mädchen.

»Es geht um eine Überraschung für mich«, erklärte sie selbstgefällig.

Worum denn sonst?

Maddalena schaute zu Margherita, die intensiv den Flug einer Möwe beobachtete. »Das sind ja richtige kleine Biester«, sagte sie und zeigte lachend auf eine zweite Möwe, die der ersten einen Happen Fisch aus dem Schnabel riss.

»Mama, ich möchte etwas ansprechen, das mir Kopfzerbrechen bereitet«, sagte Maddalena, die nicht nur die seltene Abwesenheit des Comandante ausnutzen wollte, sondern auch endlich den Mut gefasst hatte, anzusprechen, was sie sich bisher nicht getraut hatte.

Hellhörig für Untertöne, stand Margherita sofort auf. »Ich möchte noch rasch mein Kleid für den morgigen Abend aufbügeln.«

»Bleib ruhig da«, wandte Maddalena ein und meinte es auch so.

»Nein. Ich muss außerdem ein, zwei Hemden und die Anzughose für Gabriele bügeln. Das passt jetzt gerade gut. Sonst schiebe ich es nur auf, und morgen wird es dann knapp. Ich kenne mich.«

Sibilla hielt ihre Freundin nicht zurück, und Maddalena hatte das Gefühl, dass ihre Mutter lieber mit ihr allein sprach. Sie konnte sich auch vorstellen, wieso. Sibilla hielt Unangenehmes gern nach außen hin verborgen. Nicht einmal von so engen Freunden wie den Mailändern ließ sie sich in die Karten schauen.

»Also, Maddy, sprich. Was liegt dir auf dem Herzen?«

Maddalena zündete sich eine weitere Zigarette an und rauchte schnell. »Dein zukünftiger Ehemann, mein Vorgesetzter, hat sich erdreistet, mich wegen eines möglichen Verkaufs unseres Hauses in Santa Croce anzusprechen. Ich war sprachlos. Mama, wusstest du davon?«

Eine Möwe kam im Tiefflug angeschossen und versuchte, eine übrig gebliebene Scheibe Schinken vom Teller zu picken. Maddalena klatschte zornig in die Hände.

»Maddy«, ihre Mutter lächelte süffisant. »Achille und ich haben keine Geheimnisse voreinander. Damit fangen wir gar nicht erst an. Er hat es dir gegenüber vielleicht ein wenig ungeschickt ausgedrückt. Aber ja, hierbei stimme ich ihm durchaus zu.«

»Mama!«, zischte Maddalena und nahm wütend einen Schluck Eistee aus ihrem Glas. »Das ist doch nicht dein Ernst? So eine Entscheidung können nur wir beide gemeinsam treffen. Scaramuzza hat mit dem Haus meines Vaters nicht das Geringste zu schaffen.«

»Du warst schon als Kind starrsinnig und konntest dich fürchterlich in eine Sache verbeißen, die dir widerstrebte. Aber die Dinge haben sich eben nun einmal geändert. Damit wirst du klarkommen müssen.«

Maddalena schnappte nach Luft. Hatte sie sich verhört?

»Die Dinge vielleicht, aber die Gesetze nicht.«

»Du musst mich nicht so anfauchen. Übermorgen Abend ist mein Brautjungfernabend und tags darauf meine Hochzeit. Verdirb mir diese beiden Tage nicht.«

»Dann sag deinem Verlobten, er soll keinen Unfrieden zwischen uns stiften und sich aus dieser Angelegenheit besser raushalten, sonst nehme ich mir einen Anwalt. Und das meine ich ernst.«

Ihre Mutter sah sie gekränkt an.

Erst in diesem Moment wurde Maddalena bewusst, dass sie sich das schöne Steinhaus in Santa Croce nicht wegnehmen lassen würde. Ihr Vater hatte ihnen Haus und Grund testamentarisch zu gleichen Teilen vermacht, aber im Unterschied zu Sibilla, die ganz auf Scaramuzza fixiert war, hing Maddalena sehr am Heim ihrer Kindheit und würde es nicht kampflos hergeben.

Als Margherita eine halbe Stunde später erneut zu ihnen stieß, saßen Maddalena und ihre Mutter einander schweigend gegenüber.

15

Es war fast dunkel.

Nur schwach schimmerte der Mond durch Gebüsch, Äste und die Kronen der hochgewachsenen Zypressen.

Robby hatte ihr Auto auf einem Parkplatz nahe Fossalon abgestellt, wo Bobby bereits wartete, als sie zu ihm in den Wagen stieg. Zusammen fuhren sie weiter. So spät am Tag, fanden sie, war mehr Vorsicht nicht notwendig.

Rund um ihr Liebesnest war alles ruhig.

Sogar die Höckerschwäne hatten ihre Köpfe ins Gefieder gesteckt. Nur die verdammten Insekten umschwirrten sie weiterhin, gierig darauf, zuzustechen.

Arm in Arm spazierten Robby und Bobby den verlassenen Weg entlang und verständigten sich ohne Worte.

Wie immer stand die Fischerhütte einsam und verlassen da, so als würde sie nur auf sie warten.

Als sie ihren Unterschlupf gefunden hatten, war Bobby auf die Idee gekommen, ein neues Schloss an der Eingangstür anzubringen. So verringerten sie das Risiko, dass jemand eine aufgebrochene Tür entdeckte und Alarm schlug. Alles war unauffällig und sollte auch so bleiben.

Nachdem sie die Tür mit dem Schlüssel geöffnet und wieder hinter sich geschlossen hatten, zog Robby eine Papiertüte aus ihrer Handtasche. »Schau, was ich für uns mitgebracht habe. Riech einmal.« Übermütig hielt sie ihm die geöffnete Tüte hin.

»Erdbeeren.« Bobby nahm seine Geliebte erfreut in die Arme.

»Ja, es sind die ersten reifen Beeren in diesem Jahr.«

Fossalon war ein bekanntes Anbaugebiet für Spargel und Erdbeeren.

»Herrlich«, seufzten beide gleichzeitig und küssten sich die saftige Süße von den Lippen.

Plötzlich, sie waren eben dabei, sich ihrer Klamotten zu entledigen, fasste Bobby nach ihr.

»Robby«, flüsterte er, »da, wieder dieser Lichtkegel. Verhalte dich ruhig, draußen ist einer. Wir haben uns gestern anscheinend doch nicht getäuscht. Sei mucksmäuschenstill.«

Robbys Herz klopfte so laut, dass sie Angst hatte, man könnte es hören. Bobby war ebenso angespannt wie sie, seine Finger krallten sich um ihren Oberarm. Er schien den Atem anzuhalten.

Der frische Duft der Erdbeeren vermischte sich mit dem muffig-staubigen Geruch der Hütte, und ihre nackten Zehenspitzen, auf denen der helle Nagellack schimmerte, krümmten sich vor Anspannung.

Ihre Sinne waren geschärft wie selten.

Die Geräusche außerhalb ihrer kleinen Welt hörten so plötzlich auf, wie sie begonnen hatten.

Stille.

Der Lichtkegel verlosch.

Es war, als sei jemand stehen geblieben und lauschte.

Waren sie bemerkt worden?

Und wenn ja, von wem?

Robby zog erschrocken die Schultern bis zu ihren Ohren hoch, und der Druck von Bobbys Fingern um ihren Oberarm verstärkte sich.

Sie dachte daran, wild draufloszubrüllen und halb nackt hinauszustürzen, und musste sich beherrschen, ein aufsteigendes Kichern zu unterdrücken. Es entlud sich als unkontrollierbares Beben ihres Körpers.

Vorsichtig und wie in Zeitlupe schlang Bobby seinen anderen Arm um ihren Rücken. Doch was als Beruhigung gedacht war, bewirkte das Gegenteil. Robby zuckte zurück und stieß mit dem Kopf gegen einen niedrig hängenden Holzbalken.

Die Geräusche draußen schienen alle gleichzeitig einzusetzen. Das Unterholz knarzte, die Blätter des Buschwerkes rauschten, und etwas fiel um. Es klang wie das metallische Scharren einer Schaufel, die auf hartem Untergrund gelandet war.

Und dann hörten sie Schritte. Vorsichtig zuerst, dann lauter. Sie entfernten sich.

Keiner von ihnen wagte, sich zu rühren. Erst als sie sicher

waren, dass keiner mehr draußen vor der Hütte lauerte, fragte Bobby: »Hast du dir den Kopf schlimm gestoßen?«

»Nein«, antwortete Robby weinerlich und ärgerte sich über ihr Missgeschick.

»Was … wer war das?« Auch Bobby zeigte sich verunsichert.

Was sollte sie darauf sagen? Sie hatten doch beide keine Ahnung.

»Vielleicht ist es wieder der vom letzten Mal. Möglicherweise doch ein Detektiv.« Sie starrte ihn angstvoll an. »Er wollte uns in flagranti ertappen und Fotos schießen.«

»Ich bin mir da nicht so sicher. Das klang nicht nach jemandem, der sich an die Hütte anschleicht, um uns, wie du es so schön ausdrückst, in flagranti abzulichten. Außerdem bin ich überzeugt, dass der Typ erst hierherkam, *nachdem* ich die Geräusche hörte.« Bobby klang bestimmt.

»Was macht dich so sicher, dass es sich um einen Mann handelt? Könnte es nicht auch eine Frau gewesen sein?«

»Schleichen Frauen hier üblicherweise allein im Dunkeln herum?«

»Wenn ich es mir so überlege, ja. Ich mache das zum Beispiel, wenn ich auf dich warte oder vorausgehe. Vielleicht war es ein anderes Liebespärchen.«

»Darauf einigen wir uns, okay?«

»Trotzdem, ich habe ein unangenehmes Gefühl. Sicher fühle ich mich hier nicht mehr.«

Bobby drückte sie fest an sich und vergrub sein Gesicht in ihrem Haar. »Ich gebe dir ja recht. Irgendetwas stimmt hier nicht.«

»Mir ist jedenfalls die Lust auf Erdbeeren vergangen«, murmelte Robby und meinte eigentlich Sex, aber auch beim Gedanken an das Obst wurde ihr schlecht. Sie hatte Angst. »Was sollen wir tun?«

»Wir verschwinden von hier, so schnell wie möglich. Nichts wie ab zum Auto. Lass uns dort weiterreden.«

»Und wenn er im Gebüsch auf uns wartet? Genau darauf, dass wir glauben, er hätte sich verdrückt, um uns dann hinterrücks zu überfallen?«

»Davon ist nicht auszugehen. Ich glaube nicht mal, dass er uns bemerkt hat. Robby, lass dich ganz fest umarmen. Wir schaffen das. Okay?«

Als sie nicht reagierte, zog er ihr Gesicht am Kinn zu sich heran und küsste vorsichtig ihre Lippen, die jetzt trocken waren und rissig.

»Bist du so weit?«

Sie nickte, auch wenn Bobby das im Dunkeln vermutlich nicht sehen konnte. Unbeholfen zog sie ihr Shirt über und schlüpfte in Jeans und Sandalen.

»Komm.« Sie konnte es nicht mehr erwarten, die Hütte zu verlassen. Das Auto schien ihr jetzt der sicherste Zufluchtsort der Welt zu sein.

Aber zwischen ihnen und dem Wagen war die Nacht.

Und die mussten sie zuerst durchqueren.

Natürlich quietschte die Holztür verräterisch in den Angeln, als sie hinaustraten, was sie sonst nie tat.

Und natürlich stolperte Bobby und gab einen unterdrückten Laut von sich.

Zu allem Überfluss schob sich auch noch eine breite Wolke über den Mond, und die Bäume warfen lange Schatten in der ohnehin schon viel zu dunkel gewordenen Nacht.

Wie oft sind wir hier schon entlanggegangen, fragte sich Robby. Sicher einige Male, doch nun schien die vertraute Landschaft auf einmal fremd. Es kam ihr vor, als hätte ein riesiges unheimliches Ding den Weg, die Sträucher, sogar die Wiesen hinter dem Kanal hochgehoben und woanders wieder abgestellt.

»Beeil dich.«

Keuchend liefen sie Hand in Hand zu Bobbys Fahrzeug.

Was, wenn das Auto nicht mehr dort stand, wo er es abgestellt hatte? Bis zur Hauptstraße war es zu Fuß viel zu weit, und die Nacht wurde immer dunkler.

Sie erkannten kaum noch die Konturen der Wegbegrenzung, rannten einfach drauflos. Die Steine unter ihren Füßen sprangen zur Seite, so als wollten sie ihnen Platz machen. Neben ihnen im Gebüsch raschelte es, zischte und knurrte.

Robby hatte Angst, jeden Moment angefallen zu werden, von einem tollwütigen Fuchs, einem wilden Hund, einem bissigen Schwan oder dem unbekannten Verfolger, den sie bei der Hütte gehört hatten.

Ihre Kleidung war von Schweiß durchtränkt, und ihre Augen tränten von der Anstrengung, im Finsteren den Weg zu finden. Sie schluchzte laut auf, doch Bobby zerrte sie weiter, obwohl er merkte, dass sie längst schon am Ende ihrer Kraft war.

Und da hörten sie es.

Ein feines Knistern im Unterholz.

Jemand, dachte Robby, muss hier Mikadostäbchen zerbrechen oder an Grissini-Stangen nagen.

Sie blieb erstarrt stehen.

Alles Leben floss aus ihr heraus.

Bobby stolperte in sie hinein.

»Weiter, schnell, da vorn steht mein Wagen!«, schrie er, rappelte sich hoch und zog sie weiter mit sich.

Im Laufen betätigte Bobby die Fernbedienung, und mit einem erlösenden Klick öffnete die Zentralverriegelung die Türen für sie.

Kaum dass sie im wieder versperrten Auto saßen, startete Bobby den Motor und fuhr los.

Robby verdrehte ihren Hals und starrte zu den Bäumen, die so dicht beieinanderstanden, als würden sie sich gegenseitig stützen.

»Da!«, schrie sie, und Bobby hätte fast das Steuer verrissen. »Ich habe ihn gesehen!«

Als sie wenig später in einem hell erleuchteten Burger-Imbiss saßen, umgeben von essenden und trinkenden Menschen, löste sich langsam die Spannung in ihnen.

Robby war sich auf einmal nicht mehr sicher, was sie gesehen hatte.

War es wirklich ein Mann gewesen, der ihnen im Dickicht auflauerte, oder bloß eine optische Täuschung?

»Beschreibe mir den Kerl«, bat Bobby und musterte sie gründlich. »Du bist käseweiß, und deine Hände zittern«, stellte er besorgt fest.

»Zuerst glaubte ich, ihn deutlich zu sehen. Seine Gestalt hob sich durch die Rückscheinwerfer von dem Strauchwerk ab, aber dann …«

Je länger sie darüber nachdachte, sich Mühe gab, das Bild wieder vor ihren Augen entstehen zu lassen, desto unsicherer wurde sie.

»Ich habe das Licht nur von der Hütte aus gesehen und auch nur dort etwas gehört. Danach hat es zwar ein paarmal so geklungen, als wären da eilige Schritte hinter uns, aber es konnte auch der Widerhall unserer eigenen gewesen sein.« Bobby kratzte sich am Kinn. Dadurch sah er aus wie ein Kind, das gerade eine erfolglose Schnitzeljagd hinter sich hatte, fand Robby. Sie stupste unter dem Tisch sanft mit ihrem Knie gegen seines.

Jetzt, im künstlichen Licht der Neonröhren, kam ihr das Erlebte absurd vor. Sie lächelte, nahm Bobbys Hand von seinem Kinn und drückte einen Kuss darauf.

»Vielleicht«, überlegte er, »war das ein Förster oder … ich weiß nicht, wie diese Wärter im Naturreservat heißen, die dort nach dem Rechten sehen sollen?«

»Ich finde auch, dass wir überreagiert haben. Aber lass uns für unsere nächsten Treffen trotzdem einen anderen Platz suchen. Das willst du doch auch?«

»Klar will ich das, wir suchen etwas Besseres. Dort roch es ohnehin faulig, und das Wasser in dem kleinen Hafen stank nach totem Fisch.«

»Ja«, pflichtete Robby ihm bei und sah ihn glückselig an, weil er sich weiter mit ihr verabreden wollte. »Dahin gehen wir nicht mehr.«

Zweiter Teil

1

Maddalena und Margherita sahen schon von Weitem das Poster. Es prangte an der Eingangstür des Restaurants und war nicht zu übersehen.

»Geschlossene Gesellschaft«, stand in dicken neonfarbenen Lettern darauf geschrieben.

Bräute, Blumensträuße und Hochzeitstorten schmückten in einer Art wilder Collage aus Zeitungsbildern und Zeichnungen das Plakat.

Maddalena grinste. »Das wird Mama gefallen. Es entspricht ihrer infantilen Gemütslage.«

»Sei nicht so streng mit deiner Mutter. Sie hat viel durchgemacht. Und jetzt ist sie eben verliebt. Sie erlebt mit Achille ihren zweiten Frühling. Gönne es ihr doch.« Margherita sah sie beschwörend an.

Maddalena schüttelte sich. Es bereitete ihr körperliches Unbehagen, sich ihre Mutter verliebt und küssend vorzustellen. »Tu ich ja.« Gleich darauf korrigierte sie: »Nein, tu ich nicht. Ich weiß selbst, dass ich kleinmütig bin. Aber ich empfinde es als Verrat an Papa. Vielleicht, wenn der Bräutigam ein anderer wäre … Und die Sache mit dem Haus im Karst setzt allem die Krone auf.«

»Ach, komm. Vergiss das. Die beiden werden immer hinter deinem Rücken reden, sie sind jetzt ein Paar. Aber deine Mutter lässt garantiert nicht zu, dass Achille dir etwas wegnimmt, das dir gehört. Ich weiß doch, wie lieb sie dich hat. Was glaubst du, worüber wir bei ihren Besuchen in Mailand meistens sprechen? Über dich.«

Natürlich erreichten Margheritas Worte Maddalena und stimmten sie versöhnlich. Sie lächelte die ältere Frau an. »Du siehst das alles hier als Mamas Freundin und Vertraute. Das ist gut so. Hoffentlich weiß sie, was sie an dir hat.«

»Sibilla weiß es. Und umgekehrt ist es genauso. Wir können aufeinander zählen.«

»Auch wenn es mir schwerfällt, werde ich mich bei ihr für meine harten Worte entschuldigen.« Maddalena atmete durch. »Es soll ein unbeschwerter, lustiger und schöner Brautjungfernabend werden … und überhaupt, was rede ich? Die Hochzeit des Jahres wird das. Da sind wir uns alle einig, nicht wahr?«

»Ja, Maddalena, so hörst du dich schon um einiges besser an. Für die beste aller Hochzeiten ist natürlich Achille verantwortlich. Und er macht das wirklich gut. Aber wer, wenn nicht wir, kann den heutigen Abend zu einem richtigen Fest werden lassen? Schließlich sind wir beide doch so etwas wie die erste und zweite Brautjungfer. Und die haben die ernste Pflicht«, Margherita blieb stehen und machte eine bedeutungsvolle Pause, »für nichts anderes als für unbeschwerte Heiterkeit zu sorgen.«

»Geht klar. Aber die erste Brautjungfer bin immer noch ich. Dafür darf dein Gabriele meine Mutter zum Altar beziehungsweise in diesem Fall zum standesamtlichen Pult führen. Mama und Papa hatten kirchlich geheiratet, wie du sicher weißt.«

Beide lächelten, als sie das »Delfino Blu« betraten. Sie waren leger gekleidet. Maddalena trug wie immer Jeans und ein Shirt, Margherita ein leichtes Sommerkleid.

Außer der Wirtin und dem Personal war noch keiner der Gäste anwesend.

Margherita seufzte erleichtert auf. »Hoffentlich lassen die noch ein bisschen auf sich warten. Zuerst haben wir uns um anderes zu kümmern. Zum Glück haben wir uns rechtzeitig gegen den üblichen Firlefanz entschieden.«

»Du meinst die Männer, die nackt aus Sahnetorten steigen?« Maddalena kicherte. »Denn die sind selbstverständlich Teil des Programms.« Als sie Margheritas entsetztes Gesicht sah, klopfte sie ihr auf die Schulter. »Reingelegt. Hätte Mama aber sicher gefallen.«

Während sie mit dem DJ die Musik besprachen – ja, ihre Mutter hatte wie ein Teenie stur auf einen DJ bestanden –, beobachtete Maddalena die Mailänderin.

Sie war etwa in Sibillas Alter, hatte aber im Unterschied zu ihr ein Gesicht, in das die Jahre Lachfalten gezeichnet und in dem sie Spuren von Traurigkeit hinterlassen hatten. Es war nicht im klassischen Sinn schön wie das ihrer Mutter, aber es strahlte eine heitere Lebendigkeit aus, die sich zudem angenehm von den kindischen Affektiertheiten ihrer Mutter abhob. Margherita aß gern und hatte Rundungen und Speckröllchen. Sie zeigte diese mit einer Selbstverständlichkeit, die Maddalena, die lange mit Gewichtsproblemen zu kämpfen gehabt hatte, Bewunderung abverlangte. Margheritas Haare ließen sich anscheinend schwer bändigen, vielleicht wollte sie es aber auch so. Ständig lösten sie sich aus dem Stoffgummi und kräuselten sich um ihr Gesicht.

Maddalena mochte diese Frau, von der sie zwar schon viel gehört hatte, die sie aber erst seit Kurzem persönlich kannte.

Vielleicht ist es ja gar nicht so unüblich, überlegte sie amüsiert, die eigene Mutter hin und wieder gegen eine andere austauschen zu wollen. Ihr jedenfalls ging es heute nicht zum ersten Mal so. Genauso häufig war sie aber auch froh darüber, gerade diese verschrobene Frau aus dem Karst, die morgen diesen unmöglichen Mann heiraten würde, zur Mutter zu haben.

Rosalba Migliore, die Wirtin des »Delfino Blu«, kam mit weit geöffneten Armen auf sie zu. Als sie erfahren hatte, dass Sibilla den Brautjungfernabend bei ihr feiern wollte, hatte sie sich ins Zeug gelegt, und dementsprechend sah der Innenraum des Restaurants heute auch aus. Luftballons baumelten von der Decke, Papierschlangen und Konfetti verteilten sich über den Gastraum.

Rechts gab es eine lange, farbenfroh gestaltete Tafel, für deren Schmuck Maddalena von Blumenhändler zu Blumenhändler gelaufen war. Bis auf den Platz für den DJ, der schon alles Erforderliche aufgebaut hatte, war der Raum leer.

»Für die Tänzer.« Rosalba zwinkerte ihnen zu.

Maddalena verdrehte innerlich die Augen. Sie fand diesen Aufputz für eine Frau im Alter ihrer Mutter ein wenig geschmacklos.

Margherita, die eine gute Antenne für unausgesprochene Misstöne hatte, warf Maddalena einen beschwichtigenden Blick zu.

»Lass uns so richtig übermütig feiern«, sagte sie und schlang den Arm um Maddalena.

Insgeheim störte es Maddalena ein wenig, dass Margherita sich nicht daran zu stoßen schien, aber letztendlich war sie auch die Freundin ihrer Mutter und nicht ihre.

Habe ich eigentlich Freundinnen, fragte sie sich verwundert. Bibiana fiel ihr ein. Mit der Immobilienmaklerin traf sie sich von Zeit zu Zeit auf ein Glas Wein oder zu einem Mittagessen.

Aber sonst gab es kaum jemanden, den sie als Freundin bezeichnen würde. Ginevra, Fanettis Lebensgefährtin, mochte sie, aber sie war bedeutend jünger, ebenso wie ihre gute Bekannte Claire Casella, mit der sie regelmäßig Sport trieb und in deren Buchladen sie Stammkundin war.

Dann dachte sie an Francesca, die sie ebenfalls über ihre Arbeit kennengelernt hatte und der sie hin und wieder begegnete, wenn sie die kleine Bar von Stefano am Hafen aufsuchte.

Von der Polizeischule in Rom waren ihr vielleicht ein, zwei lose Kontakte geblieben. Eigentlich war ihr dieser Mangel an Freundschaften nie so bewusst gewesen wie heute Abend. Aber brauchte sie neben ihrer Arbeit und ihrer Beziehung zu Franjo denn überhaupt Freundinnen?

Schon während der Schulzeit war sie mit ihrer Vorliebe für Motorräder und Fußball eher mit Jungs unterwegs gewesen.

»Hmm.« Maddalena starrte grüblerisch auf das Büfett, auf dem vom Personal gerade die kalten Speisen angerichtet wurden.

Margherita drückte ihr ein Glas mit einer undefinierbaren Flüssigkeit in die Hand. »Der Begrüßungscocktail. Hilft gegen düstere Gedanken, versprochen.«

Maddalena betrachtete das Getränk mit Skepsis. »Was zur Hölle ist das denn?«

»Geweihtes Wasser aus dem heiligen Fluss, der in die Unterwelt führt. Blödsinn«, wehrte Margherita ab, als sie Maddalenas Gesicht sah. »Pfefferminzlikör mit Prosecco aufgespritzt. Hebt die Laune, versprochen.«

Nun, wenn man, um ihre Laune zu heben, schon Wasser aus dem Styx schöpfen musste, der den Legenden zufolge die Grenze zwischen der Welt der Lebenden und dem Totenreich Hades darstellte, war es offenkundig miserabel um ihre Gemütsverfassung bestellt.

Maddalena nahm einen Schluck und schüttelte sich. »Pfui«, schimpfte sie und stellte das Glas energisch ab.

Rosalba grinste und reichte ihr stattdessen eine Flöte mit perlendem Prosecco. »War nicht meine Idee, sondern die Ihrer Mutter, wie Sie sich vermutlich denken können.«

Wenigstens eine Gesinnungsgenossin hatte sie hier. Sie sah zum DJ, der seine Mischung aus Abba und den Beach Boys rauf und runter spielen würde, und dachte, das gönne ich dir, liebe Mutter. Aber vielleicht mochte Sibilla das ja.

Der DJ bemerkte, dass Maddalena ihn musterte, und lächelte selbstgefällig. Er trug sein früher wohl schwarzes Haar, das jetzt grau und spärlich geworden war, in einem Zopf. Und seine Tränensäcke zeigte er stolz, als wären sie Trophäen aus einer glanzvollen Zeit.

Maddalena drückte ihren Rücken durch und beschloss, Scaramuzza gegenüber ein wenig freundlicher aufzutreten. Eine Aufgabe, der sie sich nicht wirklich gewachsen fühlte, die es aber zu bewältigen galt. Über das Haus im Karst würde sie heute jedenfalls nicht sprechen.

Mitten in ihre Gedanken hinein stieß Rosalba sie an und deutete zur Tür. »Einer Ihrer Mitarbeiter, Commissaria, könnte etwas Berufliches sein.«

Nur das nicht, hoffte Maddalena und verließ das Lokal.

Piero Zoli stand Hand in Hand mit einer dunkel gelockten Frau vor dem Eingang, die wie eine jüngere Ausgabe von ihr selbst aussah, und er wirkte bekümmert.

»Zoli?«

»Commissaria, ich wollte nicht stören. Aber ich möchte Ihnen meine Verlobte, Maddalena, vorstellen. Sie kennt hier bisher niemanden. Ich habe sie überreden müssen herzukommen. Könnten Sie sich ihrer ein wenig annehmen? Ich muss jetzt zu den anderen, zum Polterabend in Giannis Restaurant. Sie wissen schon.«

Der Verlobten war deutlich anzusehen, wie peinlich ihr Zolis

Worte waren. Sie verschränkte die Arme vor der Brust und räusperte sich verlegen.

»Natürlich, Zoli, kein Problem.«

Zoli wirkte erleichtert und nickte.

»Ich freue mich, dass es diesmal geklappt hat und Sie es zu uns nach Grado geschafft haben.« Freundlich streckte sie der scheuen anderen Maddalena ihre Hand entgegen.

Die junge Frau löste ihre Arme aus der Verschränkung und nahm Maddalenas Hand. Ihre Finger waren verschwitzt.

»Nun, kommen Sie mit hinein, die anderen Gäste müssen jeden Augenblick kommen.« Unauffällig wischte Maddalena ihre Hände an ihren Jeans ab.

Zögernd folgte ihr die junge Frau, nachdem sie sich aus Zolis Umarmung zum Abschied gelöst hatte. Maddalena hörte, wie Zoli seine Verlobte eindringlich bat, sofort anzurufen, wenn etwas nicht stimmte.

Was sollte denn nicht stimmen? An diesem Brautjungfernabend stimmte ohnehin gar nichts, befand sie still. Wieder im Restaurant, stellte sie Zolis Braut Margherita vor. Die Mailänderin erkannte sofort, was Maddalena anscheinend entgangen war, und fragte teilnahmsvoll: »Heimweh?«

»Nein«, entgegnete die junge Frau schlicht. »Das ist es nicht.«

Allmählich tröpfelte die Gesellschaft ein. Freundinnen, Bekannte aus dem Karst, einige Frauen aus Grado, die meisten kannte Maddalena oberflächlich.

Nach dem zweiten Glas Prosecco stellte Maddalena belustigt fest, dass Ginevra, Claire, die andere Maddalena und sie den Altersdurchschnitt eindeutig senkten.

Und dann kam eine Fremde.

Margherita stürzte auf sie zu und riss sie förmlich in ihre Arme. »Sibilla!«, schrie sie. »Du siehst großartig aus!«

Erst da erkannte Maddalena in dem außerirdischen Wesen ihre Mutter.

Zugegeben, sie sah beeindruckend aus. Ein glitzernder Reifrock schwang um ihre Hüften, die langen Beine steckten in Plateauschuhen, und das schwarze Oberteil gab etwas zu viel von ihrem

Dekolleté frei. Aber das Schrillste, das Maddalena je an ihrer Mutter gesehen hatte, war die knallrote Perücke im Pagenschnitt. Ihre sonst so dezent geschminkten Augen waren von dickem schwarzen Kajal umrandet. Alle Blicke waren auf sie gerichtet. Für einen Moment herrschte absolute Stille im Raum, dann setzte Applaus ein.

»Mama«, stammelte Maddalena und wurde in eine Wolke schweren Parfums gezogen.

Ihre Mutter machte sich schwungvoll los und lachte sie übermütig an. »Das hättest du nicht erwartet, was? Achille liebt dieses Outfit. Und jetzt lass uns Spaß haben.«

Und sie hatten Spaß.

Der DJ war dann doch um einiges besser, als Maddalena befürchtet hatte; die Musik, die er auflegte, erhitzte die Gemüter, und Rosalbas appetitliche Häppchen sorgten angesichts des reichlich fließenden Schaumweins für den entsprechenden Untergrund.

Zwischendurch dachte Maddalena an Franjo und wie er sich wohl in der Meute »wichtiger Persönlichkeiten« um Scaramuzza schlug. Sie wusste besser als jeder andere, dass er sich in großen Mengen unwohl fühlte und sich nur ihr zuliebe den Polterabend antat.

Nun, hier war es gemütlich. Ihre Mutter, die Maddalena bislang eher als Spaßbremse wahrgenommen hatte, brachte ordentlich Schwung in die Veranstaltung.

Sie tanzte. Sie riss die Menge mit. Und alle tanzten mit ihr. Auch Maddalena.

Sibilla war außer Rand und Band. So kannte Maddalena ihre Mutter nicht. War das ihre Art, die Angst vor einer lebenslangen Verbindung mit Scaramuzza zu kompensieren? Noch ein letztes Mal richtig Spaß zu haben? Nein, sie war schon wieder ungerecht.

Irgendwann saß Maddalena vom Alkohol beschwipst und von der Musik beschwingt vor der Tür auf einem Plastikstuhl, rauchte eine Zigarette nach der anderen und starrte auf das Emblem des gegenüberliegenden Supermarktes.

Automatisch fertigte sie gedanklich eine Liste ausgegangener

Lebensmittel an und ärgerte sich, keinen Stift bei sich zu haben, um diese auf einem Taschentuch zu notieren. Morgen würde sie alles wieder vergessen haben.

Zoli, der Zwanghafte, hatte sein Heft immer dabei. Eine gute Entscheidung. Und sie benutzte nicht einmal das digitale Notizbuch auf ihrem iPhone. Der Einkauf würde eben bis nach der Hochzeit warten müssen.

Die Glut ihrer Zigarette flammte im Dunkeln auf. Nachlässig schnippte Maddalena die Asche auf den Boden und ging die bizarre Aufmachung ihrer Mutter nochmals im Kopf durch.

Sie sah grauenvoll aus. Wie ein alt gewordenes Mädchen im Petticoat. Hoffentlich würde sie zu ihrer eleganten Form zurückfinden und nicht demnächst öfter in solcher Tarnkleidung auftauchen.

Achille Scaramuzza hätte daran sicher seine Freude.

Ein schweißnasser Finger tippte auf ihren Handrücken. Erschrocken zog Maddalena ihre Hand weg.

»Entschuldigung. Ich wollte Sie nicht erschrecken«, flüsterte eine Stimme.

»Was war dann Ihre Absicht?« Maddalena sah hoch.

Die andere Maddalena stand vor ihr.

»Darf ich?« Sie zeigte auf den Stuhl neben Maddalena. »Ich habe eine Frage.«

Der Klang ihrer Stimme erinnerte an Sizilien, den Geschmack von gereiften Zitronen und an vulkanische Inseln im Mittelmeer. Maddalena konnte gar nicht anders, als ihr jüngeres Ebenbild anzustarren. Ihr »Ja« kam blitzartig.

Zolis Verlobte wirkte auf sie wie ein verschrecktes Reh. Kurz überlegte sie, ob Sibilla die Ähnlichkeit zwischen ihr und Zolis Freundin auch aufgefallen war. Vielleicht war ihre Mutter einmal in Sizilien gewesen und hatte dort ein Kind zur Welt gebracht und es zur Adoption freigegeben?

Maddalena, die ihre eigene Geschichte Revue passieren ließ, lachte hell auf. Das war mit Sicherheit nicht der Fall.

»So ein Blödsinn, das könnte gar nicht sein«, brach es aus ihr heraus.

»Das verstehe ich jetzt nicht«, antwortete ihr Spiegelbild verwirrt.

»Entschuldigung. Das war nur so dahingesagt und bedeutet nichts. Ich bin außer Dienst. Fragen sind nur dann erlaubt, wenn sie nicht das Berufliche betreffen. Ich antworte heute ausschließlich privat. Und ich bin schon ein wenig betrunken.« Maddalena war stolz auf sich.

Endlich schaffte sie es, eine Grenze zu ziehen.

»Ich wollte nicht lästig sein«, die junge Frau sah hektisch an Maddalena vorbei, »es ist nur so …«

»Piero Zoli ist mein fähigster Mitarbeiter«, erklärte Maddalena ihr eindringlich. »Wenn Ihr Unbehagen also etwas mit ihm zu tun hat, wenden Sie sich bitte an jemand anderen. Dafür bin ich die falsche Gesprächspartnerin. Rita Beltrame, eine äußerst fähige Polizistin, ist heute Abend ebenfalls da. Sie verfügt im Unterschied zu mir über die entsprechende Hingabe, sich traurigen Liebesgeschichten zu widmen.«

»Das ist es nicht. Piero weiß auch nichts von unserem Gespräch. Er würde das sicher nicht gutheißen. Aber ich mag nicht mit jemandem reden, der mir völlig fremd ist.«

Maddalena hob ihre Augenbrauen. »Ich aber bin eine Fremde für Sie. Genauso fremd wie Rita Beltrame. Also müssen Sie nicht wählen, um die richtige Entscheidung zu treffen. Das nehme ich Ihnen gern ab. Ich gehe und suche Rita für Sie.«

»Nein. Bitte bleiben Sie sitzen. Ich meine, ich habe so viel von Ihnen gehört, dass Sie mir ganz und gar vertraut vorkommen und daher nicht mehr fremd sind, Commissaria. Piero schätzt Sie sehr und erzählt viel von Ihnen und Ihrer Arbeit.« Die junge Sizilianerin sah sie bittend an und senkte dann ihren Blick. »Es tut mir sehr leid. Ich wollte nicht unhöflich sein und Sie in Ihrer knappen Freizeit belästigen«, setzte sie zaghaft nach.

Augenblicklich schmolz Maddalenas Herz. So war das mit den Grenzen, die zu ziehen sie lernen sollte. Und der Prosecco tat sein Übriges.

»Was ist denn überhaupt los?«, fragte sie und wunderte sich, wie verwaschen ihre Stimme klang.

»Es geht nicht um Piero. Der hat gar nichts damit zu tun. Ich werde verfolgt. Gestalkt oder wie man das nennt.«

Maddalena nahm eine weitere Zigarette aus der Packung und zündete sie an.

Stalking.

Das hörte sich äußerst überspannt an.

»Aha«, ihre Stimme klang entsprechend gelangweilt. »Hmm. Und was meinen Sie damit genau?«

»Da ist einer hinter mir her, mit dem ich in Sizilien Schluss gemacht habe. Er will das nicht akzeptieren. Er übt Druck auf mich aus und …«

»Kann vorkommen. Verstehe ich. Diese verlassenen Typen können anstrengend werden.« Maddalena hatte keine Lust, diesen ohnehin schon eigenartigen Brautjungfernabend auch noch mit privaten Geständnissen über verärgerte Verflossene zu toppen. Sie war schließlich außer Dienst.

Aber sind Polizisten jemals wirklich außer Dienst, fragte sie sich und bemühte sich daher, Zolis Verlobter gegenüber freundlicher zu sein. »Könnte es sein, Maddalena, dass die Phantasie ein wenig mit Ihnen durchgeht? Vielleicht will er Ihnen nur seine Kränkung zeigen?«, wagte sie zu fragen, um dann mit einem Redeschwall überfrachtet zu werden.

Der Monolog endete mit dem Satz: »Und ich heiße eigentlich Maria.«

Maria?

Maddalena sah sie verblüfft an. »Dann haben Sie oder ihr beide mich und alle anderen Menschen angeschwindelt, was Ihren Namen betrifft? Wozu soll das gut gewesen sein?«

Die Frau schlug die Hände vor ihr Gesicht. »Das war nicht meine Absicht, Commissaria, wirklich nicht. Das kann ich Ihnen versichern.«

»Maddalena statt Maria? Das würde ich gern verstehen. Warum der Namenswechsel? Es klingt ein klein wenig verrückt.«

»Bitte, Commissaria, ich verstehe Sie ja. Nennen Sie mich nicht Maddalena. Ich heiße Maria. Maddalena ist nur mein zweiter Vorname. Und Piero nennt mich Maddalena, weil er Sie so verehrt.

Anfangs fand ich das charmant, aber inzwischen nervt es mich nur noch.«

»Aha, dann also ab jetzt Maria. Ist ja keine große Sache«, kommentierte Maddalena ein wenig irritiert und hörte im Hintergrund die ersten Takte eines Songs, der sie an Franjo denken ließ und ihr Herz zum Federn brachte.

»Piero wollte nicht, dass ich mich Ihnen anvertraue. Ich meine, nicht nur bezüglich der Sache mit meinem Vornamen, das wird ihm besonders peinlich sein.«

»Zu Recht. Maria also«, wiederholte Maddalena und beäugte kritisch ihre Fingernägel. Verdammt, sie hatte vergessen, einen Termin für eine Maniküre auszumachen. Rissig und uneben sahen ihre Finger aus, und morgen war schon die Hochzeit. »Da würde ich mich an seiner Stelle auch in den Boden verkriechen wollen. Aber wirklich tragisch ist das nicht. Nur etwas albern. Zoli ist schrullig, es passt zu ihm. Die Kollegen werden eine Zeit lang hinter seinem Rücken darüber klatschen, sich über ihn lustig machen, es dann aber vergessen. Zoli ist ein verliebter Narr. Er war so begeistert, dass Sie endlich zu ihm kommen. Niemand von uns hat mehr damit gerechnet. Wir haben ihm alle unterstellt, dass er sich seine Verlobte nur herbeiphantasiert hat.« Sie lachte.

Der Prosecco hatte ihr doch um einiges mehr zugesetzt als angenommen.

»Piero ist ein Schatz. Er ist der allerbeste Mensch, der mir jemals begegnet ist. Dieser Mann ist ein Wunder für mich. Er ist die Liebe meines Lebens.«

Maddalena rief sich Zolis Bild vor Augen und konnte ein weiteres Auflachen gerade noch unterdrücken. Zoli war nett, zuvorkommend, aufmerksam, ein wenig zwanghaft und hin und wieder merkwürdig. Ja, das alles traf auf ihren Kollegen zu.

Aber ein Wunder? Das war Piero Zoli sicher nicht.

»Zoli«, sie biss ein Stück Haut von ihrem Zeigefinger ab, »Zoli ist ein wirklich Guter.« Dann verstummte sie, weil ihr nichts mehr einfiel, um den Kollegen zu beschreiben. »Und seine Mutter«, fügte sie schließlich erleichtert hinzu, »macht den allerbesten Mokka in dieser Stadt.«

Ihr junges Ebenbild lächelte und nickte unentwegt. »Ebendas ist mein Problem.«

»Wieso? Ist sie eifersüchtig, dass ihr Goldjunge nun nicht mehr ihr allein gehört?«

»Keineswegs. Sie behandelt mich wertschätzend wie eine Tochter. Keine Spur von Eifersucht, nicht die geringste. Sie hat wegen der Hochzeit einen Friseurtermin für mich ausgemacht, aber den musste sie auf meine Bitte hin absagen. Ich habe sie richtiggehend dazu gezwungen.«

Maddalena sah Maria an und überlegte, ob es um die Locken ging. Wollte sie neben dem Namen auch die Haarpracht verändern?

»Es reicht vorerst, sich mit dem richtigen Namen ansprechen zu lassen, finde ich. Das wird Zoli verstehen. Es ist nur eine seiner Marotten. Die schönen Locken müssen doch nicht auch noch dran glauben. Gut, dass Sie den Termin im Salon gestrichen haben.«

»Aber darum geht es doch gar nicht, Commissaria. Ich konnte Pieros Mutter nicht sagen, worum es sich wirklich handelt. Es wäre nicht gut, die alte Frau da mithineinzuziehen. Nicht einmal Piero konnte ich alles anvertrauen. Ich habe sehr große Angst. Die ganze Zeit schon. Es ist wirklich einer hinter mir her! Und meine einzige Vertraute Floriana, meine Cousine, sitzt in Trapani, und ich darf sie aus Sicherheitsgründen nicht mehr anrufen.«

Die anfangs eher wortkarge junge Frau entpuppte sich als Dauerrednerin. Maddalena musste sich wohl oder übel konzentrieren. Und was sie schließlich verstand, machte sie mit einem Schlag nüchtern und sehr aufmerksam.

»Wie?«, fragte sie und hörte sich nun noch einmal sorgfältig an, was der jungen Frau widerfahren war. »Dieser Salvatore ist in kriminelle Handlungen verstrickt.« Maddalena zögerte. »Habe ich das richtig verstanden?«

Maria nickte stumm. In ihren Augen standen Tränen.

»Und Piero Zoli haben Sie mit Ihrer Cousine in einem Urlaub hier an der Adria kennengelernt?«

Maria unterbrach sie mit bebender Stimme: »Wir haben uns sofort ineinander verliebt. Ab diesem Moment war mir klar, dass ich mein Leben ändern musste. Piero und ich haben oft heimlich telefoniert und uns geschrieben. Zweimal schafften wir es sogar, uns zu treffen. Ich musste sehr vorsichtig sein. Salvatore ließ mich kaum aus den Augen. Einmal habe ich mich aufs Festland gestohlen, als er auf Geschäftsreise war, beim zweiten Mal gab ich vor, einen Fortbildungslehrgang in Neapel zu besuchen. Ich bin Buchhalterin in Trapani und kann bezeugen, dass und mit welchen Mitteln Salvatores Familie die Bücher fälscht. Auch was die Art seiner Geschäfte angeht, bin ich im Bilde. Ich habe Angst und kann vor lauter Panik nicht mehr schlafen. Salvatore will und wird mir etwas antun. Ich weiß zu viel, und ich habe ihn in seinem Stolz schwer gekränkt. So etwas verzeiht dieser Mann nicht. Außerdem gibt es einige böse Gerüchte um ihn. Er soll schon einmal einem Mädchen, das ihn verlassen wollte, etwas zuleide getan und es dann als Selbstmord kaschiert haben.« Maria begann zu weinen, und Maddalena fühlte sich zunehmend unbehaglich. »Früher dachte ich, das wäre nur Gerede. Aber dann hat mir in einer Gasse ein vermummter Mann aufgelauert. Er drohte mir und drückte ein Messer in meinen Hals. Ich war damit im Krankenhaus.« Maria zeigte auf den vernarbten Schnitt, den sie unter einem Schal verbarg.

Maddalena atmete tief durch. Dann strich sie sich über die feuchte Stirn. Sie wusste im Moment nicht, wie sie mit der Situation umgehen sollte, aber was sie wusste, war, dass sie Maria und auch Piero Zoli nicht im Stich lassen konnte. Wahrscheinlich sollte sie mit der jungen Sizilianerin unmittelbar zur Dienststelle gehen und ihre Aussage aufnehmen.

»Salvatore hat herausgefunden, wo ich bin. Also, nicht genau, aber er hat einen Boten in den Friseursalon in der Nähe von Aquileia geschickt, in dem Pieros Mutter den Termin für mich gemacht hat«, fuhr Maria fort. »Überall hat er seine Verbindungen. Seine Freunde sind im ganzen Land verstreut. Vielen hat er mal geholfen, und nun schulden sie ihm einen Gefallen. Ich vermute, er ist mir auf der Spur.«

»Gut. Maria. Ganz ruhig. Beim Friseur waren Sie nicht, und nach dem, was Zolis Mutter sagt, ist die Inhaberin verschwiegen.

Also wird dieser Salvatore nicht sofort herausbekommen, wo Sie wohnen, und wir haben etwas Zeit, um uns zu überlegen, wie wir weiter vorgehen müssen, um Sie zu schützen.«

»Was, wenn die Friseurin gegenüber dem Boten die Hochzeit erwähnt hat?« Marias Stimme zitterte.

»Warum sollte sie? Sie nimmt den Datenschutz doch ernst. Maria, machen Sie sich keine Sorgen, wir werden uns ab jetzt um alles kümmern.«

Bevor Maria antworten konnte, kam Margherita heraus. Sie balancierte drei Gläser Prosecco auf einem kleinen Tablett.

»So, meine Lieben, genug Trübsal geblasen.«

Maddalena war dankbar für die Unterbrechung, konnte sie dadurch doch besser nachdenken, was zu tun war.

»Könntest du bitte Rita Beltrame herholen?«, bat sie Margherita, die daraufhin das Tablett auf dem Boden abstellte, nickte und im Restaurant verschwand. »Rita ist eine sehr fähige und ausgesprochen tüchtige Polizistin. Sie wird Sie im Auge behalten. Und nach der Hochzeit, gleich am Montag, überlegen wir uns gemeinsam mit Piero Zoli das weitere Vorgehen.«

Als Beltrame aus dem Restaurant kam, setzte Maddalena die Kollegin ins Bild und forderte sie auf, unverzüglich in der nahe gelegenen Dienststelle die private Telefonnummer der Besitzerin des Friseurladens Virginia zu ermitteln.

Margherita hatte sich nach ein paar kurzen Worten mit Maddalena abermals unter die Tanzenden gemischt. Maria trank einstweilen still ihren Prosecco. Maddalena wollte im Moment lieber keinen Alkohol mehr trinken, sie holte sich ein Lemon Soda und wartete dann gemeinsam mit der Sizilianerin auf Beltrames Rückkehr.

»Was haben Sie vor?«, fragte Maria eingeschüchtert, doch Maddalena winkte ab. »Das werden Sie gleich merken.«

Nach einer Viertelstunde kam Beltrame mit der privaten Telefonnummer zurück und sah Maddalena fragend an.

»Rufen Sie bitte an und lassen dann mich das Gespräch führen.«

Rita Beltrame wählte.

Die Friseurin hob unmittelbar ab. »Pronto?«

»Beltrame, Polizeidienststelle Grado. Commissaria Degrassi möchte kurz mit Ihnen sprechen.« Sie reichte Maddalena das Telefon.

»Entschuldigen Sie bitte die späte Störung«, sagte Maddalena forsch, »aber wir rufen Sie aus einem triftigen Grund an. Es ist wichtig und duldet daher keinen Aufschub.«

»Worum geht es denn?« Die Friseurin klang verunsichert.

Maddalena bezog sich auf den Anruf bei Zolis Mutter wegen des Pakets und Marias Termin und fragte dann, ob besagter Bote heute Vormittag mit der Paketlieferung aufgetaucht sei.

»Natürlich. Hatte er doch angekündigt. Bloß die Kundin war nicht zugegen.«

»Wie hat er darauf reagiert?«

»Na, wie schon, Commissaria? Nicht sehr erfreut, würde ich sagen. Für ihn bedeutet so etwas zusätzliche Arbeit. Will doch keiner. Das Geschenk nahm er wieder mit.«

»Hat er Sie nach der Kundin gefragt?«

»Ist sie denn eine Prominente?« Jetzt wurde die Friseurin hellhörig.

»Das tut nichts zur Sache. Hat er nun nach ihr gefragt oder nicht?«

Maddalena ärgerte sich über die Begriffsstutzigkeit ihrer Gesprächspartnerin.

»Hat er. Enrico beliefert meinen Salon seit Jahren. Er ist ein braver Kerl. Immer pünktlich, stets zuverlässig.«

»Und haben Sie diesem Signor Enrico irgendwelche Information zu Ihrer Kundin gegeben?«

»Ich bin doch keine Dorftratsche.« Die Friseurin war hörbar erbost. »Da kann ich den Laden ja gleich dichtmachen, wenn ich weitererzählen würde, was ich den lieben langen Tag so höre. Für viele ist mein Salon eine Art Beichtstuhl.«

»Signor Enrico weiß also weder, warum die junge Frau den Termin bei Ihnen hatte, noch kennt er ihre Adresse?«

»Warum sie bei mir hätte sein sollen? Das würde sogar ein Trottel erraten. Wegen einer hübschen Frisur natürlich. Dafür bin ich bekannt. Und die Adresse habe ich ihm gegenüber nicht erwähnt, auch wenn er ihren Namen bereits kannte. Der stand auf dem Päckchen. Aber der Absender wusste offensichtlich nicht, wo sie wohnt. Sonst hätte er sein Präsent wohl nicht in den Friseursalon geschickt. War es das jetzt?«

»Eine letzte kurze Frage noch. Dann lasse ich Sie in Ruhe. War der Bote allein?«

»Klar, und er fragte nicht mal nach der Adresse der jungen Frau.«

»Gut.« Maddalena beendete erleichtert das Gespräch.

Sie wandte sich Maria und Beltrame zu. »Das hatte wohl nichts mit der Sache in Sizilien zu tun. Muss sich um ein Missverständnis handeln. Der Bote wollte den Wohnort gar nicht in Erfahrung bringen. Wir nehmen das dennoch gleich nach der Hochzeit in Angriff und laden uns den Paketboten, Signor Enrico, ins Revier vor.«

»Gut. Vielleicht handelte es sich um eine Verwechslung. Trotzdem werde ich ein Auge auf Maria haben.« Beltrame warf der jungen Frau einen versichernden Blick zu.

»Danke«, flüsterte Maria keineswegs überzeugt, und Maddalena beschlich das unangenehme Gefühl, etwas Wichtiges übersehen zu haben.

2

Scaramuzza haute ordentlich auf den Putz.

Selbst Lippi, der mit Ähnlichem gerechnet hatte, fand das übertrieben.

Zu Beginn begrüßte der Comandante seine Gäste mit Champagner in »Giannis Bar«. Sie fanden kaum Platz im Restaurant, und erst als Scaramuzza die Feier kurzerhand auf die Dachterrasse des Hotels »Astoria« verlegte, kam Stimmung auf.

»Notfalls bietet das Schwimmbecken Abkühlung«, dröhnte der Bräutigam, und die johlende, inzwischen leicht angeheiterte Meute zog weiter.

Fanetti warf Lippi einen Blick zu, aus dem dieser nicht schlau wurde. Das lag vermutlich daran, dass er den Kollegen prinzipiell nicht verstand. Zoli, in dem er dagegen wie in einem offenen Buch lesen konnte, sah immer wieder bekümmert auf sein Handy. Als er bemerkte, dass er dabei nicht unbeobachtet blieb, lächelte er verkrampft und steckte es demonstrativ in die Hosentasche.

Das Fest erinnerte Lippi an seinen eigenen Polterabend im »Lagunen-Pub«. Da war er vom rötlichen Hausbier so betrunken gewesen, dass er kaum noch rekonstruieren konnte, wie er Stella am nächsten Tag zum Altar geführt hatte.

Damals hatte sein strahlender Stern noch gelassen auf seine Eskapaden reagiert und sie als schrullige Marotten abtun können.

Manchmal, in einer sehr stillen, düsteren Stunde, verwünschte Lippi sich und alles, was dazu geführt hatte, dass Stella die Scheidung eingereicht hatte. Könnte er zaubern, würde er vieles rückgängig machen.

Wie es ihr ging, fragte er sich, und ob sie inzwischen eine neue Beziehung eingegangen war?

Nicht nur einmal war er versucht gewesen, sie auf ein Abendessen einzuladen, hatte es dann aber doch bleiben lassen. Die Blöße kategorischen Neins ihrerseits wollte er sich ersparen.

Auf der Dachterrasse des Hotels »Astoria« schien alles für

den Comandante vorbereitet zu sein, und Lippi vermutete ein geheimes Abkommen mit dem Hotelier, das schon lange vor dem heutigen Abend getroffen worden sein musste.

Scaramuzza kam auf seine angeheiterten Gäste zu und schwenkte sein Glas. Gut gelaunt stießen sie miteinander an. »Sandro!«, rief der Comandante an seinen Freund, den Hotelbesitzer, gerichtet, »da hast du wirklich dein Bestes gegeben. Herrlich.«

Dann standen und saßen sie alle um den Pool, dessen Wasser im Mondlicht glitzerte. Der Himmel war übersät mit kleinen Sternen und die Nacht lau.

Lippi stand ein wenig abseits, er fühlte sich seltsam verloren. Doch anscheinend ging es nicht nur ihm so. Zoli kontrollierte unentwegt mit seinem Raubvogelblick den Bildschirm seines Smartphones. Fanetti grinste, als er die auf seinem iPhone eingegangenen Nachrichten checkte, und Franjo sah sehnsüchtig über die Brüstung hinunter auf das hell erleuchtete Grado.

Guido Lippi konnte nicht von sich behaupten, ein Freund von Franjo zu sein. Dazu kannte er ihn nicht gut genug. Unabhängig davon spielten gehobene Restaurants, Sterneköche und deren Kochkünste in seinem Leben eine untergeordnete Rolle, vor allem, was das Preis-Leistungs-Verhältnis betraf. Er war nicht bereit, sein sauer verdientes Geld für einen zeitlich begrenzten Gaumenkitzel auszugeben. Schnitzel, Wedges und Burger taten es für ihn allemal.

Vor einiger Zeit allerdings war er auf Stellas Bitte hin mit ihr oben im Karst in Franjos hochgelobtem Lokal gewesen. Es hatte ausgesprochen gut geschmeckt, und er war nicht umhingekommen, der Küche seine Anerkennung auszusprechen. Die raffiniert zubereiteten Vorspeisen hatten es Stella besonders angetan, während er dem Bistecca Fiorentina und dem Vitovska aus der Gegend wesentlich mehr abgewinnen konnte.

Alles in allem, fand Lippi, war es eine köstliche, wenn auch teure Mahlzeit gewesen. Selbstverständlich hatte Stellas Freude über den schönen Abend und den hervorragend ausgewählten Wein die Höhe der Rechnung ausgeglichen.

»Franjo?« Lippi trat neben den Verlobten seiner Chefin.

»Ja bitte?«, antwortete der Koch irritiert und nahm einen Schluck aus einer Flasche Bier, deren Hals er mit seinen Fingern umschloss.

Erkannte der Mann ihn etwa nicht wieder?

»Lippi, Guido Lippi.«

»Ich weiß.«

Lippi stellte sich, selten um eine Antwort verlegen, neben ihn und richtete seinen Blick auf die Turmspitze der Basilica Santa Eufemia. »Der Anzolo hat sich gedreht«, sagte er hämisch, »jetzt zeigt er an, dass es morgen schlechtes Wetter geben wird.«

»Quatsch.« Franjo musterte ihn, und Lippi kam sich auf einmal klein und unbedeutend neben ihm vor. »Wenn Comandante Scaramuzza heiratet, hat er mit den Wettergöttern einen Pakt geschlossen. Da traut sich kein Tropfen Regen, das Fest zu stören.«

Nur einen kurzen Augenblick lang meinte Lippi, so etwas wie Hochachtung vor Scaramuzza aus Franjos Worten herauszuhören. Dann sah er, wie Franjos Lippen sich kräuselten, und stimmte in dessen Lachen ein.

»Ist schon ein komischer Kauz, euer Chef, was?«

»Teilweise trifft er Entscheidungen, die wir nicht wirklich nachvollziehen können, und Ihre Verlobte und der Comandante liefern sich oft hitzige Gefechte, aber im Großen und Ganzen ist Scaramuzza ganz passabel.«

Franjo warf ihm einen rätselhaften Blick zu. Lippi fragte sich, ob er wieder einmal etwas falsch verstanden hatte, aber bevor er noch nachhaken konnte, stand Tomaso Tosoni, einer der Hoteliers hier vor Ort, neben ihnen.

Franjo und ihn verband eine alte Geschichte.

Eine unerfreuliche.

Tomasos Anwesenheit versprach Unfrieden. Gehetzt blickte Lippi sich um, suchte nach einem Ort, wohin er verschwinden konnte, um dem nun unweigerlich Folgenden zu entgehen.

Keine Chance. Er befand sich bereits mitten auf einem Schlachtfeld.

»Guten Abend«, begrüßte er den Hotelier daher freundlicher, als er es sonst für notwendig erachtet hätte.

Unter Tomasos Augen lagen dunkle Ringe, möglicherweise der schlechten Beleuchtung auf der Dachterrasse geschuldet.

»Einen guten Abend? Den haben wir doch schon längst.« Es klang bissig. »Mit mir hat hier wohl keiner gerechnet. Du da«, er wies in Franjos Richtung, »wohl am allerwenigsten. Aber«, setzte er nach, als er Franjos und auch Lippis Blick begegnete, »mein leider schon verstorbener Vater war ein langjähriger Freund von Comandante Scaramuzza. Ich nehme nun dessen Pflicht wahr, heute mit dem Comandante dessen Junggesellenabschied zu feiern, und es ist mir ein Vergnügen. Das lass ich mir von keiner Seele verleiden. Also macht besser Platz.«

Lippi sah, dass Franjos Gesicht dunkelrot anlief, und konnte dessen Ärger nach dem, was damals geschehen war, nachvollziehen.

Die Degrassi hatte während einer Ermittlung um ein verschwundenes Urlauberkind aus Tomasos Hotel mit diesem eine Affäre gehabt. Unmöglich, nicht nur wegen der Verstrickungen, fand Lippi, sondern auch wegen Tomaso als Person. Dieser Typ war ein Angeber, wie er im Buche stand.

Der wohl übermäßig genossene Wein hatte sein Gesicht mit rötlichen Punkten übersät und seinen Körper um den Bauch herum anschwellen lassen.

Selbstkritisch, was sonst nicht seine Art war, erkannte Lippi etwas von sich in diesem Burschen wieder.

Auch ihm würden ein paar Kilo weniger nicht schaden.

»Wir alle«, antwortete Franjo geschliffen, »haben einen Grund, an diesem Ort zu sein. Keiner belästigt den anderen. Es ist ausreichend Platz für jeden von uns.«

»Ja. Es ist doch Comandante Scaramuzzas Polterabend, und der lässt sich nicht lumpen«, pflichtete der Buchhändler Maurizio ihm bei. »Auch ich habe einen Anlass, bei euch zu sein.«

Lippi hatte nicht bemerkt, dass sich der junge Mann mit seinem Hund, einem Irish Setter namens Volpone, zu ihnen gesellt hatte. Maurizio hatte vor Kurzem sein Papierwarengeschäft aufgegeben und daraus eine ziemlich einträgliche Buchhandlung gemacht. Lippi versagte es sich vehement, über Claire, Maurizios wunderschöne Frau, ins Schwärmen zu geraten.

»Warum sind Sie hier? Liest der Comandante denn neuerdings über seine Jagdzeitschriften hinaus auch Bücher?«, fragte Franjo amüsiert nach.

Lippi fand Franjos Bemerkung unpassend. Wahrscheinlich war sie als Ablenkungsmanöver gegenüber Tomasos Aggressivität gemeint.

Maurizio lachte. »Tatsächlich durfte ich ihm schon das eine oder andere Nachschlagewerk über das Jagdwesen verkaufen. Ich denke aber, der Comandante hat uns in erster Linie wegen Claires Bekanntschaft mit Maddalena eingeladen. An Lippi gewandt, erklärte er: Die beiden kennen sich aus einem Pilates-Kurs. Seit Neuestem besuchen sie gemeinsam einen Tanz… nein, was sage ich da, einen Turnkurs.« Er verdrehte die Augen, und Lippi verkniff sich ein Grinsen. Auch der Hund schnappte nach Luft.

Die Commissaria turnte? Damit würde er sie demnächst aufziehen.

»Morgen sind wir auch zur Hochzeit eingeladen«, setzte Maurizio stolz nach.

Tomaso schnippte lässig die Asche seiner Zigarette auf den Boden vor Franjos Füße. Lippi hätte dem Hotelier am liebsten eine geknallt.

»Großartig hier, was?« Maurizio drückte seinem Volpone einen Kuss auf dessen feuchte Schnauze, und Lippi runzelte die Stirn.

»Die schöne Claire hatte doch eine Katze, ich habe sie einmal in der Buchhandlung gesehen«, warf er ein.

»Die hat sie immer noch. Volpone und unser Filipo verstehen sich richtig gut.«

»Wie Katz und Hund sich halt so verstehen können«, steuerte Tomaso zynisch bei und sah provozierend in Franjos Richtung.

»Ja, richtig gut geht das mit den beiden. Filipo liegt gern auf Volpones Rücken. Entschuldigt«, Maurizio blickte in die Runde, »ich weiß, dass Tiergeschichten euch vermutlich langweilen. Ich merke es an eurem unterdrückten Gähnen.«

Alle lachten, und Maurizio holte frisches Bier aus der Wanne, in der die Flaschen zwischen Eiswürfeln schwammen.

Franjo stieß mit ihm und Maurizio an, drehte sich aber abrupt weg, als ihm auch Tomaso seine Flasche hinhielt.

»Depp«, zischte Tomaso und stellte sein Bier auf der Brüstung ab.

Die Stimmung schlug augenblicklich um.

»Selbst Depp«, erwiderte Franjo kalt, »halt bloß dein blödes Maul.«

»Was? Immer noch eifersüchtig?«

»Darum geht es nicht.« Franjo machte einen Schritt auf Tomaso zu.

»Worum dann? Du bist doch immer noch sauer, weil deine Maddalena ihre Finger nicht von mir lassen konnte.«

»Mir geht dein dummes Gerede auf die Nerven, also verzieh dich besser. Und zwar sofort. Und lass uns hier in Ruhe feiern.«

Tomaso sah gelangweilt in die Runde. »Ich mache mich dann wohl besser auf den Weg. Keine Lust, mich vom stinkenden Küchenpersonal anmachen zu lassen.«

»Du gehst ganz sicher nicht. Ich habe es mir gerade anders überlegt.« Franjos Stimme klang nach dem Grollen eines nicht mehr allzu fernen Donners.

Lippi ahnte Böses und wollte nichts lieber als schleunigst verschwinden.

Der Comandante, Fulvio, Fanetti und Dante standen, in ein angeregtes Gespräch vertieft, etwas abseits.

Zoli starrte unentwegt auf sein Handy, als könnte er dadurch etwas bewirken.

»Maurizio«, hob Lippi daher an, um Kontakt zu dem in dieser Situation einzigen verfügbaren anderen Mann herzustellen. »Claire und du, wie lange seid ihr eigentlich schon verheiratet? Ihr wirkt beide noch so jung. Habt ihr euch in der Schule oder auf der Uni kennengelernt?«

Maurizio ging auf Lippis hilflose Fragen jedoch nicht ein, sondern zog ihn heftig am Ärmel seines Hemdes und zischte: »Nichts wie weg. Hier gibt es gleich Ärger.«

Kaum, dass die Worte ausgesprochen waren, hatte Franjo Tomaso auch schon gepackt und zu Boden geworfen.

»Dreckschwein.«

Dann hagelte es Tritte.

Maurizio packte Lippi, als spürte er dessen Absicht. Lippi machte sich los und schrie erbost: »Da geht's um unsre Chefin. Ich kann da nicht wegschauen!«

Mit einem Schrei warf er sich auf die Kämpfenden.

»Dreckschwein!«, wiederholte er Franjos Kampfansage und schlug Tomaso mit der Faust ins Gesicht.

Sandro, der Chef des Hotels, kam mit einigen seiner Mitarbeiter herbeigelaufen und versuchte, die raufenden Männer zu trennen.

»Genug!«, schallte da Scaramuzzas Stimme über die Terrasse. »Das hier ist mein Fest. Und ich erlaube niemandem, seine persönlichen Animositäten hier auszutragen. Lippi, machen Sie Platz.«

Dieser mächtigen Stimme hatte jeder Folge zu leisten.

Augenblicklich verstummte das Stimmengewirr.

Aller Augen richteten sich auf die Streithähne. Lippi rappelte sich hoch und glättete sein Haar, dann strich er verlegen über sein Hemd.

»Franjo?« Scaramuzza ging auf seinen Stiefschwiegersohn in spe zu.

»Ja«, antwortete Franjo verärgert und verpasste Tomaso noch einen Hieb in den Magen.

»Lass das, der ist es nicht wert, sich mit ihm zu prügeln.«

Als hätte er eine magische Formel gesprochen, trennten Scaramuzzas Worte die auf dem Boden liegenden Männer. Beide erhoben sich.

»Ihr gebt euch jetzt die Hand«, wies Scaramuzza sie an, »und schließt Frieden. Und ich will keine Widerrede hören.« Dann wandte er sich an den Chef des Hotels. »Ich entschuldige mich für das Benehmen meiner Gäste, Sandro, und komme selbstverständlich für den entstandenen Schaden auf.«

Sandro winkte ab. Wirklicher Schaden war keiner entstanden, lediglich ein paar Gläser waren zu Bruch gegangen.

Nachdem Franjo widerwillig Tomasos Hand geschüttelt hatte, überraschte der Comandante die Anwesenden mit seinen nächsten

Worten. »Sie verschwinden besser von hier, Tomaso. Ihrem alten Herrn hätte Ihr Benehmen sicher nicht zugesagt.«

»Anzeige werde ich erstatten«, maulte Tomaso und strich über seine blutende Lippe.

»Nichts werden Sie tun.«

Lippi bemerkte, dass Franjo ein Lächeln unterdrückte, und stellte belustigt fest, dass Scaramuzza soeben einen neuen Fan gewonnen hatte.

Aus einer der Situation geschuldeten sentimentalen Anwandlung heraus beschloss er, augenblicklich seine Ex-Frau anzurufen.

Er stellte sich ein wenig abseits.

»Stella«, nuschelte er, kaum dass sie abhob. »Ist denn zwischen uns wirklich alles zu Ende? Oder haben wir noch eine klitzekleine Chance?«

»Guido, bist du betrunken?«, hörte er seine Stella überrascht fragen. »Was gibt es zwischen uns noch groß zu sagen?«

Lippis Herz, ohnehin ein nicht allzu widerstandsfähiger Muskel, setzte kurz aus. »Stella, bitte gib uns noch eine Chance. Ich möchte mit dir reden.«

»Wo bist du?«, fragte sie, und es klang nicht mehr ganz so abweisend.

»Scaramuzza heiratet morgen. Wir feiern auf dem Dach des Hotels ›Astoria‹ seinen Polterabend. Und glaube mir, es hat hier schon ordentlich gepoltert.«

»Das erklärt deine merkwürdige Stimmung«, erwiderte sie und klang jetzt besorgt. »Soll ich dich abholen?«

Guido Lippis Herz setzte zum zweiten Mal aus und schlug danach umso schneller weiter.

3

Die Schwüle drang durch das geöffnete Fenster und legte sich wie ein Fell auf ihre Brust. Auf der Stirn perlte Schweiß, und das Nachthemd, kaum mehr als ein Hauch aus Seide, klebte an ihrem Körper.

Aufgewühlt drehte Robby ihr Kissen schon zum dritten Mal um. Wieder fand ihre erhitzte Wange nicht die erhoffte kühle Stelle. An Schlaf war nicht mehr zu denken.

Draußen schallte von überallher Musik durch die Nacht. Trotz der scharfen Dämpfe, die der Insektenstecker absonderte, schwirrten die Stechmücken um ihre Ohren, und die schrillen Laute der Zikaden gaben ihr den Rest.

Die Kirchturmuhr von Santa Eufemia schlug zwei Mal. Es war weit nach Mitternacht.

Robby fühlte sich aufgedreht. Es waren nicht nur die Hitze und der Lärm, die ihr zusetzten, in erster Linie waren es die Gedanken in ihrem Kopf, die sie keine Ruhe finden ließen.

Sie stieg aus dem Bett, bedacht darauf, ihren Mann nicht zu wecken, und stellte sich ans offene Fenster.

Ein lauer Wind blähte den Vorhang auf.

Der Mond konnte an ihrer Nervosität nicht schuld sein. Auch wenn er sich jetzt hinter Wolken verbarg, wusste Robby, dass er noch nicht voll war.

Auf nackten Füßen tappte sie in die Küche und öffnete den Kühlschrank. Herrliche Kühle strömte aus dem Inneren, und Robby schwang die Tür wie einen Riesenfächer hin und her, ungeachtet des Klirrens der Flaschen und Marmeladengläser in den Seitenablagen.

Seit ihrer Kindheit verschaffte sie sich so eine angenehme Abkühlung. Im Winter verwandelten sich ihre Zehen schon bei geringer Kälte in Eiszapfen. Um sie zu wärmen, schob sie ihre Füße ins aufgedrehte Backrohr.

Einmal hatte ihr Vater vor ihr gestanden, und noch heute

konnte sie sich an seine Worte erinnern: »Solange nicht dein Kopf im Backrohr steckt, sondern nur deine Füße, ist alles in Ordnung.«

Robby hatte gelacht und geantwortet: »Mir wird nichts passieren, denn vom Strom werde ich ja nicht ohnmächtig.«

»Pass aber auf, dass deine Wollsocken kein Feuer fangen«, war seine trockene Antwort gewesen.

Erst viel später hatte Robby verstanden, was damit gemeint war.

Ihre Familie machte sich über ihre Marotten lustig und hatte großen Spaß daran, Verwandte und Freunde mit Erzählungen darüber zu unterhalten. Ja, sie hatte alle möglichen Spleens, aber sie selbst fand das Gerede nicht so lustig.

Konnte man Bobby als Marotte bezeichnen?

War Ehebruch ein Spleen?

Darüber würde jedenfalls keiner mehr lachen, wenn das bekannt werden sollte. Untreue würde man ihr vorwerfen, und das zu Recht.

Robby holte den Tetra Pak Milch aus dem Kühlschrank und verrührte in einem hohen Glas drei Löffel Ovomaltine mit der Flüssigkeit. Sie trank, bis die Kälte des Getränkes ihren Darm zum Blubbern brachte. Dann schnitt sie zwei Scheiben Weißbrot vom Laib ab, beschmierte sie dick mit Butter und einer ordentlichen Lage Nutella darauf. Eine Handvoll gerösteter und geriebener Haselnüsse ergänzte ihr spätes Mahl.

Als sie satt war, ging sie zurück ins Schlafzimmer und stieg ins Doppelbett.

Die Schwüle und der Lärm hatten etwas nachgelassen, und das Kissen wirkte geglättet.

Am Montag würde sie getrockneten Lavendel in einem dieser Stoffsäckchen besorgen und es in den Überzug ihres Polsters legen. Vielleicht bewirkte das violette Kraut, was die Drogisten versprachen: wohltuende Entspannung und erholsamen Schlaf. Auf alle Fälle roch es gut.

In alter Gewohnheit drehte Robby sich zur Seite und schlang ihren Arm um den warmen Körper neben sich. Ihr Ehemann trug kein Oberteil. Seine Haut fühlte sich trocken an, und seine Brust hob und senkte sich gleichmäßig.

Wie konnte er so friedlich schlafen, wenn sie so aufgewühlt war?

»Manfredo«, flüsterte sie, aber er reagierte nicht.

Einige Zeit lag Robby still neben ihm. Als er einen gurgelnden Schnarchlaut von sich gab, stupste sie ihn leicht in die Seite.

Er bewegte sich nicht und schnarchte unbeeindruckt weiter.

So war das jetzt immer.

Früher wäre er bei der zartesten Berührung aufgewacht, hätte ihren Namen gemurmelt und sie liebevoll an sich gezogen.

Sein Verhalten ihr gegenüber hatte sich in den letzten Jahren verändert. Er war unaufmerksam, schien sie nicht mehr wahrzunehmen und reagierte gereizt. Auch wenn es keinen Grund dazu gab. Sobald sie ihn darauf ansprach, wehrte er ein tiefgehenderes Gespräch ab. Es läge an der vielen Arbeit, die ihn zunehmend erschöpfe, behauptete er kategorisch.

Vielleicht war sein Desinteresse an ihr die Erklärung dafür, dass sie sich Hals über Kopf in Bobby verliebt hatte.

So konnte es nicht weitergehen.

Robby stand abermals vorsichtig auf und schlich ins Badezimmer. Dort schloss sie die Tür, bevor sie das Deckenlicht anknipste, und holte das Handy aus der Tasche ihrer Jeans, die über dem Kleiderständer hingen.

Sie hatten zwar vereinbart, sich nur im Notfall eine Nachricht zu schicken. Für Robby aber war diese Nacht ein Notfall. Sie wollte keine Minute länger an der Seite eines Mannes leben, den sie nicht mehr liebte und den zu begehren sie aufgehört hatte.

Mutlos ließ sie von ihrem Vorhaben ab und beschloss, Bobby erst übermorgen in der Mittagspause vom neuen Versteck für ein romantisches Stelldichein zu erzählen. Dort wollte sie ein ausführliches Gespräch mit ihm führen. Dieses Mal würde sie das Thema einer gemeinsamen Zukunft nicht aussparen. Doch der Sonntag war bereits angebrochen, und sosehr sie ihn auch liebte, dieser Tag gehörte der Familie.

Seiner Familie.

4

Seine innere Ruhe war beim Teufel. Seit Salvatores erstem Anruf litt Enrico unter Schlaflosigkeit.

Alles, was er sich hier mühevoll aufgebaut hatte, drohte in sich zusammenzufallen.

Salvatore besaß Macht. Eine Macht, die über die Grenzen Siziliens hinausreichte. Ständig überlegte Enrico, wie er aus der Geschichte herauskommen konnte. Doch je länger er sich quälte, desto klarer wurde ihm, er stand in Salvatores Schuld, und es gab keine Möglichkeit zu entkommen.

Ursprünglich war er davon ausgegangen, dass er nur eine Adresse ausforschen musste. Dann hatte er für Salvatore einen unauffälligen Unterschlupf finden sollen. Fast wäre er bei seinen Erkundigungen aufgeflogen. Denn in dem angeblich verlassenen Fischerdorf, das er für Salvatore in Augenschein genommen hatte, traf sich heimlich ein Liebespärchen.

Das Pärchen hatte eine nicht zu unterschätzende Gefahr dargestellt.

Die Umgebung musste völlig unbewohnt und verlassen sein, wenn Salvatore und seine Männer mit Maria dorthin kamen. Da spielte es auch keine Rolle, dass einige der Behausungen gut verborgen, kaum einsehbar für andere, im Dickicht lagen.

Das Liebespaar musste weg.

Er hatte überlegt, wie er sie in die Flucht schlagen konnte, und war tags darauf erneut zu der Hütte geschlichen.

Diesmal hatten die beiden von selbst gespürt, dass sie nicht mehr allein waren. Fluchtartig hatten sie daraufhin das Dorf verlassen.

Er war ihnen gefolgt, gut verborgen im Dunkel der Nacht und im Dickicht der Sträucher.

Dieses Liebespaar würde nicht mehr hierher zurückkommen. Die beiden mussten sich ein neues Plätzchen für ihre weiteren Rendezvous suchen.

Die damit verbundene Erleichterung hatte nur kurz gewährt, denn bald darauf war Salvatore gelandet.

Immer noch kam Enrico die Galle hoch, wenn er an ihr Wiedersehen dachte. Abgesehen davon, dass Salvatores Begleiter nicht eben gemütliche Zeitgenossen waren. Vom ersten Moment an hatten sie ihm Furcht eingeflößt.

Enrico hatte für sie auf Salvatores Anweisung hin drei Zimmer in einem durchschnittlichen Hotel für Vertreter reserviert, in dem sie nicht weiter auffielen.

Doch am Tag des Friseurbesuchs von Maria war alles schiefgegangen. Niemand war aufgeregter als Enrico selbst. Immerhin hatte er Virginia ausfindig gemacht und auch alles andere geplant. Und doch war ihm dabei ein Fehler unterlaufen. Ein gravierender noch dazu.

Denn so lange sie auch gut verborgen gewartet hatten, Maria war nicht aufgetaucht. Sie hatten vorgehabt, sie sich noch vor der Tür des Salons zu schnappen. Daraufhin hatte Enrico den nächsten Gang nach Canossa antreten müssen. Eine Viertelstunde nach dem eigentlichen Termin hatte er abermals den Laden betreten, das falsche Paket in der bebenden Hand. Diesmal waren alle Stühle besetzt, und es ging hektisch und laut zu.

Das Lehrmädchen schoss auf ihn zu, bevor er sich nach Signora Virginia umsehen konnte.

»Signor Enrico«, sagte sie mit leicht geröteten Wangen, »unsere Kundin hat leider abgesagt.«

»Das heißt, sie kommt nicht?« Enrico bemühte sich um einen neutralen Gesichtsausdruck.

»Nein. Sie hat auch keinen neuen Termin vereinbart.« Das Lehrmädchen warf ihm einen bedauernden Blick zu. »Da werden Sie das Geschenk wohl an den Absender zurückschicken müssen.«

Enrico hatte nur genickt und krampfhaft überlegt, wie er Salvatore das beibringen sollte.

»Ich hoffe nur, dass sie morgen im Märchenschloss neben all den hübschen von der Signora frisierten Damen nicht wie Aschenputtel aussehen wird. Das wäre doch zu traurig, meinen Sie nicht?«, raunte ihm das Mädchen vertraulich zu, ehe er hinauswankte.

Mit einem bangen Gefühl war er in Salvatores Auto gestiegen, wo er eine Schimpftirade über sich ergehen lassen musste.

Erst im Hotel hatte sich Salvatores Laune ein wenig gebessert.

»Konntest du wenigstens in Erfahrung bringen, wo diese sagenhafte Hochzeit stattfinden wird?«

»Nun«, Enrico räusperte sich verlegen, »das Wasserschloss in Strassoldo ist ein beliebter Ort für Hochzeitsfeste und andere Feierlichkeiten. Die Besitzerin bekommt ebenfalls ihre Post von mir geliefert, daher weiß ich, dass für morgen eine große Hochzeit geplant ist, und das Mädchen hat diesen Ort vorhin auch erwähnt.«

Die Zufriedenheit auf Salvatores Gesicht war nicht zu übersehen gewesen, und Enrico hatte erleichtert ausgeatmet.

Aber Salvatore wollte mehr.

Er sollte morgen bei Marias Entführung den Fluchtwagen fahren.

Seit Enrico verstanden hatte, was der Freund von ihm forderte, lagen seine Nerven blank. Eine Geiselnahme war ein handfestes Verbrechen, das mit etlichen Jahren Gefängnis bestraft wurde.

Als er diesen Einwand vorgebracht hatte, war er von Salvatore verächtlich »Weichei« genannt worden.

»Die weitere Planung überlass mir, und deine Einwände interessieren mich nicht. Du machst jetzt keinen Rückzieher, andernfalls werden meine Freunde früher oder später bei dir anklopfen. Und sei dir sicher, sie finden dich, egal, wo du dich versteckst hältst.«

Daraufhin hatte Enrico den Mund gehalten.

Nun lag Enrico da, zählte die Schläge der Glocke eines nahen Kirchturms und verkroch sich aus Angst vor dem, was am nächsten Morgen unweigerlich auf ihn zukommen würde, unter der Bettdecke.

5

Ginevra kuschelte sich an Arturo.

Im Schlafzimmer war es heiß, und sie schwitzte, auch weil sie so eng beieinanderlagen. Diese Nähe gefiel ihr.

Zu ihrem großen Erstaunen konnte sie gar nicht genug von Arturo bekommen. Es bereitete ihr Freude, wenn er sich extra für sie einen Tag freinahm, seinen Dienst tauschte, damit sie so viel Zeit wie möglich miteinander verbringen konnten.

Früher wäre es ihr eine Last gewesen, ständig dieselbe Person um sich zu haben.

Das war damals auch der Hauptgrund dafür gewesen, zwischen zwei Liebhabern hin- und herzupendeln.

Natürlich barg so ein Arrangement weiteren Reiz in sich. Für Abwechslung war immer gesorgt.

Jetzt hingegen hatte sie nicht die geringste Lust darauf, einen anderen Mund als den von Arturo zu küssen. Sie mochte seinen Geschmack, liebte es, wie er roch, und was sie am meisten begeisterte, war seine leidenschaftliche, aber zugleich zärtliche Art, ihr seine Liebe jeden Tag neu zu beweisen.

Sie seufzte.

Die bevorstehende Hochzeit fiel ihr ein.

Commissaria Degrassis Mutter hatte darauf bestanden, dass die Brautjungfern eine rosarote Garderobe tragen sollten. Keine von ihnen fühlte sich wohl dabei, im schweinchenrosa Tüll aufzutreten.

Die Vorstellung war grauenvoll, und sie fragte sich nicht zum ersten Mal, warum sie sich darauf eingelassen hatte. Aber Arturo war der Protegé von Comandante Scaramuzza und sie seine Begleitung, eine besondere Rolle bei der Hochzeit zu übernehmen, wurde von ihm erwartet. Er hatte sie mit seinem Elbenblick bloß ansehen müssen, und sie war einverstanden gewesen.

Allerdings hatte sie gedroht, unter der widerlichen Kutte ihre Doc Martens und zerrissene Strümpfe zu tragen und sich das Haar für diesen Anlass grün zu färben.

»Solange du dich nicht ganzkörpertätowieren lässt, meine Schöne, ist alles erlaubt.«

Dass Arturo Tattoos nicht ausstehen konnte, war eine wunderbare Möglichkeit, sich zu rächen. Ginevra hatte sich abwaschbare Bildchen besorgt und würde sie morgen auf ihre nackten Arme kleben.

Auf seine Reaktion freute sie sich schon jetzt.

Sie grinste in sich hinein. Dann schloss sie die Augen und fiel endlich in einen tiefen, traumlosen Schlaf.

6

Maddalena wartete, bis der letzte Gast die Brautjungfernparty verlassen hatte. Erst nachdem Rosalba die Pizzeria abgeschlossen hatte, ging sie mit Margherita und ihrer Mutter nach Hause.

Schon am Vormittag hatte Sibilla mit einer Reisetasche vor der Villa gestanden, und für einen winzigen Augenblick war so etwas wie Hoffnung in Maddalena aufgekeimt. Vielleicht wollte ihre Mutter ja noch rechtzeitig von dieser wahnwitzigen Unternehmung, den Comandante zu heiraten, ablassen.

Aber Mama hatte ihr lachend erklärt, dass man die Nacht vor der Hochzeit nicht mit dem zukünftigen Ehemann verbringen durfte.

Das brächte Unglück.

Welches Unglück?

Es war doch schon geschehen, ihre Mutter heiratete Scaramuzza.

Ein anderer, erwarteter Gast war hingegen nicht aufgetaucht.

Mateja, Franjos Mutter, hätte ebenfalls bei ihr wohnen sollen, aber zu Maddalenas Erstaunen war Mateja vernünftig genug gewesen, die beschwerliche Reise vom Karst nach Grado abzusagen.

»Wenn es wieder kühler wird, komme ich euch gern besuchen. Aber ich bevorzuge ein hübsches Hotel in eurer Nähe. Es reicht, wenn Franjo deiner Mutter mein Geschenk übergibt.«

Kein Wort von Scaramuzza, kein nettes Wort für sie.

So war Mateja nun einmal.

Maddalena lachte erleichtert in sich hinein, ein Problem weniger. Sie schlenderte neben den beiden Frauen her und staunte nachträglich über die unermessliche Energie, über die Margherita und ihre Mutter in ihrem Alter noch verfügten.

Die beiden Freundinnen hatten getanzt, getrunken und gegen Ende des Abends sogar lauthals alte Songs mitgesungen.

Jetzt sahen sie etwas derangiert aus.

Ihre Gesichter waren von Wimperntusche und Lippenstift verschmiert.

»Mama, du gehst morgen doch noch in den Friseursalon?«

»Natürlich. Warum fragst du?«

»Ich mag dein Haar ohne diese grauenvolle Perücke viel lieber.«

Ihre Mutter blieb stehen. Dann begann sie schallend zu lachen und konnte gar nicht mehr aufhören.

»Psst«, flüsterte Maddalena, »die Leute schlafen doch schon alle.«

»Maddy, du Kindskopf«, rügte Sibilla sie, »verstehst du denn gar keinen Spaß?« Sie zog sich das rote Ungetüm mit Schwung vom Kopf und hielt es ihrer Tochter hin.

»Danke, die kannst du gern selbst behalten. Kein Bedarf«, sagte Maddalena und konnte nicht anders, als in das Gelächter der beiden Frauen einzustimmen. Maddalena überlegte, was Franjo wohl sagen würde, wenn sie ihm davon erzählte.

Sie war müde, erschöpft, und das Gespräch mit Zolis Verlobter hatte sie zudem noch lange beschäftigt, aber durch die eben ausgebrochene Heiterkeit war sie wieder besserer Laune. Trotzdem hoffte sie, dass aus dem schon angekündigten Schlummertrunk der beiden übermütigen Freundinnen auf ihrer Terrasse nichts mehr werden würde.

Morgen mussten sie alle früh aus den Federn.

Als sie die Villa erreichten, brannte in keinem der Fenster Licht. Entweder waren Franjo und Gabriele noch unterwegs, oder sie schliefen schon.

Maddalena wünschte sich Letzteres.

Sie betraten zu dritt das Haus und erschraken über ein Rumpeln im ersten Stock. Es klang, als wäre ein schweres Möbelstück umgefallen.

Einbrecher?

Maddalena knipste das Licht an. Ihr Blick irrte zur Lade, wo sie das Pfefferspray aufbewahrte.

»Du?«, rief Margherita erschrocken aus und packte Maddalenas Arm.

Gabriele stand mit einem blutigen Waschlappen in der Hand oben an der Treppe. Er grinste verlegen und nuschelte etwas davon, dass er Hilfe brauchen könnte.

»Wo ist Franjo, ist was mit ihm?«, fragte Maddalena besorgt.

»Ja, er ist oben, im Bad.«

Franjo saß auf dem Fliesenboden und hielt sein Gesicht.

»Franjo, ist dir nicht gut?«, fragte Maddalena scharf, bückte sich zu ihm hinunter, rüttelte ihn und hielt die Luft an, als ihr ein Schwall Alkoholdunst entgegenwehte.

»Er ist angeheitert, Maddy. Das kann schon mal passieren. Sei nicht so ungehalten«, hörte sie ihre Mutter vorwurfsvoll sagen.

»Angeheitert nennst du das? Er ist total besoffen«, fuhr Maddalena ihre Mutter an. »Und siehst du nicht, dass Franjos Hemd blutig ist? Die Schrammen in seinem Gesicht bilde ich mir wohl auch nicht ein.«

Franjo schloss langsam und zufrieden die Augen. Gemächlich sank er gegen den Heizkörper.

»Was ist passiert?« Maddalena musste sich beherrschen, nicht in ihrem gewohnten Polizeikommandoton zu sprechen. Das hier war kein Verhör, und sie konnte Gabriele keinen Vorwurf machen. An dieser Situation war er ziemlich sicher unschuldig.

Kann Margherita Gedanken lesen, fragte Maddalena sich eine Sekunde später.

»Gabriele, du musst doch wissen, was passiert ist. Ich glaube, bei Maddalenas Arbeit nennt man das Zeugenaussage. Du bist ein Tatzeuge.«

»Nehmt mich nur weiter in die Mangel. Ja, ich weiß, was passiert ist. Es gab eine Prügelei.«

»Ihr beide habt euch geschlagen?«

»Nein«, Gabriele lachte auf, »natürlich nicht wir. Wir haben nur zu viel getrunken, wie alle.«

»Achille verträgt einiges«, steuerte Sibilla bei, als wäre das ein Verdienst.

»Mama.« Maddalena schüttelte den Kopf und wandte sich an Gabriele. »Erkläre mir bitte, was los war. Mit wem gab es die Schlägerei? Und warum?«

»Es ging um einen Tomaso. Der wurde frech, und dein Franjo hat ihm ordentlich eines draufgegeben.«

Maddalena spürte, wie ihr Gesicht heiß wurde.

»Tomaso …« Ihre Mutter sah sie nachdenklich an. »War das nicht der Mann, mit dem du …«

»Ja.« Maddalena blitzte sie böse an.

Franjo schnarchte inzwischen laut.

»Dein Kollege hat Franjo assistiert.« Gabriele grinste immer noch.

»Zoli ist eben ein Guter.«

»Zoli? Nein, so hieß er nicht. Der, den ich meine, war Guido. Und er hat ordentlich zugeschlagen.«

»Lippi?« Maddalena wollte es kaum glauben.

»Sogar Scaramuzza hat sich für deinen Franjo ins Zeug gelegt und diesen Tomaso kurzerhand hinausgeworfen. Ich glaube, von der Hochzeit hat er ihn auch ausgeladen.«

Maddalena staunte. Sie vermied es, ihre Mutter anzusehen. Auf deren Kommentar »Hab ich dir doch gesagt, Achille mag euch beide« konnte sie gern verzichten.

Sie bat die anderen, ohne weiter auf die Schlägerei einzugehen, ihr dabei zu helfen, Franjo ins Bett zu verfrachten.

Sie war zornig auf ihn.

Später, als sie neben ihm lag, fühlte sie sich zu aufgekratzt, um einzuschlafen.

Doch morgen musste sie fit sein, wollte sie die Hochzeit unbeschadet überstehen.

Sie schlich in die Küche und trank einen Kamillentee mit einer Extraportion Honig.

Dann, allmählich, entspannte sie sich und ließ die Müdigkeit zu.

7

Maria weinte lautlos.

Sie hatte große Angst.

Ihr Darm krampfte sich in regelmäßigen Abständen zusammen und verursachte einer Kolik ähnliche Schmerzen.

Vielleicht hatte sie sich einen Virus eingefangen?

Oder war sie prämenstruell? Sie rechnete nach. Nein, daran konnte es nicht liegen.

Bei der Feier heute Abend hatte sie kaum etwas gegessen und getrunken, das konnte es also auch nicht sein.

Falls sie Fieber bekäme, müsste sie nicht zu dieser Hochzeit mitgehen. Das wäre eine Option.

Sie hatte am Abend zwar einige der Frauen näher kennengelernt, aber wirklich überrascht war sie darüber, wie solidarisch Pieros Vorgesetzte sich ihr gegenüber verhalten hatte, nachdem ihr Marias Notlage klar geworden war. Diese Maddalena Degrassi hatte sie sich anders vorgestellt. Eigentlich war Maria sogar ein wenig eifersüchtig auf sie gewesen. Von Piero mit deren Vornamen statt mit ihrem eigenen angesprochen zu werden, war schon eine herbe Vorgabe. Doch so schlimm war es auch wieder nicht, tröstete sie sich. Schließlich hieß sie ja mit vollem Namen Maria Maddalena, er hatte sich das nicht ausgedacht.

Die Commissaria war bemüht gewesen, der Sache, die sie so quälte, auf den Grund zu gehen. Sie war genauso engagiert, wie Piero sie immer beschrieben hatte.

Maria hatte sich dennoch fremd gefühlt.

Außerdem war sie, ohne gefragt zu werden, zu den blumenstreuenden Brautjungfern abkommandiert worden. Mit ihrem Ja hatten sie wohl gerechnet. Anscheinend hatte die Braut rein auf Verdacht ein Kleid mehr in ihrer Größe anfertigen lassen.

Nun, diese grauenvolle Verkleidung in Quietschrosa würde sie auch noch aushalten. Das bereitete ihr das geringste Kopfzerbrechen.

Rita Beltrame hatte es sich nicht nehmen lassen, sie am Ende der Feier zu Pieros Wohnung auf der Isola della Schiusa zu begleiten. Immer wieder waren sie stehen geblieben und hatten überprüft, ob ihnen jemand folgte.

Aber da war niemand gewesen.

Maria vertraute den Worten der Polizistin. Sie schien sich gut auszukennen und würde es daher sicher bemerken, wenn einer hinter ihnen herschlich.

Inzwischen fand sie selbst, dass es sich bei der Geschichte mit dem Paket um ein Missverständnis handeln musste.

Trotzdem wurde sie das Kribbeln in ihren Adern nicht los.

Ihr Bauch schmerzte.

Und der Puls dröhnte in ihren Ohren.

Rita Beltrame hatte versprochen, morgen immer in ihrer Nähe zu sein und einige ihrer Kollegen zu bitten, ebenfalls ein Auge auf sie zu haben.

Pieros Mutter war noch wach, als Maria die Küche betrat.

Zu ihrem Erstaunen bot sie ihr einen starken Kaffee an und meinte, das wäre die beste Schlafmedizin.

Aus Höflichkeit nahm Maria einen Schluck, bevor sie zu Bett ging. Die pechschwarze Flüssigkeit war aber viel zu kräftig, und ihr Magen rebellierte heftig.

Sie wischte sich die Tränen aus dem Gesicht und legte beide Arme um das leere Kissen neben sich.

Piero hatte geschrieben, dass er bald zu Hause wäre.

Ohne ihn kam sie sich hier allein in dem großen Bett ein wenig verlassen vor.

8

Der große Tag war da.

Franjo lag auf dem Rücken und schnarchte mit weit geöffnetem Mund. Er roch immer noch wie ein Fass Bier. Außer seinen Boxershorts war er nackt. Aber es war keine Nacktheit, die sie reizte. Sie hatte keine Lust, ihm über den Bauch zu streicheln, kein Bedürfnis, ihn mit sanften Küssen zu wecken.

Maddalena hatte nicht länger als zwei Stunden am Stück geschlafen. Sie fühlte sich zerschlagen und müde. Ihre Gesichtshaut spannte über den Wangenknochen, und als sie mit den Fingerkuppen glättend darüberstrich, meinte sie, Sand zu spüren. Als sie aufstand, knarrte das Bettgestell, und ihre Gelenke knackten dazu.

Sie duschte ausgiebig und wusch ihr Haar. Als sie sich die Zähne putzte, erschrak sie über ihr Spiegelbild. Unbeholfen schminkte sie sich die Blässe weg, tuschte die Wimpern und zog die Lippen nach.

In der Küche setzte sie eine große Kanne Kaffee auf. Margherita war ebenfalls wach und leistete ihr beim Frühstück Gesellschaft. So wie sie es abgesprochen hatten, holten sie den Koffer mit der vorbereiteten Garderobe.

Maddalena fuhr. Sie hatte das Auto ihrer Mutter genommen. Sibilla würde nach ihrem Friseurbesuch mit Gabriele und Franjo nachkommen. Lippi hatte sich überraschend freundlich angeboten, sie zu fahren.

Der Tag versprach trotz allem, schön zu werden.

Ein endlos hellblauer Himmel lag über der Stadt. Das Wasser zu beiden Seiten des Dammes glitzerte. Rechts von ihnen ragte die Turmspitze der Isola della Barbana aus der Lagune, und Maddalena, die ganz und gar ungläubig war, schickte ein stummes Gebet zur Kirche und den Mönchen, die dort lebten.

Margherita legte die Hand auf ihren Arm. »Es wird schon alles gut gehen. Gabriele weiß, wie er deinen Franjo wieder fit bekommt.«

Wenn dem so war, konnte ja nichts mehr schiefgehen.

Der Weg nach Strassoldo führte sie über die Landstraße, die sie um diese Zeit fast allein für sich hatten. Die Wiesen waren von einem frischen Grün, das der herannahende Sommer bald braun färben würde.

Sie parkte das Auto ein wenig abseits. Lippi, Zoli, Beltrame und Fanetti würden es ihr gleichtun, um Scaramuzzas extra angemietetem weißen Hochzeitswagen nicht im Weg zu stehen.

Die Gräfin empfing sie am Eingangstor zum mittelalterlichen Dorf, und Maddalena staunte aufs Neue, wie wunderschön verwunschen das Ensemble auf sie wirkte.

Gemeinsam mit Margherita überzeugte sich Maddalena, dass alles wie geplant vorbereitet worden war. Die Contessa zeigte ihnen die bereitgestellten Behälter der Cateringfirma. Die Tafeln auf der ersten Etage waren bereits festlich gedeckt, mit Namenskärtchen versehen und mit den Blumenarrangements geschmückt.

»Es ist abgemacht, dass schwarz livriertes Personal die Gäste mit Champagner und den traditionellen Stuzzichini begrüßen wird. Die Trauungszeremonie selbst findet dann unten an der Gabelung der beiden Kanäle statt.«

»Am magischen Ort?« Margherita war sichtlich beeindruckt. »Perfekt.«

»Danach«, die Gräfin zeigte auf die vorbereiteten Speisekarten, »wird das Hochzeitsmahl serviert. Und später natürlich die Hochzeitstorte angeschnitten.«

Maddalena dachte an ihr Vorhaben mit Franjo, dann den Tag ihrer eigenen Vermählung bekannt zu geben. Und auf einmal schwand aller Groll, den sie eben noch gegen ihn empfunden hatte.

»Da kommen Ihre Helfer«, sagte die Contessa und wies auf ein Grüppchen, das sich ihnen näherte.

Zoli und seine Verlobte, Arturo und Ginevra, Rita Beltrame, Bibiana, Claire und Maurizio, Dante und seine Frau Giorgia traten gut gelaunt zu ihnen.

»Sehr gut.« Margherita schüttelte ihnen die Hände. »Dann sind die Brautjungfern ja vollzählig.«

Erleichtert begrüßte Maddalena die Kollegen und Freundinnen und bat die beiden Polizisten, das gesamte Gelände auf Auffälligkeiten zu kontrollieren. Marias Erzählung hatte sie vorsichtig werden lassen.

»Ehrensache.« Fanetti lächelte und legte die Fingerspitzen zu einem militärischen Gruß an seine Stirn.

Piero Zoli war sehr gut gekleidet, und Maddalena fragte sich insgeheim, ob das Marias Einfluss auf ihn war oder ob Fanetti bei der Wahl des Anzugs geholfen hatte.

Scaramuzzas Trauzeuge, Fulvio Benedetti, würde mit ihm gemeinsam ankommen, erklärte Fanetti, der sich gerade selbst zum Protokollchef ernannt hatte, während Sibillas Trauzeugin Margherita ja bereits anwesend sei.

»Margherita?« Maddalena sah sie verwirrt an. »Aber …« Sie wurde mit einer sanften Handbewegung am Weiterreden gehindert.

»Ich wollte es dir nicht früher sagen, sonst hättest du meine Hilfestellung, dir als sogenannte zweite Brautjungfer zur Hand zu gehen, abgelehnt. So gut, meine ich, dich inzwischen einschätzen zu können.«

Maddalena grinste. »Durchschaut. Du machst das nur, damit du nicht auch dazu verurteilt bist, wie ein rosa Sahnebaiser zum Altar zu schreiten. Und ich naive Gans habe mich schon gewundert, warum du im Unterschied zu mir so elegant gekleidet bist, obwohl wir uns doch noch umziehen sollten.«

»Da hat die Polizistin in dir wohl geschlafen.«

Kurz überlegte Maddalena, wieso sie sich bisher nicht gefragt hatte, wer die Trauzeugin ihrer Mutter war. An dieser Unachtsamkeit glaubte sie, ihr mangelndes Interesse an der unleidigen Angelegenheit zu erkennen.

Die gesamte Anlage, vor allem aber das Schloss erstrahlte in den unterschiedlichsten Farben, von zartem Rosa bis zu tiefem Blau. Als hätte man es für diesen Anlass neu gestrichen.

»Märchenhaft. Jetzt glaube ich zum ersten Mal an eine Traumhochzeit.« Ihr Lob war ehrlich gemeint.

Die Contessa freute sich über Maddalenas Worte. »Wir haben unser Bestes gegeben.«

Während Maria, Ginevra, Bibiana, Claire, Giorgia und sie sich in einem der Räume im ersten Stockwerk des Schlosses umzogen, trafen die restlichen Gäste ein. Ihre Stimmen waren selbst hier oben nicht zu überhören. Bevor die Brautjungfern sich zu den anderen gesellten, betrachteten sie einander eingehend.

»Maddalena, die wunderschönen Prinzessinnenkleider haben wir sicher dir zu verdanken. Stimmt's?«, sagte Bibiana. »Der Traum eines kleinen Mädchens ist soeben wahr geworden.«

Alle lachten.

Als sie vorsichtig die Treppe hinabstieg, hörte Maddalena hinter sich polternde Schritte. Sie drehte sich um und entdeckte amüsiert, dass Ginevra unter ihrem Kleid derbe Doc Martens trug.

Sie blieb stehen. »Zeig«, forderte sie Ginevra auf, die bereitwillig den Saum hob und den Blick auf spinnennetzartige zerrissene schwarze Strümpfe freigab. An ihren Armen glänzten Einwegtattoos.

»Ich habe Arturo damit gedroht, aber er lässt sich so leicht nicht einschüchtern.«

»Alle Achtung.« Maddalena zollte ihr Respekt und bemerkte Marias irritierten Blick.

Diese schüchterne junge Frau hätte ihrem Piero Vergleichbares wahrscheinlich nicht zugemutet.

Unten wurden sie von klassischer Musik und den Beifallsrufen der männlichen Gäste empfangen.

Maddalena ertrug dieses Schaulaufen heldenhaft.

Mitten im Raum blieb sie überrascht stehen und starrte fassungslos auf die sich ihr nähernde Gestalt.

Franjo trat in einem lächerlich altmodischen Anzug auf sie zu. Anscheinend hatte Gabriele ihn rasiert, denn ein kleines Pflaster klebte auf seinem Kinn und verlieh ihm ein verwegenes Aussehen.

Schon hatte er sie um die Mitte gefasst und hochgehoben, so als wären sie allein und nicht umgeben von all den Leuten. Maddalena spürte seine raue, schlecht rasierte Wange an ihrer, und unerwartet wallte Glück in ihr hoch.

Sie fühlte sich seltsam berauscht.

Und dann stand alles still.

Rund um sie herum verklangen die Geräusche.

»Mama.«

Ihre Mutter hatte an der Hand von Gabriele den Saal betreten und steuerte direkt auf Comandante Scaramuzza zu, den Maddalena erst jetzt wahrnahm.

»Sibilla, du siehst umwerfend aus.«

Durfte der Bräutigam die Braut nicht erst am Altar, in diesem Fall vor dem Tisch des Standesbeamten, sehen?

Brachte das sonst nicht Unglück?

Ich bin kindisch und abergläubisch, schalt Maddalena sich selbst und musste Scaramuzza recht geben. Aus dem nächtlichen Wesen, das mit knallroter Perücke und schwingendem Reifrock wild zur Musik der achtziger Jahre getanzt hatte, war wieder ihre elegante, zarte Mutter mit den braunen Locken geworden. In ihrem Haar trug sie einen Kranz aus hellen Blüten, und ihr sandfarbenes knielanges Seidenkleid schmiegte sich an ihren schlanken Körper. Hautfarbene Pumps vermittelten den Eindruck, als würde die Braut durch den Raum auf ihren Bräutigam zuschweben.

Applaus setzte ein, und Scaramuzza wirbelte seine zukünftige Frau durch die Luft. Früher hätte ihre Mutter sich pikiert gegen solcherlei Übergriffe gewehrt, doch jetzt lachte sie nur ihr typisches glockenhelles Lachen.

Maddalena freute sich mit den beiden. Sie fühlte sich auf einmal unbeschwert wie selten und geborgen in Franjos Armen.

Am liebsten wollte sie die Zeit anhalten, um diese Szene für immer zu konservieren.

Das wäre ein Hochzeitsgeschenk der anderen Art, dachte Maddalena belustigt und stellte es sich als kristallenes Glas mit einem Samtband darum herum vor. Wie eine der Schneekugeln aus ihrer Kindheit, nur dass hier der Schnee fehlte und stattdessen Pheromone durch die Luft schwirrten.

Franjo drückte sie fest, und Maddalena schmiegte sich an ihn. Der Geruch nach Alkohol war von seinem typischen Küchenkräutergeruch abgelöst worden, und sie atmete ihren Franjo tief ein.

Sie hatte viel über die Hochzeit nachgedacht, gegrübelt und

sie verdammt. Aber jetzt spürte sie, wie sich eine gute Hochzeit anfühlte.

Jemand klatschte laut in die Hände, und alle Geräusche, die inzwischen wieder zu einem Stimmengewirr angeschwollen waren, verstummten.

»Nun«, sagte Scaramuzza mit tiefer Stimme, »dann lasst uns heiraten.«

»Dem kann ich nur zustimmen.« Die Contessa war mit einem dunkel gekleideten Mann neben Scaramuzza aufgetaucht. »Der Standesbeamte ist soeben eingetroffen.«

Und so machte sich der Hochzeitszug, angeführt von ihrer Mutter am Arm von Gabriele, auf den Weg in den Park, und noch immer spielte das Wetter mit.

In der Ferne erspähte Maddalena eine dunkle Wolke. Diese aber würde auf Scaramuzzas Befehl hin wohl verschwinden.

Es waren so viele Menschen hier, ein Strom aus Verwandten, Bekannten, Freunden und Arbeitskollegen. Sogar der Polizeichef der Quästur aus Görz hatte es sich nicht nehmen lassen, Scaramuzzas Einladung zu folgen, weshalb Maddalena sich kurz fragte, ob denn überhaupt noch jemand in Grado war und seiner normalen Beschäftigung nachging und wie es um die Besetzung ihrer Polizeidienststelle stand.

Aber Franjo drückte ihren Arm und verscheuchte so ihre Unsicherheit. »Was?«, flüsterte er in ihr Ohr, und sein Gesicht kitzelte wieder über ihre Wange.

»Nichts«, erwiderte sie betont munter.

Es war ja auch nichts – außer ein wenig Melancholie, beschloss Maddalena und presste unauffällig zwei Fingerkuppen ihrer rechten Hand gegeneinander. Das war laut dem Führungsseminar, das sie auf Geheiß ihres Chefs hatte besuchen müssen, eine gute Methode, Nervosität in den Griff zu bekommen.

An der Stelle, an der die beiden Kanäle des Aussa-Flusses sich trafen, war ein Pult aufgebaut worden, hinter dem der Standesbeamte Position bezog.

Davor, Maddalena kniff ihre Augen zusammen, war das etwa Zeus?

Sie stupste Franjo in die Seite. »Der Comandante sieht wie eine in Stein gemeißelte Statue aus.«

»Jupiter selbst.« Franjo drückte ihre Hand fest, als Zeichen des Einverständnisses.

Da war es wieder, was sie beide so einzigartig machte.

Die Stuhlreihen, getrennt durch einen langen Gang, den sie jetzt durchschritten, schienen endlos.

Maddalena atmete tief die vom Duft der Blumen durchtränkte Luft ein, sog sie in ihre Lungen und bemerkte zufrieden, wie das Zwitschern der Vögel und das Summen der Bienen allmählich ihre düsteren Gedanken vertrieb.

Das tintenblaue Wasser der Kanäle warf leichte Wellen, und die Wiese roch frisch und erdig.

Jetzt war der große Augenblick gekommen, Scaramuzza nahm ihre Mutter in Empfang, und dann drehten die beiden ihren Gästen die Rücken zu. Die Zeremonie begann, und Sibilla und der Comandante schlossen den Bund der Ehe.

Gelübde, Ring und ein bis ins Unendliche andauernder Kuss.

Maddalena erschauerte.

»Wie vor einem Altar«, hörte sie unverkennbar Zoli zu seiner Maria sagen.

Sie wird vermutlich den Brautstrauß fangen, dachte Maddalena und lächelte.

Das Brautpaar drehte sich um, zeigte freudestrahlend auf die Eheringe, die ihre Finger nun schmückten. Und Maddalena sah, wie die Sonne sich in den Brillanten ihres eigenen Verlobungsrings spiegelte. Franjo bemerkte ihren Blick und nahm erneut ihre Hand. Sanft küsste er jeden einzelnen ihrer Finger.

Begleitet von laut schallenden Hochzeitsmärschen, schritt der Zug der Gäste, nun von den Frischvermählten angeführt, über die Wiese zurück zum Schloss.

»Stehen bleiben!«, rief Maddalenas Mutter. »Fast hätte ich das Wichtigste vergessen! Alle jungen Frauen, die noch unverheiratet sind, her zu mir!«

Unter Gelächter schälten sich ungefähr zwanzig Frauen aus der Menge, darunter Maria, Ginevra und Rita Beltrame.

Maddalena blinzelte Franjo zu und mischte sich unter die anderen weiblichen Wesen.

Ihre Mutter drehte sich um und hob den wunderschönen Strauß aus cremefarbenen Rosen mit ausgestreckten Armen hoch über ihren Kopf.

»Wirf, Eheweib!«, rief der Comandante.

Und Sibilla warf den Brautstrauß.

Wie in Zeitlupe segelte er durch die Luft, und die Frauen stürzten sich ihm entgegen, ein gemeinsamer Aufschrei aus vielen Kehlen, dann hielt eine von ihnen die Rosen an ihr Gesicht gedrückt.

Es war Ginevra in ihren schwarzen Doc-Martens-Tretern, die den Blumenstrauß gefangen hatte und nun völlig benommen dastand.

»Bravo!«, rief jemand, und alle klatschten.

Maddalena sah zu Franjo.

Bedauernd zog er seine Schultern hoch, während Arturo Fanetti auf Ginevra zuging, sie in seine Arme riss und jubelte.

»Besser hätte ich es gar nicht einfädeln können!«, rief er, und alle lachten.

Einige der Ehepaare lächelten einander wissend zu, und es lag etwas in ihrem Blick, das Maddalenas Herz sich zusammenziehen ließ. Andere wiederum schien die Szene nicht zu berühren.

Was hätte wohl ihr Vater dazu gesagt?

Waren die beiden je so glücklich gewesen, wie ihre Mutter jetzt mit Scaramuzza zu sein schien?

Eine quälende Frage. Aber war es nicht ein Fehler, Menschen in Schubladen zu stecken? Einen Augenblick herauszufiltern und daraus gleich eine Lebensgeschichte zu schreiben?

»Nun«, sagte sie übergangslos zu Franjo, »vielleicht bin ich ja genau deswegen Polizistin geworden.«

»Wie meinst du das?«

»Weil ich versuche, die Schubladen wieder aufzuziehen, nachdem ich sie erst mal zugeknallt habe.«

Franjo fragte nicht nach, er war daran gewöhnt, dass sie direkt aus ihren Gedanken heraus mit eigentümlichen Sätzen nach ihm warf. So hatte er das einmal bezeichnet.

Stattdessen tat er etwas, was sie sofort zum Grinsen brachte. Er prostete ihr mit einem imaginären Glas zu und aß dann ein Stück von einem nicht vorhandenen, mit Prosciutto umwickelten Grissini. Dann stellte er sich lässig hin, stützte die Hand am Hüftknochen ab und zog an einer unsichtbaren Zigarette.

»Rauch schnell eine, bevor das Hochzeitsmenü auf dem Tisch steht. Das entspannt dich, Tesoro.«

»Wie überaus aufmerksam von dir, Amore.«

Franjo konnte es nicht ausstehen, wenn sie sich eine Zigarette anzündete.

Die Tische waren so kunstvoll arrangiert, dass sie übergangslos vom größten Saal in den nächsten Raum führten und den Eindruck erweckten, es handele sich um eine einzige endlos lange Tafel.

Die Gäste nahmen Platz. Es folgten die Ansprachen. Sie musste zum Glück keine halten, und kaum dass die Redner alle durch waren, wurde auch schon das Essen serviert.

Der Caterer hatte ein typisch friulanisches Hochzeitsmenü zubereitet.

Antipasto – *Flan di carciofi con salsa al Montasio*

Bis di primi – *Tagliolini al prosciutto di San Daniele* und *Pasticcio di crepes alle zucchine e menta*

Secondo di pesce – *Branzino in crosta con verdurine dell'orto*

Sorbetto al limone

Secondo di carne – *Brasato al cabernet con patate al forno*

Die Torte würde, wie der Aperitif zuvor, im Garten des Schlosses gereicht werden.

Maddalena war bereits vom Lesen satt, ohne etwas gegessen zu haben. Sie konnte nicht anders, als sich für alles verantwortlich zu fühlen.

»Warum hat der Comandante keine Hochzeitsplanerin engagiert, habe ich mich gefragt!«, rief sie Lippi zu, als sie wieder einmal von der Küche das Treppenhaus hinaufeilte.

»Na, weil er jetzt Sie in der Familie hat, Commissaria!« Guido Lippi lachte dröhnend und blies Maddalena seinen Weinatem ins Gesicht.

»Das stimmt wohl so«, entgegnete sie knapp und ging schnell an ihm vorbei.

Alle unterhielten sich angeregt. Maddalena aber war so aufgeregt, dass sie nach den fünf Gängen kaum einen Happen gekostet hatte.

Endlich war es so weit.

Die Gäste verließen den Tisch, und die Hochzeitstorte, wie vieles andere an diesem Tag auch eine friulanische Tradition, wurde unter großem Getöse in den Schlossgarten getragen.

Sibilla hatte die »Torta degli sposi« – eine Meringata alla frutta di fragole – der Jahreszeit entsprechend ausgewählt.

Nachdem das Ehepaar unter Beifall die Torte angeschnitten hatte, zog Franjo an Maddalenas Kleid.

Von hinten schlang er die Arme um ihre Taille und flüsterte: »Jetzt.«

»Hört mal alle zu«, sagte Maddalena salopp, »Franjo und ich werden ebenfalls heiraten. Und zwar an meinem Geburtstag, also am achtundzwanzigsten Oktober.«

Wieder wurde geklatscht, und zu ihrem Erstaunen bemerkte Maddalena, wie ihr Tränen über die Wangen flossen.

9

Ginevra nutzte den Tumult nach Maddalenas Ankündigung, um in eines der Badezimmer im Schloss zu flüchten.

Sie fühlte sich von der Hitze und der ungewohnten Daueranspannung erschöpft.

In Situationen wie dieser machten sich ihre posttraumatischen Symptome wieder bemerkbar. Sie begann sich eingeengt zu fühlen, wurde in ihrer Vorstellung immer kleiner, bis sie das Gefühl hatte zu verschwinden. Ihr Herz und ihre Lunge reagierten unmittelbar auf die Veränderung der Botenstoffe in ihrem Hirn und verließen die angenehme Regelmäßigkeit des Taktes, um ihr einen neuen, wilden Rhythmus vorzugeben, dem sie kaum folgen konnte.

Ihr Körper trieb den Schweiß aus allen Poren, und Ginevra musste sich beeilen, den Anteil des Kohlenstoffdioxids in ihrem Blut zu regulieren, indem sie in eine Plastik- oder Papiertüte atmete, von denen sie immer eine bei sich trug. Sie wollte damit verhindern, in ihr altes Muster der Hyperventilation zu fallen. Das von ihr so gefürchtete Hecheln führte unweigerlich zu einer Ohnmacht, schaffte sie es nicht, rechtzeitig dagegen anzukämpfen.

Hektisch kramte sie in ihrer Tasche nach der kleinen Pillendose, die sie außerdem als Notanker bei sich trug, und schluckte eine der Tabletten mit einer Handvoll Wasser.

Nach der brutalen Vergewaltigung war sie zunächst nicht gewillt gewesen, Medikamente zu nehmen. Sie wollte das erlittene Trauma damals auf ihre Art lösen und sich nicht in die Abhängigkeit von Beruhigungsmitteln begeben.

Inzwischen konnte sie gut damit umgehen. Sie hatte ihr Leben geändert, ihre Essgewohnheiten, ihr Aussehen, hatte angefangen, Sport zu treiben. Bald darauf war Arturo mit seinem Auto im Nebel beinahe in sie hineingefahren, und daraus war eine große Liebe entstanden. Ein Elbenprinz hatte sie berührt und verzaubert. Doch auch wenn Arturo aussah wie Legolas aus »Herr der Ringe«, war er zum Glück durch und durch real und gegenwärtig.

Jetzt musste Ginevra grinsen.

Ein weiterer Überfall hatte das bereits gut bewältigte Leiden kurzzeitig wieder akut werden lassen.

Doch das neuerliche traumatische Erlebnis hatte sie erstaunlicherweise nicht in ihrer Aufarbeitung zurückgeworfen, sondern sie zu einer zufriedenen Frau werden lassen.

Ginevra besuchte ihre Psychotherapeutin, Dottoressa Beato, einmal die Woche.

Das war sie sich und auch Arturo schuldig.

Zitternd löste sie die Schnürsenkel ihrer Doc Martens, stieg erleichtert aus den schweren Stiefeln und massierte ihre Füße.

Dabei überlegte sie, was das Unwohlbefinden ausgelöst haben mochte. An der Hitze und der Menschenmenge, dem vielen Essen und dem emotionalen Stress durch das Fangen des Brautstraußes allein konnte es nicht liegen.

Da war noch etwas, das sie nicht einordnen konnte.

Ihr war, als hätte eine riesige Krähe ihre schwarzen Flügel über dem Schloss ausgebreitet.

Ginevra atmete tief ein und schalt sich eine Närrin. Da ging wieder einmal ihr an den Nagel gehängtes Literaturstudium mit ihr durch.

Hier gab es Vögel, aber die zwitscherten fröhlich.

Edgar Allan Poes Unglücksraben hatte sie im Schlossgarten nicht gesehen. Die existierten nur in ihrer lebhaften Phantasie.

Also war es wohl doch eher der Brautstrauß und Arturos überschwängliche Reaktion darauf gewesen.

Darüber würde sie später nachdenken.

Ginevra nahm ein Handtuch aus der Ablage und betupfte ihr Gesicht mit eiskaltem Wasser. Sie schnürte ihre Stiefel und verließ das Badezimmer. Jetzt würde sie sich ein Stück der herrlichen Hochzeitstorte mit Erdbeeren gönnen.

»Entschuldigung.« Sie war direkt in einen der schwarz livrierten Kellner hineingelaufen.

»Nichts passiert.« Der kräftige Mann machte einen Schritt zur Seite.

Aber es war etwas passiert.

Die Anzugjacke des Kellners hatte sich bei dem unvermuteten Zusammenstoß geöffnet, und Ginevra hatte ein Pistolenhalfter gesehen. Samt der dazugehörigen Waffe.

10

Guido Lippi verzehrte das zweite Stück der Hochzeitstorte. Er genoss die reife Süße der Erdbeeren und dachte an Stella. Ihr Gespräch war gar nicht so schlecht verlaufen. Sie wollten sich demnächst zu einem gemeinsamen Mittagessen treffen.

Von ihm war dieser Vorschlag nicht gekommen. Stella schien sich Sorgen um seinen Gesundheitszustand zu machen.

»Wir wissen beide, du isst entschieden zu viel, und das übermäßige Trinken schadet dir auch.«

Am liebsten hätte er sie hierher mitgenommen, aber das wäre selbst ihm zu aufdringlich erschienen. Er würde es langsam angehen. Langsam und vernünftig.

Ihre Stimme hatte matt geklungen. Sie war doch hoffentlich nicht krank?

Beim Mittagessen demnächst würde er sie danach fragen. Sie müsste dann spüren, dass er sich seit ihrer Trennung verändert hatte. Er war jetzt aufmerksamer und nicht mehr einzig auf sich bedacht.

Als er gerade ein drittes Stück Torte vom Vorlegteller nehmen wollte, bemerkte er, wie im Garten Unruhe aufkam. Irgendjemand marschierte eilig durch die Menge und rempelte Gäste an.

Lippi setzte sich aufrecht hin und schob die Sonnenbrille vom Kopf über seine Augen.

Jetzt erkannte er, wer das war. Ginevra Missoni lief unkontrolliert gegen die Anwesenden.

Interessiert beobachtete er die derangiert wirkende junge Frau. War sie betrunken?

Komisch sah sie ja schon immer aus. Ihre Haare hatten einen grünlichen Schimmer, und zu dem hübschen altrosa Kleidchen der Brautjungfern trug sie widerwärtige abgetragene Stiefel. Da gehörte schon eine ordentliche Portion Mut, nein, eigentlich schlechter Geschmack dazu.

Fanetti aber schien das zu gefallen.

Nach ihm schrie sie jetzt auch lauthals: »Arturo!«

Einige Leute hörten mitten im Gespräch zu reden auf und starrten sie an.

Kein Wunder dachte Lippi, sie ist wirklich eine Erscheinung. Das kann ihr keiner absprechen.

»Arturo!«, rief sie wieder und lief wie ein blindes Huhn umher.

Lippi nahm noch rasch einen großen Schluck Weißwein und stand auf.

Er streckte sich.

Irgendetwas ging da vor. Und wenn es kein anderer tat, würde eben er nach dem Rechten sehen.

11

Ginevra war verzweifelt.

Arturo war nirgends zu finden.

Und auch keiner seiner Kollegen.

Hatte sie eben einen Bodyguard gerammt, oder was war hier los? Hatte der Comandante als Kellner verkleidete Polizisten eingeschleust?

Oder trieb sich auf der Feier ein Verbrecher herum?

Wen oder was suchte er? Sie etwa?

Ginevra blieb die Luft weg, und sie versagte es sich vehement, diesem Gedanken weiter zu folgen. Sorgsam kontrollierte sie ihre Atmung, darauf bedacht, langsam auszuatmen, denn in Ohnmacht zu fallen, war das Letzte, was sie jetzt brauchen konnte.

Als sie die Treppe vom Badezimmer im ersten Stockwerk zum Garten hinuntergestiegen war, hatte sie zuerst an ihrem Verstand gezweifelt, dann an einen Hochzeitsscherz mit einer Spielzeugpistole gedacht. Trotzdem hatte sie ihre Schritte langsam und vorsichtig gesetzt, damit der Kellner nicht stutzig wurde und ihr womöglich folgte.

Im Schlossgarten angekommen, hatte sie jegliche Zurückhaltung abgelegt und irrte nun durch die Menge auf der Suche nach Arturo oder einer anderen vertrauten Seele. Aber sie begegnete niemandem, den sie kannte.

Wie auf einem Minenfeld lief sie von einer Richtung in die andere. Es war ihr peinlich, gegen die Menschen zu stoßen, aber sie musste Arturo oder einen seiner Kollegen finden.

Ginevra befand sich in nackter Panik.

»Arturo!«, schrie sie und stolperte über die steinerne Begrenzung eines Rosenbeetes.

Unsanft landete sie auf den Knien, spürte, wie ihre Strümpfe weiter aufrissen und ihre Haut aufplatzte. Jemand griff von hinten in ihr Kleid und hob sie hoch.

Hellrotes Blut sickerte unter dem Saum des Kleides hervor.

»Junge Frau, ist Ihnen nicht gut?«, wurde sie sonor gefragt und erkannte auf den ersten Blick Fulvio Benedetti, Scaramuzzas Trauzeugen.

»Zum Glück«, brachte sie atemlos hervor, »Sie sind das. Ich brauche Hilfe. Wissen Sie, wo mein Freund ist? Arturo Fanetti? Oder der Comandante?«

»Nein.« Er reichte ihr galant seinen Arm. »Mit diesen beiden kann ich leider nicht aufwarten. Aber wie wäre es mit einem kühlen Schluck Champagner, um Ihr erhitztes Gemüt ein wenig zu erfrischen?«

Ginevra machte sich unsanft los. Sie drehte sich weg und sah aus den Augenwinkeln drei der schwarz livrierten Kellner in den Garten kommen.

Auf einmal wurde sie hart an der Schulter gepackt.

Guido Lippi stand vor ihr. »Missoni. Was ist? Sie sind ja völlig außer sich?«

Doch Ginevra stand nur da.

Sie wollte schreien, aber kein Ton verließ ihren weit geöffneten Mund.

12

Guido Lippi hatte mit einem Blick erfasst, dass hier etwas ganz und gar nicht stimmte.

Vorhin auf der Terrasse war ihm dieser Zickzacklauf der Missoni bereits verdächtig erschienen.

Kaum war er auf der Wiese, lag sie auch schon im Rosenbeet und wurde von einem edlen Helfer hochgehoben. Fulvio Benedetti. Der Charmeur war an Ort und Stelle, sobald eine schwache Jungfer in Not geriet.

Jetzt aber stand die Missoni wie vom Blitz getroffen da und starrte in Richtung der Terrasse.

Lippi tat es ihr gleich, konnte aber außer dem Personal nichts Interessantes entdecken.

Betrunken schien sie jedenfalls nicht zu sein.

Vielleicht litt die junge Frau ja an einer seltenen Form der Epilepsie? Er musste sie aus diesem Zustand holen, bevor Schlimmeres geschah. Fanetti würde es ihm übel nehmen, wenn er seiner Prinzessin nicht half.

So rüttelte er an ihrer Schulter und rief sie beim Namen.

Sie riss ihren Mund auf, und Lippi erwartete einen Schrei. Doch kein Laut war zu hören.

Aus den Augenwinkeln nahm er wahr, dass sich die Degrassi näherte. Auch Fanetti eilte von der Terrasse her auf sie zu.

Franjo stand dort etwas abseits an eine der Säulen gelehnt, vertieft in sein Handy. Vermutlich sah er sich die Hochzeitsfotos an, dachte Guido, als die Missoni schließlich doch zu brüllen begann.

»Arturo! Vorsicht!«

Dann sah er, was Ginevra Missoni so in Angst versetzt hatte.

Drei Männer standen auf der Wiese.

Es waren schwarz livrierte Kellner, die jetzt Masken trugen und Waffen in den Händen hielten.

»Ruhe. Keiner bewegt sich!« Zur Bekräftigung seiner Worte gab einer von ihnen einen Schuss in die Luft ab.

Augenblicklich verstummten sämtliche Geräusche, und die Menge war wie erstarrt.

»Salvatore!«, keuchte eine einzelne Stimme.

»Maria!« Zoli packte seine Verlobte und stellte sich mit ausgebreiteten Armen vor sie. »Leg dich hin!«, schrie er, und Maria sank zu Boden.

»Weg da!« Guido Lippi erkannte, dass Piero Zoli die perfekte Zielscheibe abgab.

Ein weiterer Schuss krachte.

Lippi hechtete auf seinen Kollegen zu und stieß seine Faust gegen dessen Brustkorb. Zoli stürzte, und gleichzeitig fiel ein dritter Schuss.

Einer der maskierten Männer beugte sich über Lippi, stieß ihm grob den Ellbogen in die Seite, versetzte ihm und Zoli einen Schlag ins Gesicht und trat nach ihnen, dass Lippi die Luft wegblieb.

Als er wieder zu Atem kam, setzte er sich auf.

Zoli stöhnte neben ihm und flüsterte: »Maria, wo ist meine Maria?«

Wo war Zolis Verlobte?

Mehrere Gäste aus der Menge begannen zu schreien. Rufe wurden laut: »Die Männer haben die junge Frau mitgenommen!«

Verdammt.

Die Commissaria kam auf sie zugerannt und übernahm automatisch das Kommando.

»Los, Beltrame, weisen Sie die Kollegen an, den Männern zu folgen. Sie können noch nicht weit sein.«

Guido Lippi atmete schwer.

Rita Beltrame befand sich wohl in einem Schockzustand. Sie stand regungslos da.

»Rita, es ist nicht Ihre Schuld, wir alle waren dabei, und niemand war imstande, die Entführung zu verhindern«, sagte die Commissaria und suchte hektisch nach ihrem Handy. Endlich setzte Beltrame sich in Bewegung.

Scaramuzza lief auf sie zu. »Schusswechsel? Es gab eine Schießerei? Auf meiner Hochzeit?«

»Maria Daidone, Zolis Verlobte, ist entführt worden. Jemand

hat auf Piero Zoli gefeuert. Es fielen mindestens drei Schüsse. Wir waren machtlos, keiner von uns hat eine Waffe dabei«, erstattete die Commissaria dem Comandante Bericht.

Scaramuzza zog sein Telefon aus der Tasche seines Anzuges und tätigte ein paar Anrufe. »Wir bekommen Verstärkung. Die Kollegen müssen gleich hier sein.«

Die Degrassi half Zoli auf die Beine und legte beruhigend ihre Hand auf seinen Arm. »Piero, wir finden Ihre Maria. Das verspreche ich Ihnen.«

Guido Lippi dagegen fragte sich, wann seine Chefin unter die Märchenerzählerinnen gegangen war.

13

Maddalena schwirrte der Kopf.

Sie hatte soeben mit den Kollegen, die in ihrer Dienststelle in Grado die Stellung hielten, geredet. Auch von dort kam Unterstützung.

Scaramuzza hatte derweil, unterstützt von Comandante Colombo aus Görz, unterschiedliche Polizeidienststellen in der Umgebung informiert.

»Ist jemand verletzt? Haben Sie die Ambulanz gerufen, Degrassi?«, fragte der Comandante.

»Die ist bereits unterwegs.« Arturo Fanetti steckte sein Handy weg und legte den Arm wieder um die Schultern seiner zitternden Freundin.

Mit der Missoni musste sie als Nächstes reden, sie hatte anscheinend etwas Verdächtiges mitbekommen und als Erste reagiert.

»Lippi.« Maddalena musterte ihren Kollegen besorgt. »Alles in Ordnung mit Ihnen? Ohne Ihr schnelles Eingreifen wäre Zoli wohl nicht so glimpflich davongekommen. Sie haben Mut bewiesen, als Sie ihn zu Boden rissen. Die Kugel hätte Sie erwischen können. Das war knapp.«

»Piero und ich haben einen ordentlichen Tritt verpasst bekommen.« Lippi wischte den Schweiß von seiner Stirn.

»Wo ist Franjo?« Maddalena sah sich suchend um.

»Franjo?« Lippi hielt sich den aus einer Schürfwunde blutenden Kopf. »Der war eben noch da. Er stand bei der Säule oben auf der Terrasse.«

»Maddy.« Ihre Mutter stand neben ihr. Sie war über die Wiese auf sie zugelaufen und hielt ihre Pumps in der Hand. »Was ist passiert? Wir waren im Turm, Achille und ich, in unserer Hochzeitssuite. Da hörten wir auf einmal die Schüsse. Es ist doch niemand verletzt?«

»Lippi und Zoli haben ein paar Schrammen, und alle stehen

unter Schock. Von der Hochzeitsgesellschaft hat niemand etwas abbekommen. Die Contessa hat alle Gäste in den Salon geführt.«

»Aber was war denn los?«

»Man hat Zolis Verlobte entführt. Ich erzähl es dir später, Mama. Hast du Franjo gesehen?«

»Franjo? Nein. Der wird wohl in die Schlossküche gegangen sein. Wohin denn sonst? Ist ja sein Platz, der Gute kann halt nicht anders.« Sibilla lachte und legte Maddalena den Arm um die Schulter.

Oben auf der Terrasse versammelten sich ein paar übrig gebliebene Gäste. Sie gruppierten sich um etwas, das Maddalena nicht erkennen konnte. Jemand kniete sich hin, während die anderen aufgeregt gestikulierten.

Auf einmal wurde sie von einer eigentümlichen Stimmung erfasst. Es roch intensiv nach Rosen, und der Stöckel ihres Schuhs versank in der Erde.

Die dunkle Wolke verdeckte nun doch das Blau des Himmels, und das Zwitschern der Vögel war ohrenbetäubend.

Die Menschen auf der Terrasse wandten sich ihr zu. Entsetzen und Betroffenheit zeigten sich in ihren Gesichtern. Aufgeregte Stimmen drangen zu Maddalena. Sie verstand kein einziges Wort.

Lippi, Beltrame und Fanetti starrten sie an.

Unsanft entzog Maddalena sich der Umarmung ihrer Mutter und lief die Treppe zur Terrasse hinauf.

»Franjo.«

Alles Blut wich aus ihren Adern.

Dritter Teil

1

Enrico fuhr das Fluchtauto.

Er hatte den Wagen zuvor unauffällig in der Nähe parken und sich in Bereitschaft halten müssen. Nervös hatte er minütlich damit gerechnet, dass Salvatore Maria brachte. Vereinbart war ein Anruf, den er nicht beantworten, dafür aber unmittelbar mit dem Wagen vorfahren sollte.

Nun war es so weit.

Sie kamen zu dritt angelaufen, immer noch gekleidet wie Kellner, nur die schwarzen Masken ließen vermuten, dass dem nicht so war. Und das Menschenbündel im rosa Kleid, das Salvatore geschultert hatte, musste Maria sein.

Sie stürmten auf den Wagen zu, der mit laufendem Motor fahrbereit stand, und rissen die Türen auf. Salvatore quetschte sich mit Maria im Arm und einem seiner Freunde auf die Rückbank, der andere Mann warf sich neben Enrico auf den Beifahrersitz. Sofort nahmen sie ihre Masken ab.

»Fahr! Auf was wartest du noch?«, herrschte Salvatore Enrico an.

»Wenn wir uns beeilen, kreuzen wir kein Polizeiauto.« Der Mann neben ihm drehte sich zu den Männern auf der Rückbank um.

»Da wäre ich mir nicht so sicher.« Salvatore bedeutete Enrico, schneller zu fahren. »Die werden inzwischen einen Notruf getätigt haben. Also dalli.«

»Ich halte mich strikt an die Geschwindigkeitsbegrenzungen, damit wir in keine Radarfalle geraten oder sonst wie auffallen.«

Im Rückspiegel nahm Enrico wahr, wie die Männer ihre Augen verdrehten. Was so viel hieß wie: Enrico der Narr spielt hier den Überlegenen.

Innerlich kochte er vor Wut.

Dennoch konnte er den Blick nicht vom Rückspiegel losreißen. Was er dort hinten sah, ließ ihn nach Luft schnappen. Die junge Frau lag mit geschlossenen Augen und kalkweißem Gesicht in Salvatores Armen.

»Was habt ihr mit ihr gemacht?« Er versuchte, das Zittern in seiner Stimme zu unterdrücken.

»Ich habe ihr eine Injektion verpasst, damit ihr der Umzug nicht allzu sehr zusetzt. Sie soll es gemütlich haben und wird daher eine Weile schlafen.«

Bisher hatte der Plan reibungslos funktioniert. Als Fluchtauto hielt der von Enricos Freund geborgte Wagen her, der ihm auch schon gute Dienste bei den Erkundigungen bezüglich eines passenden Verstecks geleistet hatte. Außerdem war er unauffällig, weil sein Nummernschild hier auf diese Gegend verwies. Die beiden Leihautos hatten die Männer auf einem großen Parkplatz vor einem der Supermärkte abgestellt. Dorthin fuhren sie nun zuerst.

Kaum angekommen, verließen Salvatores Freunde das Auto, um in den gemieteten Fahrzeugen weiter zum Flughafen nach Treviso zu fahren. Noch bevor jemand auf die Idee käme, sie mit der Entführung in Verbindung zu bringen, würden sie bereits zurück in Sizilien sein. Erst in Trapani wollten sie und Salvatore wieder Kontakt zueinander aufnehmen.

Salvatore legte Maria seitlich auf den Rücksitz, deckte sie mit seinem Sakko zu und kam zu Enrico nach vorne.

»So«, sagte er ruhig. »Das Gröbste wäre geschafft. Nun gondeln wir gemütlich, ohne Aufsehen zu erregen, zu deinem Fischerdorf. Der Wagen hier eignet sich hervorragend, gute Wahl, Enrico. Kompliment. Damit fallen wir nicht auf.«

»Nur in Punta Sdobba müssen wir wachsam sein. Ich habe uns aus diesem Grund einen Picknickkoffer mitgebracht. Falls dort Wanderer unterwegs sind, setzen wir Sonnenbrillen auf, breiten eine Decke aus und legen uns auf die Wiese.«

»Da hast du mitgedacht.«

Enrico war stolz über Salvatores Lob.

Erst wenn es dunkel war, wollten sie Maria in die Hütte bringen. Salvatore hatte ihm versichert, den Unterschlupf nur für ein, maximal zwei Tage zu benötigen, als Übergangslösung.

Im Kofferraum des Autos befand sich ein Klapprad, das Enrico aufgetrieben hatte. So war Salvatore mobil. Die meiste Zeit würde er aber bei Maria bleiben und später, wenn sich die erste Aufregung wieder gelegt hatte, die Reise zurück nach Sizilien antreten.

Eigentlich wollte Enrico über Salvatores weitere Fluchtpläne nichts wissen. Er selbst würde sich morgen bei der Arbeit krankmelden. Der Freund, von dem er sich das Auto ausgeborgt hatte, sollte bestätigen, dass er zu einer Untersuchung im Krankenhaus war, falls der Arbeitgeber nachfragte.

Ursprünglich hatte er angenommen, nach der Entführung hierher wäre für ihn alles erledigt. Nach seinem freien Tag wäre er wieder zu seiner Dienststelle und seinem alten Leben zurückgekehrt.

Doch Salvatores Plan sah anders aus.

»Bist du verrückt?«, hatte er ihn angeschnauzt, als er davon erfuhr. »Oder möchtest du in den Knast? Die forschen dich doch innerhalb weniger Stunden aus. Du warst im Friseurladen und hast nach Maria gefragt. Die kennen deinen Namen.«

»Ja, und?« Einen Moment lang hatte sich in Enricos Kopf alles gedreht.

»Für dich ist vorgesorgt. Neuer Name, neuer Pass, neue Papiere, neue Unterkunft. Du kommst vorübergehend bei einem meiner Kontakte in der Nähe von Pordenone auf einem Bauernhof unter. Dort wird sich auch Arbeit für dich finden.«

»Und meine Wohnung?«

»Die Kündigung schickst du morgen ab. Von einem Ort, an dem du danach nicht mehr auftauchen wirst. Ich habe dir ein Konto eingerichtet. Es ist genug drauf, um drei Monatsmieten zu bezahlen, und danach bleibt immer noch genug übrig. Heute Abend stellst du das Auto unauffällig vor dem Haus deines Freundes ab …«

»Und dann setze ich mich in den Bus nach Pordenone. Alles klar. Das Prepaidhandy, das du mir gegeben hast, ist ausschließlich für unseren Kontakt vorgesehen, nehme ich an?«

»Natürlich, denn ich brauche einen Vertrauensmann, falls etwas schiefgeht.«

Das hoffte Enrico nicht. Er wollte die Sache hinter sich wissen.

Auf dem Weg zum Fischerdorf begegnete ihnen nur ein einzelner Radfahrer.

Enrico zeigte Salvatore, nachdem sie sich versichert hatten, wirklich allein zu sein, die Hütte. Sie lag gut verborgen abseits des kleinen Dorfes zwischen den Sträuchern.

Gemeinsam trugen sie die immer noch betäubte Maria hinein.

»Drinnen ist alles vorbereitet. So wie gewünscht.«

»Gut gemacht, mein Freund.« Salvatore umarmte ihn herzlich.

Und dann saß Enrico wieder im Auto und fuhr einer unbekannten Zukunft entgegen.

2

Die Commissaria kauerte auf dem Boden und wiegte Franjo in ihren Armen.

Ihre Mutter und Scaramuzza knieten neben ihr.

Guido Lippi hatte Mühe, genug Luft in seine Lungen zu bekommen. Er stand völlig neben sich.

Endlich lief Fanetti, flankiert von einem Notarzt und drei Rettungsleuten, auf sie zu. Inzwischen wimmelte es überall auf dem Gelände von Polizisten.

»Da ist er!«, rief Fanetti, und die Menschen, die sich auf der Terrasse versammelt hatten, traten zur Seite, ließen die Einsatzkräfte durch.

Wie eine Rettungsgasse auf der Autobahn, dachte Lippi und wollte nichts wie weg von hier. Nur dass er weit und breit weder einen Pannenstreifen noch eine Ausfahrt entdecken konnte.

Scaramuzza hob die Degrassi sanft von Franjo hoch, und ihre Mutter nahm sie in die Arme. »Maddy. Das kommt in Ordnung. Dein Franjo ist hart im Nehmen.«

Guido Lippi hingegen fand, dass es alles andere als in Ordnung aussah. Degrassis Verlobter war eindeutig tot.

Der Querschläger war von einer Säule abgeprallt und in seinen Bauch eingedrungen. Er lag zur Seite gesunken in einer Lache aus Blut.

Alles um ihn herum war so rot, dass man meinen konnte, er wäre beim Malen von der Leiter gestürzt und hätte den Farbtopf umgerissen.

Franjos Augen waren geschlossen, und sein Brustkorb hob und senkte sich nicht.

Ein paar der Gäste hatten sich übergeben und lehnten bleich und bewegungsunfähig an der Wand. Die meisten aber befanden sich in den Salons im oberen Stockwerk. Das Personal, die Haushälterin und die Contessa kümmerten sich um die geschockte Hochzeitsgesellschaft.

Zoli sprach mit der Polizei. Lippi sah auch Ginevra Missoni und Rita Beltrame mit Polizisten reden.

Scaramuzza wies ihn an, die Leitung des Einsatzes zu übernehmen und die Suche nach der entführten Maria Daidone zu organisieren.

Aber wie ging es *ihm*? Befand er sich nicht ebenso wie die Commissaria in einem Ausnahmezustand?

Er hatte weiche Knie, und die Magensäure schwappte seine Speiseröhre hoch. Das Ätzen des Sodbrennens übertünchte alle anderen Schmerzen und verhinderte, dass Lippi genauer hinsah, was mit Franjo geschah.

Er war lange genug Polizist, um nicht wegen einer brenzligen Situation in eine Krise zu geraten. Aber es hatte in Situationen wie diesen nie in seiner Hand gelegen, Entscheidungen zu treffen. Der Comandante und die Commissaria hatten stets den Einsatz geleitet, während er wie die anderen Kollegen in der zweiten Reihe stand. Doch Beten nützte jetzt wohl weder Franjo noch ihm selbst.

Dem Verlobten der Commissaria konnten nur noch ein guter Arzt und eine ordentliche Portion Glück helfen. Ihm dagegen ein sagenhaft fester Tritt in den Hintern. Den er sich zu allem Überfluss auch noch selbst verpassen musste. Was blieb ihm anderes übrig?

Zum ersten Mal in seiner Laufbahn als Polizist musste er über sich hinauswachsen und den Rahmen seiner Mittelmäßigkeit sprengen, ganz uneigennützig deshalb, weil ihm kein anderer den Rücken stärken konnte.

»Mama.« Er hörte die Degrassi aufschluchzen und dann leise sagen: »Es tut mir so leid. So unendlich leid. Ich ... wir ... wollten dir deine Hochzeit nicht vermiesen.« Sie klang wie ein Kind, und Lippi hätte sie am liebsten selbst in die Arme genommen.

Ihr rosa Kleid war übersät mit dunkelroten Blutflecken.

Fulvio Benedetti und der Ehemann von Sibillas Trauzeugin schienen sich gerade ihrer Pflicht bewusst geworden zu sein, denn sie wandten sich an Scaramuzza und seine frisch angetraute Ehefrau und sprachen leise mit ihnen.

Beide wiesen dabei auf Degrassi, die sich eben durch die Sanitäter drängen und wieder ihren Platz neben Franjo zurückerobern wollte.

Der Arzt legte die Hand auf ihre Schulter und hielt sie davon ab, sich niederzuknien.

»Es tut mir leid«, sagte er ruhig. »Wir haben alles versucht. Aber …«

Mehr verstand Lippi nicht, denn die Commissaria stieß den Arzt beiseite und warf sich über Franjo.

Dann begann sie zu schreien.

3

Ginevra Missoni zitterte. Sie stand an Arturo gelehnt auf der Wiese und beantwortete den Polizisten unsinnig erscheinende Fragen.

Ob sie den Mann, in den sie hineingelaufen war, schon davor bewusst wahrgenommen habe?

Ob er zum Personal gehört habe?

Ob ihr an einem der beiden anderen Männer etwas aufgefallen sei?

Immer wieder ging sie die Fragen durch und konnte doch nur hilflos mit den Schultern zucken.

Der Geschäftsführer des Cateringservices, Signor Durante, war inzwischen zu ihnen gekommen. Er bestätigte die derzeitige Anzahl seiner Leute und vermutete, dass die drei Kriminellen sich unauffällig unter sein Personal gemischt haben mussten.

»Das Personal besteht nicht aus einem festen Team, sondern ich buche Kellner, Kellnerinnen und Küchenkräfte nach Bedarf. Daher kennen meine Mitarbeiter ihre Kollegen nur dann, wenn sie schon mal zufällig miteinander gearbeitet haben. Es sind immer Neue dabei.«

»Das«, stellte Arturo fest, »mag auch der Grund dafür gewesen sein, dass es niemandem vom Personal auffiel, als sich drei neue Kellner zu ihnen gesellten.«

Der Polizist, der Ginevra befragt hatte, nickte bestätigend. »Alle bereits befragten Mitarbeiter der Cateringfirma erklärten, sie hätten die drei Kellner nicht weiter beachtet. Sie seien mit ihren Aufgaben beschäftigt gewesen. Nur eine der Frauen hinter der Champagnerbar meinte, dass sie und ihre Kollegin sich gewundert hätten, weil zusätzliches Personal angefordert worden war. Sie vermuteten, dass wohl jemand Mist gebaut hatte und ersetzt werden musste. Das käme schon mal vor. Weiter hatten sie nicht darüber nachgedacht.

»Arturo, mein Schatz, ich habe sofort nach dir und deinen

Kollegen gesucht. Aber keiner von euch war zu sehen. Ich wusste, dass etwas passieren würde. Warum hätte der Mann sonst eine Waffe tragen sollen? Vielleicht hätte ich sofort Alarm schlagen sollen, doch mir ist das selbst erst im Garten richtig klar geworden.«

Arturo strich ihr über das verschwitzte Haar. »Ginevra, du hast dich genau richtig verhalten. Du hättest nichts tun können. Wir können froh sein, dass der Typ nicht bemerkt hat, dass du seine Waffe gesehen hast. Wer weiß, was sonst noch alles passiert wäre.« Er drückte sie an sich, und trotz der schrecklichen Ereignisse fühlte sie sich in seinen Armen geborgen.

Ein gellender Schrei ließ Ginevra zusammenzucken.

Arturo löste seine Umarmung und wandte sich überrascht von ihr ab.

Der uniformierte Polizist sah ihn unsicher an.

Eine Zehntelsekunde wankte Arturos Lächeln.

Dann verlosch es.

4

Marias Rachen fühlte sich trocken an. Sie fand kaum Speichel zum Schlucken. Ihre Zunge lag pelzig und schwer im Mund.

So hatte sie sich gefühlt, als sie letzten Winter mit einer schmerzhaften Angina das Bett hüten musste.

War sie krank? Hatte sie Fieber?

Sie sollte einen Arzt rufen.

Ihre Augenlider klebten zusammen, und es gelang ihr nicht, sie voneinander zu lösen.

Wo war Piero? Wo seine Mutter?

Irgendjemand sollte ihr Zitronentee bringen und eine starke Hühnersuppe. Warum kam denn niemand? Vielleicht waren sie in der Apotheke, um Medikamente für sie zu besorgen.

Waren sie direkt von der Hochzeit in die Wohnung zurückgefahren?

Hochzeit?

Schlagartig war Maria wach.

Es war keine Halsentzündung, und Fieber hatte sie auch nicht. Etwas steckte in ihrem Mund und hinderte sie am Schlucken.

Sie begann zu würgen, kämpfte dagegen an.

»Na, na«, raunte eine vertraute Stimme in ihr Ohr. »Wer wird denn gleich so wild werden? Immer mit der Ruhe, meine Kleine.«

Es war nicht Piero, der sprach.

Es war Salvatore.

Maria erschrak.

Mit einem Ruck wurde der Klebestreifen über dem Knebel von ihrem Mund gerissen.

»Schön brav sein, dann nehme ich das Tuch aus deinem Mund. Wenn du schreist, klebe ich ihn dir wieder zu.«

Das war unverkennbar Salvatores Stimme. Und sie hatte wieder diesen gemeinen Klang, der ihr so viel Angst bereitete.

Er zog den Knebel aus ihrem Mund, und Maria atmete tief durch. Sie sah sich verständnislos um.

Wie war sie hierhergelangt?

Und wo war sie überhaupt?

»Du armer kleiner Dummkopf. Du kannst dich wohl an nichts mehr erinnern? So hatte ich dich immer am liebsten. Ein bisschen verwirrt und auf mich angewiesen.«

Maria schnappte nach Luft. »Wasser.«

Salvatore hielt ihr eine Plastikflasche hin. »Trink, mein Engel.« Seine Stimme war sanft, aber seine Augen funkelten böse.

Maria schluckte das Wasser, ließ es ihre wunde Kehle hinunterfließen, und trotzdem war die Welt um sie herum danach nicht klarer.

Wo um Himmels willen befand sie sich?

Und warum war sie so benommen?

»Salvatore«, stammelte sie. »Wo kommst du auf einmal her? Und was mache ich hier?«

»Ich komme aus Trapani, woher denn sonst? Und ich bin hier, um dich zurückzuholen.«

»Die Hochzeit.«

»Ein guter Freund gab mir den entscheidenden Hinweis. Wir dachten, du wärest die Braut. Wir wollten dich ursprünglich ohne große Umstände direkt vom Friseursalon Virginia mitnehmen, aber da warst du nicht. Also mussten wir die Situation anders lösen.«

»Braut?« Maria wurde übel.

Gerade noch rechtzeitig reichte Salvatore ihr einen Kübel. Maria übergab sich, und der Raum drehte sich in ungeheurer Geschwindigkeit um sie herum. Irgendwann kam nur noch bittere Galle hoch.

Sie wischte den Schweiß von ihrer Stirn. »Kann ich mir bitte die Zähne putzen?«

Salvatore drückte einen Streifen Zahnpasta auf eine kleine Bürste. »Da.«

Maria spülte sich nach dem Putzen mit Wasser aus der Flasche, die er ihr hinhielt, den Mund aus.

»Piero.« Ihr Herz pochte. »Was hast du mit ihm gemacht? Lebt er?«

»Du meinst den Loser, der nicht imstande war, dich zu beschützen? So ein Dicker hat ihn im letzten Moment zu Boden gestoßen.«

Er musste Guido Lippi meinen. »Ist Lippi verletzt? Ist er tot? Habt ihr jemanden anderen getroffen?«

»Wo denkst du hin? Darum ging es mir nicht. Ich habe einmal in seine Richtung gefeuert, aber sie landeten rechtzeitig am Boden. Die anderen Schüsse gingen in die Luft. Sie galten als Warnung. Sei unbesorgt. Niemand wurde verletzt. Ich wollte nichts anderes, als dich zurückzuholen.«

Maria brach in Tränen aus. »Und was hast du jetzt vor?«

»Jetzt bringe ich dich nach Hause. Wo du hingehörst.«

5

Maddalena lag zugedeckt auf einem Bett oder einer Pritsche.

Um sie herum blinkten blaue, rote und weiße Lichter. Die Matratze war hart wie ein Brett. Ein Fakir hätte das gemütlich gefunden. Es fehlten nur die herausragenden Nägel. Sie unterdrückte krampfhaft ein hysterisch aufsteigendes Kichern.

Ihre Mutter war da und Margherita.

Und andere Leute.

Comandante Scaramuzza stand mit einem weiß gekleideten Arzt etwas abseits und war in ein intensives Gespräch vertieft. Er trug nicht mehr sein Hochzeitsjackett, und das weiße Smokinghemd spannte sich über seinen Rücken und wies riesengroße Schweißflecke auf.

Da war etwas Wichtiges im Gange, und trotzdem kam sie nicht umhin, eine Unmenge an Nebensächlichkeiten zu bemerken. Ein Sanitäter biss in einen Apfel, und der Fruchtsaft lief über sein Kinn. Als sich ihre Blicke trafen, wandte er sich beschämt ab. Sie wollte ihm sagen, dass jeder ein Recht auf eine Pause hatte, bekam aber kein Wort heraus. Eine Frau mit viel zu vielen Knitterfalten um die Augen hantierte an einem Gerät. Es stellte sich als Blutdruckmesser heraus und führte zu einer Manschette um Maddalenas Oberarm, die wie ein Schwimmflügel aufgepumpt wurde und sich dadurch immer enger an ihre Haut klammerte, bis es schmerzte. Dabei fühlte sich ihr Kopf wie ein mit Helium gefüllter Ballon an.

Ihr wurde schummrig.

An ihrem Arm hing ein Infusionsschlauch.

Wahrscheinlich hatte ihr Kreislauf schlappgemacht.

Kein Wunder bei der Hitze und dem ganzen Herumgehetze. Ständig war sie als erste Brautjungfer um etwas gebeten worden. Diesen Job würde sie in ihrem Leben nie wieder übernehmen.

Komisch nur, dass hier alle so ernste Gesichter machten. Aber auch das war für sie nicht wirklich erstaunlich.

Der Comandante tat sich wieder einmal wichtig und war ganz in seinem Element.

Kein Wunder, dass sie sich als Lebenspartner einen wie Franjo gewählt hatte, einen, der vollkommen anders tickte.

Franjo und sie hatten ihre eigene unvergleichliche Art, miteinander zu kommunizieren.

Manchmal reichten Blicke.

Manchmal nicht.

Wie oft hatte sie sich über ihn geärgert?

Hundertmal und wohl noch einmal mehr.

Wo blieb der Kerl bloß?

Da brauchte sie ihn, und er negierte ihren Hitzekollaps, um in der Küche in fremde Töpfe zu schauen. Die kamen schon ohne ihn zurecht.

Gedanken rauschten haltlos an ihr vorbei. Kaum hatte sie einen davon erwischt, schlüpfte er ihr durch die Finger.

Ihre Mutter beugte sich über sie und legte ein kühles Stofftuch auf ihre Stirn, das unerträglich nach Pfefferminze roch.

»Bitte«, flüsterte Maddalena, »nimm das weg. Mir wird davon kotzübel.«

Während sie in die Schale aus Pappe würgte, die Margherita ihr eilig hinhielt, blitzte ein Gedanke in ihr auf, und sie konnte ihn diesmal festhalten.

Es hatte eine Entführung gegeben.

Oder war das nur die von der Contessa erzählte Legende um die schöne Ginevra von Strassoldo, die am Tag ihrer Hochzeit entführt wurde und vor Gram zu Marmor erstarrte, die ihr im Kopf herumgeisterte?

Es war alles so diffus, so unwirklich.

Wieder wurde ihr übel.

Zolis Braut.

Waren da nicht Maskierte gewesen, die sich die Sizilianerin geschnappt hatten?

Sie musste helfen.

Sofort aufstehen, befahl sie sich und wollte sich aufsetzen.

»Maddy.« Die Stimme ihrer Mutter klang so sanft wie selten

zuvor. Nur damals, als sie von Papas tödlichem Unfall erfuhren, hatte sie so mit ihr gesprochen. »Bleib bitte liegen.«

Später, wenn der ganze Rummel um die Entführung von Maria Daidone längst Geschichte war, würden Franjo und sie herzlich darüber lachen.

Franjo hatte so eine Art, ihr die Schuldgefühle zu nehmen, unter denen sie ständig litt.

»Hätte ich es verhindern können, Amore?«

»Tesoro«, entgegnete er, »das war nicht deine Schuld. Als erste Brautjungfer hattest du wirklich anderes zu beachten als eine mögliche geplante Geiselnahme.«

»Franjo«, die Worte strömten nur so aus ihrem Mund, »Franjo, Amore, ich bin immer, sogar im Schlaf, die zuständige Beamtin hier in Grado.«

»Zum Glück, Tesoro, sind wir nicht in Grado, sondern in Strassoldo. Das, mein Liebling, zählt nicht mehr zu deinem Revier.«

Ihre Mutter begann zu weinen, und Scaramuzza kam heran, um seine Frau in die Arme zu nehmen. Margherita, die dicht neben Sibilla saß, strich Maddalena sanft über die Stirn.

Der Arzt, ein kleiner Mann mit sorgenvoll gerunzelter Stirn, kam auf sie zu. Maddalena bemerkte angeekelt seine verschmierten Brillengläser.

»Signora Degrassi.« So, wie er sie ansah, hätte sie ihm am liebsten eine ordentliche Ohrfeige mitten in sein mageres Gesicht verpasst. »Es fällt mir außerordentlich schwer, das zu sagen …«

»Was ist denn passiert? Hatte ich einen Hitzeschlag?«

»Nein. Ihr Verlobter …«, begann der Trottel von Arzt und lief vor Verlegenheit hellrot an.

»Franjo? Der hat einen Hitzeschlag? Und warum verdammt noch mal darf ich nicht zu ihm?«

In diesem Moment trat Scaramuzza an die Seite des Arztes, und die beiden begannen zu tuscheln.

Maddalena schrie den Doktor an: »Jetzt hören Sie doch mit diesem Unsinn auf. Sie verhalten sich lächerlich. Warum reden Sie mit meinem Vorgesetzten und nicht mit mir? Der Comandante hat damit nicht das Geringste zu tun. Schließlich handelt es sich um meinen Verlobten, den ich umgehend zu sehen verlange. Wenn er auch einen Kollaps erlitten hat, will ich bei ihm sein. Und basta.«

»Commissaria, Ihr Verlobter ist tot.«

Jetzt drängte sich zu allem Überfluss auch noch der Comandante neben Margherita und ihre Mutter und legte seine verschwitzte Hand auf Maddalenas Kopf. Es war so eng hier.

»Tot?« Sie stieß Scaramuzzas Hand weg. »Da liegt ein gewaltiger Irrtum vor. Es handelt sich um eine Entführung. Bringen Sie mich bitte unverzüglich zu meinem Verlobten. Was ist bloß mit Ihnen los?«

»Maddy.« Wieder die sanfte Stimme ihrer Mutter, so einfühlsam, dass sie kaum zu ertragen war.

»Mama. Lass mich bitte mit Franjo sprechen.«

»Du stehst unter Schock.« Margherita nahm ihre Hand.

Maddalena entzog sie ihr.

»Kann man der jungen Frau bitte noch eine Spritze oder eine wirksamere Tablette geben?« Das war eindeutig Scaramuzzas brummige Stimme.

»Ihre Stieftochter hängt bereits am Tropf. Benzodiazepine halten wir vorerst für die beste Lösung. Wenn Sie einverstanden sind, bringen wir sie jetzt nach Udine ins Krankenhaus.«

Udine? Wo war sie denn jetzt? Und wo war Franjo?

»Ich begleite meine Tochter nach Udine. Und meine Freundin kommt ebenfalls mit. Wir lassen uns dann später von dort abholen.«

»Natürlich«, pflichtete Margherita Sibilla bei und schnäuzte sich verhalten.

Die Frau mit den vielen Falten um die Augen kam mit einem Blatt Papier in der Hand auf sie zu. Sie wirkte viel kleiner als vorhin beim Blutdruckmessen, und Maddalena erkannte erst jetzt, dass das Nagelbrett, auf dem sie lag, kein Bett, sondern die Trage eines Krankenwagens war. Die Frau stand genau wie der unmögliche Arzt draußen vor der geöffneten Flügeltür.

»Wer ist der oder die nächste Angehörige?«

»Ich bin das. Was wollen Sie noch? Franjo kann Ihnen selbst diese sinnlosen Fragen beantworten.«

Die Frau wandte sich an Sibilla. »Sie erwähnten seine Mutter, ihr müssen wir Bescheid geben. Können wir sie telefonisch erreichen?«

»Nein«, warf Maddalena erbost ein. »Sie werden es doch nicht verantworten, die alte Dame wegen nichts und wieder nichts in Angst und Schrecken zu versetzen. Franjo ruft Mateja schon selbst an.«

Maddalena zog das Laken, das man über ihr ausgebreitet hatte, zur Seite und holte das Handy aus der Tasche ihres Kleides. Dass sie nicht schon längst daran gedacht hatte, Franjo anzurufen.

Dann sah sie die dunkelroten Blutflecke auf dem rosa Stoff.

Es war Margherita, die ihr das Handy abnahm.

Ihrer Mutter strömten die Tränen über das Gesicht, und Scaramuzza wischte mit einem Taschentuch ständig unter seiner großen Nase herum.

»Beltrame«, rief Maddalena, als sie ihre Kollegin am Rettungswagen vorbeigehen sah, »Beltrame, kommen Sie sofort herein zu mir!« Und zum ersten Mal hatte sie das Gefühl, richtig zu reagieren.

»Chefin«, lautete die prompte Antwort, und Rita Beltrame stand vor ihr. Auch ihr Gesicht war von Tränen und Wimperntusche verschmiert. »Ich habe versagt. Zolis Verlobte, ich hatte sie immer im Blick. Nur einen Moment bin ich geistig abwesend gewesen und habe mit einem Kollegen geplaudert. Commissaria, es schien alles harmlos, normal. Es gab keine Vorzeichen.«

»Ja.« Maddalena richtete sich auf. »Aber Rita«, sie zeigte auf ihr blutiges Kleid, »ich möchte Sie jetzt nicht überfordern, ich bitte Sie nur darum, mir die Wahrheit zu sagen. Die anderen drücken sich davor.«

Beltrame trat vorsichtig näher. »Es ist etwas Grauenvolles passiert, Chefin«, sagte sie mit zittriger Stimme. »Franjo. Es war ein Querschläger. Der hat ihn erwischt.«

»Franjo?« Maddalena lachte auf. »Mein Verlobter ist in der Küche, er ist dort, wo er hingehört. Oder? Hat da jemand etwas anderes zu vermelden? Er erlitt einen Hitzeschlag.«

Alle begannen, durcheinanderzureden.

»Bitte verlassen Sie jetzt alle den Rettungswagen, bis auf Sie beide.« Der Arzt zeigte auf Maddalenas Mutter und Margherita.

Maddalena wollte aufstehen, konnte aber nicht, da die Infusion sie daran hinderte.

»Legen Sie sich wieder hin, Commissaria.« Der Tonfall, in dem der Arzt auf einmal mit ihr sprach, hatte eine Schärfe, die ihr unmittelbar die Tränen in die Augen trieb.

»Franjo, bitte lassen Sie mich zu ihm. Ich möchte ihn sehen.«

»Maddalena, sei beruhigt, ich verspreche dir, mich um alles zu kümmern. Und du wirst die Gelegenheit bekommen, dich von deinem Verlobten zu verabschieden.« Scaramuzza sah sie ernst an und hielt ihr dann seine Hand hin.

Und Maddalena schlug ein.

6

Enrico war noch nicht in der Nähe seines Freundes, als sein Handy läutete.

Salvatore.

Er blinkte und bog in die nächste Parkbucht ein. Vorsicht überprüfte er, ob ihm jemand gefolgt war. Aber die Autos fuhren an ihm vorbei, ohne dass jemand Notiz von ihm nahm.

Erst als sein Herzschlag sich beruhigt hatte, wählte er Salvatores Nummer.

»Ich dachte schon, du meldest dich nicht. Wenn ich anrufe, gehst du ran, Enrico. Verstanden? Und zwar pronto.«

»Ja«, stammelte er ertappt, »ich wollte bloß kein unnötiges Risiko eingehen. Beim Fahren telefonieren geht gar nicht. Ich musste eine ruhige Stelle finden. Worum geht es?« Eine unangenehme Vorahnung beschlich ihn.

»Es ist etwas schiefgelaufen. Der Mann, der mir das Boot bringen sollte, wurde angehalten und befragt.«

»Angehalten?« Enrico musste schlucken.

»Was sonst? Die Polizisten halten alle möglichen Fahrzeuge auf. Sie sind auf der Suche nach Maria. Es war eine Routinebefragung, und trotzdem hat er Schiss bekommen.«

»Und was habe ich damit zu tun?«

»Es gibt eine Planänderung. Du fährst jetzt zur Marina Julia, steigst in das Boot und kommst über das Meer in den Kanal zum Fischerdorf. Dort suchst du dir einen geeigneten Liegeplatz.«

Enrico überlegte. Die kleine Bucht mit der Marina in der Nähe von Monfalcone kannte er gut. Viele Windsurfer flogen dort über die Wellen. War es jetzt windig? Die Bäume am Straßenrand zeigten die silbrig schimmernden Rückseiten ihrer Blätter. Das taten sie nur, wenn Wind aufkam.

»Hallo! Bist du noch da?«

»Ja. Klar. Salvatore, was für ein Boot ist das überhaupt?« Enrico versuchte, ruhig zu bleiben.

»Ja glaubst du, ich fahre mit einem Katamaran oder einem Ruderboot bis nach Isola in Slowenien? Es ist ein Schlauchboot mit Außenbordmotor.«

»Mit so etwas bin ich noch nie gefahren. Ich habe doch gar kein Küstenpatent. Wie viel Benzin braucht man? Und welche Sorte?«

»Depp. Die Reservekanister stehen unter einer Plane im Boot, und der Tank ist bereits gefüllt. Mach jetzt bitte keinen auf zitternden Angsthasen.«

»Nein, natürlich nicht. Das werde ich schon schaffen. Glaube ich.« Enrico schaute durch das Autofenster zum Himmel hinauf. Dunkle Abendwolken überdeckten das Blau, das ihn an das Meer, den Kanal und an die Gefahren, die ihm darauf drohten, denken ließ.

»Du musst es sicher herbringen. Da geht kein Weg dran vorbei. Sonst hänge ich hier fest. Und die Bullen schnappen mich. Du bist dann mit von der Partie. Das garantiere ich dir. Also leg einen Zahn zu, bevor es ganz dunkel wird.«

Das klang schlimm, und Enrico fuhr sich mit beiden Händen durch das schüttere Haar.

»Es ist keine Weltumsegelung, also beeile dich. Ich muss Maria noch etwas spritzen, sie wird schon unruhig. Kann sein, dass ich das Boot schneller brauchen werde als gedacht.«

»Ich gebe mein Bestes.«

Wieder auf der Straße, wischte sich Enrico den Schweiß von der Stirn.

7

Guido Lippi war kein Feigling.

Zumindest würde er sich selbst nie als solchen bezeichnen. Jetzt aber war ihm zum Heulen zumute.

Die Commissaria war mit ihrer Mutter auf dem Weg nach Udine ins Krankenhaus.

So aufgelöst hatte er seine Chefin noch nie zuvor erlebt. Sie schien in eine Welt abgedriftet zu sein, in der die grausame Realität sie nicht erreichte.

Er maßte sich nicht an, zu entscheiden, ob das gut oder schlecht war. Irgendwann würde sie ja doch begreifen, was tatsächlich geschehen war.

Franjo war tot.

Erschossen, kurz nachdem die Degrassi ihre bevorstehende Vermählung bekannt gegeben hatte. Die Hochzeit wäre am Geburtstag der Commissaria gewesen.

Das Handy in seiner Hosentasche vibrierte.

Es war Stella. Sie hatte wohl die Nachrichten gehört.

»Mit mir ist alles okay«, unterbrach er sie hastig, noch ehe sie ein Wort herausbrachte.

Der Comandante eilte auf ihn zu. »Lippi. Wir beide bilden jetzt ein Team. Hören Sie mir zu, wir binden Zoli in die Ermittlungen ein. Erstens brauchen wir jede Person, und zweitens lenkt ihn die Arbeit davon ab, selbst Maßnahmen zu ergreifen und im Alleingang womöglich Dummheiten zu begehen. Hatten wir alles schon mit Fanetti. Trommeln Sie unsere Mannen zusammen, ich informiere inzwischen mit Comandante Colombo die Einsatzleiter der anderen Polizeidienststellen. Wir treffen uns in fünf Minuten im kleinen Salon und besprechen dort das weitere Vorgehen. Arturo!«, rief Scaramuzza und eilte zu Fanetti hinüber.

Schwer atmend lief Lippi los, um seine Kollegen zu suchen.

Rita Beltrame fand er als Erstes. Sie berichtete ihm, dass die unterstützenden Einheiten einen Großteil der Zeugenaussagen bereits protokolliert hatten. Die Hochzeitsgäste wurden alle einzeln befragt und durften dann nach Hause fahren, sofern sie dies wünschten. Ein Team von Psychologen war eingetroffen, um den teils traumatisierten Personen Hilfe anzubieten. Außerdem hatte die Contessa alle noch unbelegten Zimmer im Schloss zur Verfügung gestellt und weitere Unterkünfte im Dorf vermitteln können. Sie organisierte die Transfers der Gäste mit der Unterstützung hilfsbereiter Einwohner und deren Fahrzeugen und verständigte auf Wunsch Familienangehörige.

Leonardo Morokutti, ein Commissario aus Triest, der Maddalena gut kannte, war mit einer Ärztin unterwegs zu Franjos Mutter.

Im kleinen Salon waren vom Servicepersonal Getränke und belegte Brötchen vorbereitet worden.

Comandante Scaramuzza, der selbst gewaltig unter Schock stand, wie Lippi feststellte, zeigte sich von seiner kollegialen Seite. »Leute«, sagte er und klopfte auf den Tisch. »Seid ihr bereit?«

Alle verstummten und sahen ihn erwartungsvoll an.

»Wir bilden eine Sonderkommission. Alle Infos laufen über Lippi und mich. Einsatzzentrale ist das Kommissariat in Grado. Wir fahren jetzt direkt dorthin, denn dort haben wir alles, was wir für die Suche nach Maria Daidone brauchen. Hier halten Commissario Matteo Caneo und Comandante Colombo aus Görz die Stellung.«

Lippi kannte den Kollegen Caneo von verschiedenen Schulungen und wusste, dass seine Chefin mit den oft eigentümlichen Ansichten des schrullig wirkenden Mannes einige Probleme hatte. Wenn seine Commissaria wieder im Vollbesitz ihrer geistigen Kräfte war, würde sie sich über Caneos Stellung hier in Strassoldo nicht wirklich begeistert zeigen.

Piero Zoli gab einen eigentümlichen Laut von sich, und erst da kam Lippi zu Bewusstsein, dass der Kollege die ganze Zeit über in sich zusammengesunken neben ihm gesessen hatte.

»Piero«, sagte er. »Es tut mir leid. Aber wir kriegen das Schwein.«

Sofort pflichtete Fanetti ihm bei: »Onkel Muzzi«, er machte

eine Kunstpause und fuhr dann fort, »und Sie, Lippi, wir alle holen uns Ihre Maria zurück. So viel steht fest.«

Auf Scaramuzzas Stirn stand der Schweiß.

Lippi machte sich nichts vor, das hier würde ein hartes Stück Arbeit werden.

8

Maddalena fuhr aus einem unruhigen Dämmerschlaf hoch.

In den Untiefen ihres Unterbewusstseins geisterten verstörende Traumfetzen umher, die sich auflösten, sobald sie die Hand nach ihnen ausstreckte. Es fühlte sich an, als spielte sie Jo-Jo und umklammerte das Ende einer Schnur. Jedes Mal, wenn sie die bunte Scheibe beinahe zu fassen bekam, schnellte sie zurück nach unten und federte wieder hoch.

»So wird das nichts«, murmelte sie und wunderte sich über den verwaschenen Ton ihrer Stimme.

Bin ich betrunken, fragte sie sich und sah in das erschrockene Gesicht ihrer Mutter.

»Maddy. Du bist wach.«

»Was denn sonst? Glaubst du, ich schlafe auf deinem Fest ein?«

»Maddalena, möchtest du einen Schluck Tee? Das hilft immer.« War das Margheritas Stimme?

Kalendersprüche und Tees waren jetzt so ziemlich das Letzte, was sie brauchte.

Jetzt lag das schmeichelnd glatte Jo-Jo in ihrer Hand. Sorgsam betrachtete sie die chinesischen Schriftzeichen auf der Seite und versuchte, ihre Bedeutung zu ergründen.

»Ervinio … Ernesto …« Sie wusste, dass sie etwas Wesentliches übersehen hatte.

Man hätte den Boten gleich holen müssen.

»Meinst du F…«, hob ihre Mutter an, wurde aber sofort von Margherita am Weiterreden gehindert.

»Psst, so lass sie doch. Sie ist noch nicht ganz munter. Ich suche mal nach der Ärztin.«

»Keine Ärztin. Ich brauche mein Telefon.« Maddalena sah an sich hinab und griff nach dem Stoff des weißen Nachthemdes. »Wohin habt ihr das abscheuliche Kleid getan? Hoffentlich entsorgt.«

Ihre Mutter und Margherita wechselten einen Blick.

»Wen möchtest du anrufen?«

Stellten die sich nur so blöd, oder waren sie es wirklich? Träumen tat sie jedenfalls nicht, dazu schmeckte der Tee, den sie ihr trotz ihrer Weigerung einflößten, zu bitter.

Und es roch nach Krankenhaus.

Maddalena tastete ihren Kopf ab.

Kurz hatte sie vermutet, gerade nach ihrem Motorradunfall aus dem Koma erwacht zu sein. Aber sie spürte keinen Verband, und ihre Haare waren nicht wegrasiert.

Ihre geliebte Moto Guzzi fiel ihr ein. Die wäre bereit für den Schrottplatz, hatte es bloß geheißen. Entsorgt hatten die beiden Idioten ihr Motorrad, ohne sie zu fragen. Miroslav und Franjo …

Irgendetwas war mit Franjo.

»Franjo.«

»Du wolltest dein Telefon?« Margherita klang vernünftig. »Hier. Soll ich jemanden für dich anrufen?«

»Ja, bitte. Rita Beltrame. Ihre Nummer ist unter meiner Dienststelle eingespeichert.«

Margherita suchte in der Anrufliste und tippte auf einen Namen. Dann reichte sie Maddalena das Telefon.

Beltrame hob sofort ab, so als hätte sie auf den Anruf gewartet. Sie klang allerdings alles andere als vernünftig.

»Chefin, ist es nicht noch zu früh?«

»Beltrame. Reißen Sie sich zusammen. Ervinio … Ernesto … verdammt noch mal, mir fällt der Name nicht ein. Es geht um die Entführung. Wir haben doch beim Brautjungfernabend darüber gesprochen.«

»Enrico. Ja, wegen dem Paketzusteller hatten wir Virginia Belmonte, die Friseurin, angerufen.«

Maddalena atmete auf.

Sie war also nicht verrückt geworden.

An das Telefonat konnte sie sich genau erinnern, anderes zerfloss an den Rändern ihrer Wahrnehmung.

»Ginevra hatte uns davon erzählt. Das war vor ihrer Entführung.«

Beltrame reagierte verwirrt. Sie zögerte kurz, dann korrigierte sie: »Commissaria. Maria Daidone wurde entführt. Ginevra Missoni ist wohlauf. Sie befindet sich unversehrt in Fanettis Wohnung.«

»Ja, ja. Ich … das Schloss von Strassoldo, die Hochzeit. Da wurde die schöne Ginevra entführt.« Irgendwie brachte sie alles durcheinander. Die Medikamente machten sie völlig konfus.

Sie bekam mit, dass Beltrame mit jemandem flüsterte.

Dann sprach eine Männerstimme ins Telefon. »Maddalena. Alle Achtung. Eine vorzügliche Idee. Wir sind schon dabei, die Adresse des Boten ausfindig zu machen. Danke für den Hinweis. Und jetzt schläfst du eine Runde und gibst deiner Mutter das Telefon.«

Das war eindeutig Comandante Scaramuzza, der mit ihr sprach.

Mein Stiefvater, dachte Maddalena und schloss erschöpft die Augen.

Wieder wanderte sie durch ein Reich aus Schatten, in dem schöne Jungfrauen verschwanden und zu Stein erstarrten und edle Prinzen erstochen wurden.

9

Enricos Blick fiel auf die wogenden Pinien und die Bäume mit den silbern schillernden Blättern. Waren das Pappeln? Er wusste so vieles nicht. Hoffentlich kündigte der Wind kein Unwetter an.

Zum Glück war es noch hell genug, um den Weg zum Boot zu finden.

Eine Polizeistreife fuhr schnell an ihm vorbei, und aus einem Impuls heraus drückte Enrico auf den Einschaltknopf des Autoradios.

Überall Nachrichten, dabei hätte ihm ruhige Musik gutgetan.

Dann hörte er etwas, das ihn zutiefst entsetzte.

Was sie getan hatten, das, was Salvatore pathetisch als »die Rettung« seiner Braut bezeichnete, wurde als Entführung betitelt und war trotzdem das kleinere von zwei schweren Verbrechen.

Es ging um Mord.

Es hatte einen Toten gegeben!

Eine Kugel hatte den Verlobten der Gradeser Commissaria Maddalena Degrassi erwischt.

Das furchtbare Ende eines skrupellosen Überfalls zur Entführung der Braut des Polizeibeamten Piero Zoli.

Nach ihnen, den Tätern, wurde gefahndet.

So lauteten die aktuellen Meldungen auf allen Sendern. Eines aber setzte alldem noch die Krone auf: Sie waren anscheinend in die Vermählungsfeier keines Geringeren als des Comandante der Polizei von Grado persönlich geplatzt, und nun klebte sicher die halbe Hochzeitsgesellschaft in Ausübung ihres Berufes dicht an ihren Fersen. Dümmer hätte es wohl nicht laufen können.

Es war von nichts anderem mehr die Rede als von ihrem Verbrechen.

Sie hatten einen Mann erschossen.

»Nein!« Enrico schrie zornig auf. »Oh mein Gott. Das ist ein Alptraum.«

Auch wenn er sich mit dem Rechnen und der Konzentration

im Allgemeinen schwertat, eines war ihm sonnenklar: Über kurz oder lang würde die Polizei auf ihn kommen.

Er war schließlich im Friseurladen gewesen. Signora Belmonte würde eins und eins zusammenzählen, sobald sie die Nachrichten hörte. Sie würde mit Sicherheit schneller zum Telefon greifen, als sie jemals Lockenwickler in die Haare ihrer Kundinnen gedreht hatte.

Er musste so rasch es ging zu seiner Wohnung und das Notwendigste in einen Koffer werfen.

Erst als er sich vergewissert hatte, dass in den Straßen, die sein Wohnhaus umgaben, keine Polizeifahrzeuge warteten, parkte er etwas abseits und spazierte leise vor sich hin pfeifend den Gehweg entlang.

Im Stiegenhaus begegnete er niemandem. Aus den Wohnungen seiner Nachbarn klangen gedämpfte Stimmen.

Rasch zog er die Tür hinter sich ins Schloss und begann, zwei Rucksäcke zu packen. Mit den geschulterten Gepäckstücken verließ er, ohne gesehen zu werden, die Mietskaserne.

Unten auf der Straße kickte ein Kind, dem er schon ein paarmal begegnet war, einen Gummiball gegen die Hausmauer.

Als es ihn bemerkte, hörte es damit auf.

»Machst du Urlaub?«, fragte der kleine Junge neugierig.

»Wenn es nur so wäre.« Enrico durfte seine Geschichte nicht ändern. »Leider muss ich für eine Weile ins Krankenhaus.« Er wies auf die Rucksäcke.

»Bist du ansteckend? Scharlach oder so?«

»Nein.« Enrico verkniff sich ein Lachen. »An dem, was ich habe, kannst du dich nicht anstecken. Es ist auch keine Kinderkrankheit.«

»Ach so«, sagte der Kleine enttäuscht und nahm sein monotones Ballspiel wieder auf.

Was nun?

Halte dich an den Plan, sagte er sich ein ums andere Mal.

In dem Moment sah er sie.

Mit rotierendem Blaulicht bogen sie um die Ecke.

Die Bullen fuhren geradewegs auf sein Wohnhaus zu.

10

Robby saß vor dem Fernsehapparat und konnte nicht glauben, was sie da sah und hörte.

Ihr Mann stand hinter ihr und strich ihr zärtlich durchs Haar. Sacht legte er seine Hand auf ihre Schulter und ließ seine Finger langsam unter den Kragen ihres Poloshirts gleiten.

»Lass das!«, fuhr sie ihn an und stieß seine Hand weg.

»Warum so aggressiv, mein Schatz? Das ist doch sonst nicht deine Art.«

Er umfasste ihre nackte Brust und drückte fest zu.

»Au! Du tust mir weh.« Robby boxte mit dem Ellbogen nach hinten. Der Stoß traf seinen Bauch, und unmittelbar ließ er sie los. »Was fällt dir ein?« Sie sprang hoch und atmete laut durch die Nase aus.

»Du willst ja nie mehr mit mir ins Bett. Also wollte ich ein unmissverständliches Zeichen setzen.« Er sah sie schuldbewusst an. »Ich weiß selbst, dass das eben von mir nicht richtig war. Aber ich habe mal nachgerechnet. Unser letzter Sex liegt schon Monate zurück.«

»Ja, allerdings, fast ein ganzes Jahr.« Robby beobachtete, wie er den Fernsehapparat ausschaltete und sich ihr gegenüber auf die Couch setzte.

»Was ist los mit dir? Ekelst du dich vor mir? Oder hast du einfach die Lust verloren? Sind es deine Hormone? Früher warst du ganz wild auf mich.«

Um Zeit zu gewinnen, stand sie auf und holte eine Flasche Weißwein aus dem Kühlschrank. »Lass uns ein Glas trinken und reden.«

Er sah sie auf eine merkwürdige Art an, und Robby überlegte kurz, ob er nun hoffte, der Alkohol würde sie enthemmen. Doch weit gefehlt.

»Weißwein? Du weißt doch, davon bekomme ich Magenkrämpfe. Aber das wäre ja nicht die einzige Sache, die dir entfallen ist.«

»Dann nimm dir ein Bier oder was vom Roten.«

Schließlich saßen sie bei einer Flasche Teran zusammen, und Robby brach in Tränen aus.

»Liebes.« Er reichte ihr ein Stück Papier von der Küchenrolle. »Das wird schon wieder. Vielleicht spielen deine Hormone wirklich verrückt. Könnte es sein, dass du dich vorzeitig in der Menopause befindest?«

»So ein Blödsinn! Es ist der Tod von diesem Koch aus dem Restaurant oben im Karst, der mich traurig macht. Wir haben den Wein damals dort bei ihm gekauft. Er empfahl ihn uns wegen des roten Karstbodens.«

»Stimmt. Ich erinnere mich. Richtig gekannt haben wir den Koch aber nicht.«

»Na und?« Sie warf ihm einen verächtlichen Blick zu. »Man muss jemanden nicht *richtig* kennen, um traurig zu sein. Er ist, nein, er war doch der Verlobte unserer Commissaria aus Grado. Die Arme liegt mit einem Schock im Krankenhaus, sagen sie. Die Tragödie soll bei der Hochzeit des Polizeichefs passiert sein.«

»Hier in Grado? Warum hat man ihren Verlobten denn erschossen? War er in etwas Kriminelles verwickelt?«

»Nein. In Strassoldo ist es passiert. Und es ging gar nicht um den Koch. Der war ein Zufallsopfer. Man hat eine Frau entführt, und er kam im Schusswechsel um. Schaust du denn keine Nachrichten?«

»Das muss ich überhört haben. Klingt schlimm.« Er räusperte sich unbehaglich.

»Deine Arbeit und die Fußballresultate sind wohl das Einzige, wofür du dich interessierst.«

»Robby, hör auf damit. Ich habe übrigens eine Idee, warum du in letzter Zeit so abwesend und gereizt bist.«

Hellhörig geworden, streckte Robby ihren Rücken durch. Jetzt würde es kommen. Er wusste von ihrer Affäre mit Bobby. Das bestätigte ihren Verdacht, beobachtet worden zu sein. Ihr Mann hat ihnen einen Detektiv nachgeschickt.

Er sah sie ernst an. »Es liegt daran, dass wir es nicht geschafft haben, schwanger zu werden. Stimmt das?«

Erleichtert und zornig zugleich leerte Robby ihr Glas.

Ja, das war einmal ein Thema zwischen ihnen gewesen.

»Blödsinn. Damit habe ich längst abgeschlossen.«

Er schenkte ihr nach. So aufmerksam war er selten.

»Machst du dir Sorgen, den Job nach der Probezeit nicht zu behalten? Ist es das?«

»Reden wir bitte nicht über meine Arbeit.«

Robby stand auf. Sie ging ins Bad und sperrte sich ein.

Jetzt würde sie es tun.

Schon viel zu lange hatte sie es aufgeschoben. Bereits vor vierzehn Tagen hatte sie die weiße Schachtel in der Apotheke gekauft.

Vor dem Fenster ihres Badezimmers wirbelte der Wind Blätter durch die Luft. Wann hatte das Wetter umgeschlagen? Bei all ihrem Kummer war ihr das völlig entgangen.

Es klopfte.

»Robby, alles in Ordnung?«

»Was soll denn sein? Ich dusche mich nur und komme dann ins Bett.«

»Ich meine nur, weil du dich eingeschlossen hast. Ist doch sonst nicht deine Art.«

»Lass mich einfach in Frieden.«

Sie legte ihr Ohr an die Tür und hörte, wie er ins Schlafzimmer ging.

Zur Sicherheit drehte sie den Wasserhahn in der Dusche auf.

Das Blut pulsierte in ihren Adern, als sie die Packung öffnete. Die Gebrauchsanweisung musste sie nicht studieren. Der Inhalt war ihr bekannt.

Eine Zeit lang war sie geradezu süchtig danach gewesen, auf den Streifen mit dem Sichtfenster aus Plexiglas zu urinieren und abzuwarten, wie die Würfel fielen. Danach würde sie Bescheid wissen und ihr Leben vielleicht aus einem neuen Blickwinkel betrachten.

Vorerst ging es bloß darum zu pinkeln.

Die Verkrampfung ihrer Blase löste sich erst beim Plätschern des Wassers aus der Dusche.

Die Minuten bis zum Ergebnis dehnten sich in schiere Unendlichkeit. Robby nagte an der Haut um ihren Daumen, bis sich der metallische Geschmack von Blut in ihrem Mund ausbreitete.

Sie hielt den Atem an und starrte auf den Teststreifen.

Blau war die Farbe des Meeres.

Blau war die Farbe des Sommerhimmels.

Blau war die Farbe von Bobbys Augen.

Und dieses Blau hier war die Farbe ihrer Liebe.

Robby erwartete ein Kind von Bobby.

11

»Wo bleibt der Kerl so lange?«

Maria öffnete ihre Augen.

Es war dämmrig, und über ihren Blick hatte sich ein feiner Schleier gelegt.

Aber sie vermochte wieder klarer zu denken.

Welcher Kerl?

Piero?

Kam Piero?

Hatte Salvatore Lösegeld verlangt?

»Ach? Gut. Die Prinzessin ist aus ihrem Dornröschenschlaf erwacht.«

»Mhmm«, machte Maria gegen den Knebel in ihrem Mund.

»Wenn du diesmal versprichst, brav zu sein, mein Engel, dann gibt es einen zweiten Versuch. Falls du dich allerdings wieder unterstehst, mich austricksen zu wollen, bleibt dein Mund für lange Zeit geschlossen. Hast du mich verstanden?«

Maria nickte und wappnete sich gegen den brennenden Schmerz. Doch was war dieses kurze Weh gegen die Verzweiflung, die sie erfasst hatte?

»Ich hätte es wissen müssen.« Salvatore griff mit seinen Fingern in ihren Mund und zog am Knebel. Irgendwie rutschte der Stoff dabei noch ein Stück tiefer in ihre Kehle, und Maria begann zu würgen. Ich ersticke, dachte sie und wurde von Panik überrollt. Aber dann strömte Luft in ihre Lungen, und sie schnellte hoch. Unbeeindruckt von ihrem Erstickungsanfall sprach Salvatore weiter. »Mit einem Dummkopf arbeitet man nicht zusammen. Schon längst hätte er da sein sollen.«

»Piero?«, flüsterte Maria. Der Gedanke, dass ihr Verlobter mit dieser Sache etwas zu tun haben konnte, ließ sie innerlich erstarren.

»Piero? Vergiss diesen Idioten. Ich rede von dem Trottel, der mir einreden wollte, du würdest heiraten und nicht der Chef der Polizei. Ein Schwachkopf eben.«

Salvatore verstummte und griff nach seinem Telefon, das zu brummen begonnen hatte.

»Wo bist du?«

Er überprüfte, ob es eine Verbindung gab.

»Rede mit mir.«

Anscheinend tat sich nichts, denn Salvatore schüttelte zuerst das Handy, als würden dadurch die Worte herausfallen, dann den Kopf.

Wieder hob er das Gerät ans Ohr und hörte aufmerksam zu.

Marias Verkrampfung löste sich, sie versuchte zu verstehen, was da gesprochen wurde. Es ergab für sie keinen Sinn.

»Erschossen? Bist du sicher?«

Salvatore zeigte erste Anzeichen von Nervosität. Seine Gesichtshaut spannte sich über den Backenknochen, und seine Nasenflügel bebten.

Marias Herz trommelte wie verrückt.

Hatten sie Piero erwischt?

Es konnte nur er sein. Er war so ein Unglücksrabe. Sie spürte Tränen ihre Wangen hinabrollen.

»Mir egal«, zischte Salvatore, der sich wieder einigermaßen im Griff hatte. »Kollateralschaden nennt man das im Krieg. Und in dem befinden wir uns. Hörst du? Alles läuft wie vereinbart. Dann musst du eben wandern und im Dreck schlafen. Pass nur auf, dass die Flut dich nicht wegspült.«

Er legte auf und zeigte Maria den Vogel. »Ruft an, sagt nichts. Schnauft und schnappt nach Luft. Hat alles verbockt, was nur geht. Und jetzt auch noch der Tote. Auf nichts kann man sich verlassen.«

»Tot? Wer ist tot?« Maria hob ihre gefesselten Hände und versuchte, die Tränen von ihren Wangen zu wischen.

»Bedeutungslos.«

»Piero?«

»Den hätte die Kugel erwischen sollen. Tat sie aber nicht.«

Die Erleichterung war Maria deutlich vom Gesicht abzulesen.

Piero lebte.

Aber dann verstand sie und schämte sich für ihre Glückseligkeit. Ein anderer hatte für ihn sterben müssen. Ein Hochzeitsgast.

»Wer?« Ihre Stimme gehorchte ihr kaum.

»Tut nichts zur Sache.«

»Wie geht es weiter, bitte rede mit mir.«

Maria hasste den bettelnden Singsang, in dem sie zu ihm sprach.

»Wir bleiben vorerst hier. Aber habe ich dir das alles nicht schon zig Male erklärt? Hörst du denn überhaupt zu?«

»Bitte.«

»Soll ich dir noch eine Tablette geben, wird es damit leichter für dich?«

»Bitte nicht. Nein. Sag mir noch einmal, was wir vorhaben. Ich verspreche dir, genau hinzuhören.«

»Wir, mein Engel, warten, bis die erste Aufregung sich gelegt hat. Dann steigen wir ins Boot.«

»Wir fahren mit einem Boot nach Sizilien?«

»Natürlich nicht. Es ist alles genau geplant. Mach du dir mal keine Gedanken.«

12

Enrico hastete an den Häusern entlang, verbarg sich immer wieder im Schatten einer Einfahrt, und erst als er sicher war, dass die Polizisten in den Einsatzfahrzeugen ihn nicht bemerkt hatten, ging er zum Auto.

Nachdem er Salvatore angerufen und ihm von der Fahndung wegen Mordes berichtet hatte, fuhr er zu einer Tankstelle mit Selbstbedienung und putzte das Auto gründlich. Anschließend stellte er den Wagen seines Freundes auf dessen Parkplatz ab und legte den Schlüssel in das Handschuhfach.

Ein wenig verzagt, trottete er mit gesenktem Kopf und den schweren Rucksäcken über den Schultern zur Haltestelle. Im überdachten Häuschen setzte er sich auf die Bank, zog sein Handy aus der Hosentasche und wählte abermals die einzige eingespeicherte Nummer.

Salvatore hob sofort ab. »Enrico, du Narr! Du solltest doch den Akku nicht überfordern. Ich muss dich erreichen können. Was, wenn dir der Saft ausgeht?«

»Ich warte auf den Bus.«

»Sag, tickst du noch richtig? Du solltest dich eiligst zu Fuß auf den Weg zum Boot machen. Und nicht auf den blöden Bus nach Pordenone warten.«

»Nein. Nicht auf den nach Pordenone. Ich muss nach Marina Julia fahren, um zum Boot zu kommen.«

»Es ist doch nicht so weit. Geh zu Fuß. Es darf sich niemand an dich erinnern. Und melde dich erst wieder, wenn du beim Boot bist.«

»Ich wollte doch nur fragen, in welcher Richtung ich suchen muss. Im Osten oder im Westen?«

Enrico stand der Schweiß auf der Stirn, und er begann sich über Salvatore zu ärgern. Er hatte getan, was von ihm verlangt worden war, und befand sich nun in den allergrößten Schwierigkeiten.

Vielleicht sollte er es hier auf der Stelle beenden und sich stellen?

Aber dann käme alles heraus. Von seiner Mithilfe bei der Entführung wussten sie ohnehin. Die Sache aus Sizilien mit dem Geisterfahrer, der Enricos Mutter auf dem Gewissen hatte, die kannten sie aber vermutlich nicht. Und das sollte auch so bleiben. Außerdem hatte er eine Höllenangst davor, Salvatore zu verpfeifen. Es würde ihn sein Leben kosten.

Enrico riss sich zusammen. Er musste einen kühlen Kopf bewahren. Das hieß, er sollte eiligst zum Boot und es Salvatore übergeben. Danach war er frei.

Frei? Nun, das wäre er erst, wenn er den Bauernhof bei Pordenone erreicht hatte und seine neuen Papiere in der Hand hielt.

Jetzt musste er sich beeilen, die Nacht brach herein. Einerseits war das gut, weil er sich in der Dunkelheit besser verbergen konnte, andererseits fragte er sich, wie er es bei seinem schlechten Orientierungssinn schaffen sollte, das Boot zu finden.

Falls es ihm gelang, stand er zudem vor einer weiteren Herausforderung: Er musste dieses Boot auch steuern und die richtige Abzweigung in den Kanal finden.

Eins nach dem anderen, hatte ihm seine Mutter immer vorgebetet, wenn er im Begriff war, den Kopf zu verlieren. Daran konnte er sich jetzt festhalten.

Nach einem Fußmarsch von circa einer Stunde erreichte er die Marina Julia. Sein Rücken schmerzte. An den Fersen seiner Füße hatten sich Blasen gebildet.

Der Parkplatz, auf dem er stand, war groß und fast leer. Zu seiner Linken ragten drei Hochhäuser in den Nachthimmel, rechts von ihm konnte er nur Buschwerk erkennen.

Eine breite Steintreppe führte einen schmalen Damm hinauf.

Oben hielt Enrico die Luft an.

Das Meer breitete sich schier endlos weit vor ihm aus, und am Horizont schimmerten die Lichter vorbeifahrender Schiffe.

Wäre doch alles anders, es könnte so schön sein, dachte er bekümmert.

Im Westen, hatte Salvatore gesagt, also musste Enrico von seinem Standpunkt aus betrachtet nach rechts den Strand entlanggehen.

Die Mondsichel und ein paar Sterne spendeten fahles Licht.

Am liebsten hätte er auf einen Knopf gedrückt und alles zurück auf Anfang gestellt. *Reset.* Niemals wäre er bei Salvatores Anruf drangegangen, hätte er da bereits gewusst, was passieren würde. Doch wahrscheinlich war das ganze Grübeln pures Wunschdenken. Salvatores Männer hätten ihn so oder so aufgespürt. Daran bestand nicht der geringste Zweifel.

Enrico wäre nicht fähig gewesen, den Lauf der Dinge zu verändern.

»Sei's drum«, flüsterte er leise in die Nacht, und eine Möwe gab unverständlich Antwort.

Die beiden Rucksäcke hingen schwer an seinen Schultern.

Außer ihm war hier so spät niemand mehr unterwegs. Eigentlich hatte er mit Teenagern gerechnet, die um offene Feuerstellen saßen. Biertrinkend, würstchengrillend und liedersingend, junge Leute aus der Umgebung.

Nach einiger Zeit ging der Strand in Schlacke über, und Enrico stolperte über Steine, Zweige und Sonstiges, das die Flut angetrieben hatte. Das Gehen wurde zusehends beschwerlicher.

Das Meer hatte sich weit zurückgezogen, und es roch nach Krabben, toten Fischen und Muschelzeug.

Neben ihm wurde das Strauchwerk dichter und ließ keinen Blick mehr auf Dahinterliegendes zu. Irgendwo da drinnen musste das Boot sein.

Mit wild klopfendem Herzen zwängte er sich durch das Buschwerk. Sofort spürte er kleine Tiere unter dem Saum der Hose an seinen Beinen entlangkriechen. Spitze Nadeln von irgendwelchen Pflanzen stachen durch den Stoff hindurch in seine Haut, und Enrico wäre am liebsten davongelaufen.

Ungeschickt suchte er auf seinem Handy nach der Taschenlampe und leuchtete ins Gebüsch. Zuerst sah alles gleich aus, Gestrüpp und Zweige.

Dann hoben sich die Umrisse eines Bootes aus der Nacht.

»Endlich, ich habe es gefunden.«

Es war mit einer Plane zugedeckt, und er atmete erleichtert aus. Alles war genau so, wie Salvatore es ihm beschrieben hatte.

Kein Grund zur Panik. Auch diese Etappe hatte er geschafft.

Er war stolz auf sich.

Er hob das Plastik an einer Seite hoch und spähte ins Boot. Benzingeruch stieg ihm in die Nase.

Auch das hatte also geklappt, dunkle Kanister warteten auf ihre Verwendung.

Enrico setzte sich auf den Bug des Bootes und holte eine Scheibe Brot, Käse und eine Flasche Wasser aus seinem Rucksack. Dass er daran noch gedacht hatte!

Sein Magen knurrte laut, und er hatte das Gefühl, als würde auf dieses Geräusch ein Tier aus dem Dickicht antworten.

Schnell verzehrte er seine karge Mahlzeit. Nichts wie weg von hier.

Die Erkenntnis traf ihn unerwartet.

Es war gerade Ebbe. Er würde das Boot wer weiß wie lange zum Meer schleppen müssen.

Nein, so funktionierte das nicht. Abermals wählte er Salvatores Nummer.

Es klingelte und klingelte, aber niemand hob ab.

13

»Gute Arbeit.« Der Comandante klopfte ihm auf die Schulter. Im ersten Moment dachte Lippi, der Alte würde ihn verhöhnen, aber dann bemerkte er sein freundliches Lächeln. Etwas, das sie alle selten zu sehen bekamen.

»Wir konnten so nicht länger herumlaufen, deshalb dachte ich«, er wies auf einen Stoß T-Shirts in X-Large, »ich fahre kurz daheim vorbei und hole etwas zum Umziehen. Die dürften jedem passen.«

Unlängst hatte er im Outlet bei Palmanova bei einem Billigstanbieter zwölf dieser Standardshirts gekauft und sich darüber geärgert, nur noch in die Übergröße zu passen.

»Leute«, sagte der Comandante, und seine Stimme hatte wieder den vertrauten barschen Ton, »zieht euch um. Im schmutzigen Festgewand lauft ihr mir nicht herum.«

Er selbst hatte seinen Frack längst abgeworfen und die Ärmel seines mit Franjos Blut befleckten Hochzeitshemdes hochgeschoben.

Zoli nahm sich als Erster ein Shirt, und Beltrame tat es ihm nach.

Fanetti verzog säuerlich seinen Mund. »Wir sollen alle eins anziehen?«

»Ja«, donnerte Scaramuzza, »es ist dem Anlass angemessen und soll uns überdies ein Gefühl der Einheit vermitteln. Das brauchen wir, so denke ich, jetzt.«

Die meisten Kollegen nickten und schauten zu Boden.

Die Entführung stand jetzt im Vordergrund. Für Franjo konnte nichts mehr getan werden, und die Commissaria war im Krankenhaus in guten Händen.

»Berichten Sie mir, was bei der Suche nach diesem Paketboten herausgekommen ist. Das war ein sehr hilfreicher Hinweis von unserer Commissaria.«

Fanetti, der zusammen mit einem jungen Polizisten die Adresse ausfindig gemacht hatte, erklärte: »Wir haben Enrico Zuberti, so heißt der Bote, wohl nur knapp verpasst. Ein Junge erklärte uns, ihn gerade noch gesehen zu haben. Trotz gründlicher Suche im Umkreis ist es uns leider nicht gelungen, ihn zu fassen. Die Fahndung nach ihm läuft.«

»Mit wem wurde gesprochen?«

»Mit einem seiner Vorgesetzten. An seiner Arbeitsstelle war Zuberti noch nie auffällig geworden. Er hatte keinen Tag krankgefeiert. Sein Chef wollte wissen, ob es sich nicht vielleicht um eine Verwechslung gehandelt haben könnte.«

»Bestimmt nicht«, flüsterte Zoli. »Warum sollte er sich denn sonst im Friseursalon nach meiner Verlobten erkundigen? Ich verstehe nicht, warum sie mir das verschwiegen hat. Und auch Mama hielt es nicht für nötig, mich zu informieren.«

Die Kollegen wechselten betretene Blicke, und Lippi sah, dass Beltrame die Lippen aufeinanderpresste. Er wusste, dass es unpassend war, aber insgeheim gefiel es ihm, Scaramuzza, Zoli, Beltrame und sogar Fanetti in seine Riesenshirts gesteckt zu haben.

»Sprechen Sie lauter und konzentrieren Sie sich, Zoli. So sind Sie weder für Ihre Verlobte noch für uns eine Hilfe.«

»Sollten wir nicht nachfragen, mit wem dieser Enrico Kontakte pflegte? Vielleicht war er mit jemandem von seiner Arbeitsstelle befreundet, und der weiß etwas.« Beltrame sah den Comandante auffordernd an.

»Gut mitgedacht, Beltrame. Schnappen Sie sich eine der Kolleginnen und knöpfen Sie sich den Vorgesetzten noch mal vor. Fahren Sie zu ihm nach Hause. Setzen Sie ihn unter Druck. Die Sache hat absoluten Vorrang. Arturo, die Bahnhöfe und Flughäfen müssen über die Fahndung informiert werden. Los, sucht die Privatadresse heraus.«

Hektische Betriebsamkeit ersetzte die starre Fassungslosigkeit, Stühle wurden gerückt, Computer hochgefahren. Scaramuzzas Stimme übertönte alle anderen, und sein tiefes Vibrato übte auf Lippi eine beruhigende Wirkung aus.

Zuallererst wurden Überwachungskameras in der Umgebung überprüft, die aufgezeichneten Protokolle der Hochzeitsgäste studiert und verglichen. Der Flughafen in Ronchi dei legonari, die Bahnhöfe und Autobusstationen der Gegend mussten überwacht werden.

Sonderkommission, fand Lippi, klang immer aufregender als die Arbeit, die damit verbunden war. Denn das meiste bestand aus langweiliger Recherche, doch diesmal betraf die Ermittlung nicht nur einen von ihnen, sie standen außerdem unter enormem Zeitdruck.

Sein Telefon vibrierte.

»Stella?«

»Guido, ich war und bin immer noch in großer Sorge um dich. Und da ich noch einen Schlüssel habe, werde ich dich mit einem warmen Essen unterstützen, falls du jemals wieder in deine Wohnung kommst. Ich warte hier auf dich, wann immer du so weit bist.« Ihre Worte flossen in seine Ohren, und ein Schauer rann über seinen Rücken.

»Das musst du nicht.«

»Lippi«, blaffte der Alte ihn an, »als Einsatzleiter bleibt keine Zeit für private Gespräche. Schauen Sie mich an. Ich darf auch nicht auf der eigenen Hochzeit tanzen.«

Einer der Polizisten kam auf sie zugeeilt. »Wir haben sämtliche Flüge nach Sizilien gecheckt, und in Treviso hatten wir Erfolg. Zwei Männer sind gerade auf dem Weg nach Trapani. Es könnte sich um die Gesuchten handeln, denn beide sind erst vorgestern in Begleitung eines dritten Mannes hier angekommen.«

»Alle Namen notiert? Wer ist der dritte Mann?« Lippi grinste über seinen Witz, aber niemand lächelte zurück.

»Ein gewisser Salvatore Lombardo.«

»Treffer«, sagte Lippi. »Maria Daidone erwähnte im Gespräch mit Beltrame und der Chefin einen Salvatore. Verständigen Sie die Kollegen in Trapani, sie sollen die Männer vom Flughafen abholen.«

Lippi fühlte sich belebt wie selten, und das lag nicht nur an dem Essen, das Stella gerade für ihn kochte.

14

»Ich muss zur Arbeit.«

Maddalena saß kerzengerade im Bett.

Es roch unerträglich nach Chrysanthemen.

Friedhofsblumen. Totenblumen.

Ein grauer Morgen war angebrochen und hatte alle Farben verdrängt.

Waren da vorher überhaupt Farben gewesen?

Doch, es hatte sie gegeben.

Das schweinchenrosa Brautjungfernkleid.

Rot.

Blut.

Neben Maddalena kauerte ihre Mutter, den Kopf seitlich auf dem Arm liegend, das Haar über der Bettdecke verteilt. Ihr sandfarbenes Hochzeitskleid war zerknittert, und ihre Pumps hatte sie von den Füßen gestreift.

Margherita lehnte in einem Stuhl, ihre Augen waren geschlossen. Sie trug einen Morgenmantel. Wo hatte sie den her?

Die Tür wurde geöffnet, und eine Person in weißer Tracht erschien. Sie trug ein Tablett, auf dem sich Fieber- und Blutdruckmessgeräte sowie Tablettenblister befanden.

Hier wurde kein Frühstück serviert.

»Wie geht es uns heute?«

»Uns? Keinen Schimmer, wie es Ihnen geht. Wir kennen uns nicht. Und ich bin nicht krank. Also lassen Sie das Getue und servieren Sie einen starken Kaffee.«

»Maddy!« Ihre Mutter öffnete die Augen und verwischte die Wimperntusche über ihr Gesicht. »Sei nicht so unfreundlich. Es war nicht persönlich gemeint. Die Schwester muss das machen. Und jemand anderer wird uns Kaffee bringen.«

»Mama!«, empörte sich Maddalena. »Du bist immer auf der Seite der anderen.«

Die Schwester sah sie mit unbewegter Miene an. »Vorschrift.

Ich muss die Daten in die Fieberkurve eintragen. Das Frühstück lasse ich danach bringen.«

Inzwischen war Margherita aufgewacht, und Maddalena beobachtete mit zunehmendem Missfallen, wie die Mailänderin sich nonverbal mit ihrer Mutter verständigte.

Eine Welle der Übelkeit überrollte Maddalena. Es war der Augenblick des endgültigen Wachwerdens, die Rückkehr in die Wirklichkeit. Franjo war tot.

Mit einer heftigen Handbewegung fegte sie die medizinischen Utensilien vom Tablett. Winzige Glassplitter verteilten sich auf dem Linoleumboden, und Maddalena atmete zufrieden aus. Ihre Mutter und Margherita sprangen auf, und die Krankenschwester gab einen gequälten Ton von sich.

»Kein Problem«, wiegelte sie ab. »Das ist eine der Situation angemessene Reaktion. Das erleben wir hier nicht zum ersten Mal. Ich werde mit der Stationsärztin besprechen, ob wir einen Psychologen zuziehen sollten. So ein Gespräch könnte entlastend wirken, das Schlimmste abfangen.«

»Maddy«, sagte ihre Mutter kleinlaut, »entschuldige dich. Dein Benehmen ist unerhört.«

»Ach Mama.«

Margherita legte ihre Hand beruhigend auf die von Sibilla. »Lass sie doch. Sie ist nicht bei sich.«

Die Ärmel ihres Morgenmantels waren hochgerutscht. Maddalena bemerkte die hervortretenden bläulichen Adern auf ihren Armen. »Du wärest ein gutes Objekt für Studenten der Medizin. Da würde keiner mit der Infusionsnadel danebenstechen.«

Die Schwester lachte. »Gut beobachtet. Aber auch Ihre Venen sind nicht schlecht. Wie fühlen Sie sich? Sind Sie noch benommen von den Mitteln, die wir Ihnen gestern verabreichen mussten?«

»Benommen?« Maddalena richtete sich kerzengerade auf. »Mein Kopf ist zur Größe einer Wassermelone angewachsen. Und wie soll es mir gehen? Mein Verlobter wurde erschossen, und ich werde hier wie eine psychiatrische Patientin behandelt. Was liegt gegen mich vor? Selbst- oder Fremdgefährdung?«

15

»Salvatore.« Maria bemühte sich, ihn so leise wie möglich zu wecken. Ihre unbequeme Lage hinderte sie daran, ihn wach zu rütteln.

Er hatte ihr trockene Kekse mit Käse beschmiert, zu trinken gegeben und sie dann wieder mit Kabelbinder an das Bettgestell gefesselt. Geknebelt hatte er sie nicht mehr.

Von einer Minute auf die andere war er in einen tiefen Schlaf gesunken. Und nun war sein Schnarchen das einzige Geräusch in der unerträglichen Stille.

Sein Telefon hatte einige Male vibriert, und sie musste selbst eingeschlafen sein, denn eben war sie atemlos aus einem Traum aufgeschreckt.

Zuerst hatte sie nicht gewusst, wo sie sich befand und wie sie hierhergekommen war. Doch anscheinend hatte Salvatore gestern vergessen, ihr eine weitere Pille ins Getränk zu mischen, denn sie merkte, wie sie klarer wurde.

Sie überlegte, wie sie sich befreien und abhauen könnte. Aber dieses Unterfangen musste kläglich scheitern.

Sie bekam ihre Hände nicht frei.

Inzwischen war ein grauer, sehr früher Morgen angebrochen.

Es musste Montag sein, außer sie hatte einen Tag verschlafen.

»Salvatore«, versuchte sie es noch einmal, und er setzte sich ruckartig auf.

»Ich habe dir verboten, so laut zu sprechen. Wie ist es dir gelungen, dich vom Knebel zu befreien?«

»Du«, flüsterte sie, »hast mit mir geredet. Es war dir wichtig, meine Antworten zu hören. Und dann bist du mitten im Satz eingeschlafen. So wie früher.« Sie lächelte ihn an.

Sie wusste nicht, ob die neue Strategie aufgehen würde, aber versuchen musste sie es.

Er lächelte automatisch zurück, doch dann gefror sein Lächeln. »Versuchst du etwa, mich mit dieser billigen Masche über den Tisch zu ziehen? Das wird dir nicht gelingen.«

»Du hast ein paar Anrufe versäumt.«

»Was?« Er setzte sich auf und wischte über seine Augen.

Missmutig griff er nach der Wasserflasche und trank ein paar Schlucke.

»Man soll keine Geschäfte mit Narren machen«, knurrte er.

Maria dachte, Männer sollte man nicht erschießen und Frauen nicht entführen. Diese Liste ließe sich beliebig verlängern.

Mit Erstaunen stellte sie fest, die Angst vor Salvatore verloren zu haben.

Irgendwie würde sie es schaffen zu entkommen. Er war kaum in der Lage, sie ständig unter Kontrolle zu halten, ohne in der Öffentlichkeit aufzufallen.

»Geht der Narr nicht ran?«, fragte sie mit gedämpfter Stimme, als er das Handy zornig weglegte.

»Das ist offensichtlich.«

»Salvatore«, wagte sie sich vor, »ich hätte gerne einen Schluck Kaffee und etwas zu essen. Ich verspreche, dir keine Probleme zu machen.«

Salvatore schien gnädig gestimmt, denn er nickte. »Dann schauen wir, was ich für uns besorgen kann.«

Er kam mit einer Thermoskanne Kaffee und einer Tüte, gefüllt mit Brioches, zurück.

Gemeinsam verzehrten sie ihr Frühstück.

Salvatore sah Maria eine Weile an. »Sag, wie kann es sein, dass du diesen hässlichen Mann mir vorgezogen hast? Ich verstehe es nicht.«

Maria überlegte gründlich, bevor sie Salvatore antwortete.

»Vielleicht war es eine Kurzschlussreaktion von mir, weil du mir so viel Druck gemacht hast in letzter Zeit. Und als du mir dann den maskierten Mann nachgeschickt hast, der mir drohte und wehtat, da geriet ich in Panik.« Sie wies auf die Schnittwunde an ihrem Hals. »Man brachte mich ins Krankenhaus.«

»Aber«, Salvatores Stimme klang kalt, »den Koffer hattest du da schon gepackt. Wie erklärt sich das?«

»Ich wollte mir bloß eine Weile Abstand und Zeit zum Nachdenken gönnen.«

»Und dieser Piero?«

»Es fällt mir nicht leicht, von dir loszukommen. Und was hilft da besser als ein anderer Mann?«

Salvatore sah sie an, und sie erkannte, dass er ihr kein Wort glaubte.

Er griff nach dem Klebeband und verschloss ihr schweigend den Mund.

Zornig beschäftigte er sich mit seinem Telefon.

16

Robby saß in der Kantine und wartete auf Bobby.

Der Cappuccino schmeckte längst nicht so gut wie sonst, und ein ihr bisher nicht aufgefallener Geruch nach verbrannten Bohnen reizte ihre Magennerven.

Obwohl sich der Zucker im heißen Getränk längst aufgelöst hatte, rührte sie unentwegt mit dem Löffel in ihrer Tasse. Das metallische Klimpern beruhigte sie. Auf dem Teller lag ein Stück Obsttorte, das vorhin in der Vitrine frisch ausgesehen hatte. Jetzt kam es ihr staubtrocken vor und die Aprikosen verdorrt.

»Hallo du.« Sie wurde durch den Klang seiner Stimme aus ihren Gedanken gerissen. Bobby stand vor ihr und sah sich um, die übrigen Tische waren alle besetzt.

Robby wäre am liebsten aufgesprungen, hätte sich an ihn geklammert und ihn nie wieder losgelassen. Aber natürlich kam das nicht in Frage. Sie würgte den Kloß in ihrer Kehle hinunter. »Bitte setz dich.«

»Wir müssen ausführlich über alles sprechen, mein Schatz.« Bobby sah sich schuldbewusst um und fügte laut, für alle hörbar, hinzu: »Schmeckt meiner lieben Kollegin der Kuchen nicht? Dem kann leicht abgeholfen werden.« Er blinzelte ihr zu und brach mit der Gabel ein Stück ab.

»Er schmeckt wie Pergamentpapier«, antwortete sie laut und senkte dann ihre Stimme. »Ich schlafe seit zwei Nächten nicht mehr richtig. Zuerst kam ich nicht zur Ruhe, weil ich immerzu an uns denken musste, und dann am Sonntag geschah diese schreckliche Sache mit dem Verlobten der Commissaria aus Grado. Du hast doch sicher von der Entführung gehört? Und …« Sie brach ab und starrte verstört auf ihre Nägel. Die Haut war bis zum Rand abgekaut, und der sonst so ordentlich aufgetragene Lack blätterte bereits ab.

Sie konnte es ihm hier und jetzt unmöglich sagen.

»Es hat sich wie ein Lauffeuer herumgesprochen. Und auch

wenn weder du noch ich die Commissaria persönlich kennen, fühle ich mit ihr. So etwas Tragisches erleben zu müssen … Das ist ein gewaltiger Schock, den wir alle erst einmal verdauen müssen.«

»Bobby.« Robby schluckte und wischte eine Träne aus ihrem Augenwinkel. »Ich habe eine Freundin von mir gebeten, mir den Schlüssel zu ihrem Gartenhaus in San Lorenzo zu geben. Das ist in der Nähe vom ›Lagunen-Pub‹.«

Eine Weile sagte er nichts, starrte angestrengt auf den Teller mit ihrem angegessenen Tortenstück.

»Gutes Bier ist dort wenigstens garantiert«, scherzte sie. Ein halbherziger Versuch, ihn aus seiner Versunkenheit zu reißen.

Bobby sah hoch und schmunzelte. »Aber ist es für uns auch hundertprozentig sicher in der Laube?«

»Sicher?« Sie zog ihre Stirn in Falten und kam sich vor wie ein uralter, trauriger Elefant.

»Robby, du hörst dich heute so verstört an. Du weißt doch, was ich meine. Es soll uns niemand überraschen.«

»Meine Freundin behauptet, da käme außer ihr niemand hin. Darüber, dass ich mich dort heimlich mit jemandem treffen will, schien sie nicht erfreut zu sein. Ich versicherte ihr aber, es wäre nur für eine kurze Aussprache.«

»Das hast du gut gemacht. Ich kann es heute Abend einrichten, und wir sollten uns tatsächlich dringend unterhalten. Schreib mir die Adresse auf, dann sehen wir uns um sechs Uhr dort. Okay?«

»Geht in Ordnung.« Robby war erleichtert und unglücklich zugleich. Dass Bobby betonte, mit ihr reden zu wollen, konnte nichts Gutes bedeuten.

Bobby stand auf und grüßte sie, den Anwesenden geschuldet, in seiner höflich-kühlen Art.

Das Gespräch heute Abend würde über ihre weitere Zukunft entscheiden.

Die Stunden zogen sich dahin.

Es war Robby kaum möglich, ihre Arbeit zu erledigen. Immer wieder wurde sie von tristen Überlegungen abgelenkt, die sie gern aus ihrem Kopf verbannt hätte.

Sie würde doch nicht wieder depressiv werden?

Ihr Zustand fühlte sich jedenfalls vertraut an. Das kannte sie. Nach den unentwegten erfolglosen Versuchen, schwanger zu werden, war sie damals antriebslos geworden und verharrte irgendwann im ständigen Kreisen ihrer Gedanken. Sie konnte nicht mehr schlafen und war hektisch und traurig zugleich. Der Arzt hatte ihr ein Antidepressivum verschrieben, das ihre Botenstoffe regulieren sollte. Und es funktionierte.

Aber damals war sie depressiv gewesen, weil sie nicht schwanger wurde. Und heute fühlte sie sich genauso, obwohl sie festgestellt hatte, dass sie tatsächlich schwanger war.

Es war das schlechte Gewissen, das Robby eine Zeit lang geschickt unterdrückt hatte, das ihr nun so zusetzte.

Früher war sie treu gewesen und hatte Manfredo bedingungslos geliebt. Doch mit Bobby waren diese Gefühle für ihren Ehemann wie weggewischt.

Was tat sie Manfredo nur an?

Sie betrog ihn kaltblütig. Hinterging ihn Stunde um Stunde. Aber das Schlimmste daran war nicht die Angst, dass er dahinterkam, es war die Verzweiflung, die sie empfand, sobald sie ein mögliches Ende ihrer Beziehung mit Bobby in Betracht zog.

Und dieses Ende war absehbar.

Die Art, wie er über das Treffen heute Abend gesprochen hatte, ließ sie erahnen, dass etwas zwischen ihnen anders war. Und es lag nicht an dem, was er noch nicht wusste.

Bobby hatte niemals vorgegeben, seine Frau und seine Kinder ihretwegen verlassen zu wollen. Und sie hatte es nicht von ihm verlangt.

In diesem Punkt waren sie sich einig gewesen.

Robby stand auf, nahm ihr Tablett und wischte das Tortenstück in den Abfalleimer.

Dann holte sie sich ein Glas Orangensaft von der Bar und stürzte das Getränk in einem Zug hinunter.

17

Lippi traute seinen Augen nicht.

Maddalena Degrassi stand leibhaftig vor ihm.

Sie trug ein weißes Kleid, das an ein Krankenhausnachthemd erinnerte, und rosa Pumps.

Es *war* ein Nachthemd!

An ihren nackten Armen, die aus den kurzen Ärmeln ragten, bemerkte er verschmiertes Blut.

Den Kollegen entfuhr ein kollektives: »Oh!«

Nur der Comandante war beherzt genug, auf sie zuzugehen.

»Maddalena«, setzte er sanft an und besann sich dann unverzüglich. »Commissaria, ich nahm an, Sie befänden sich im Krankenhaus von Udine. Meine Sibilla und, wie ich annehme, ihre Freundin Margherita sind ebenfalls dort, um sich um Sie zu kümmern. Oder ist mir hierbei etwas Entscheidendes entgangen?«

»Comandante.« Maddalena Degrassi baute sich vor ihm auf. »Mein Franjo wurde kaltblütig erschossen und Zolis Verlobte Maria Daidone entführt. Leider haben mich die Ärzte mit einer ansehnlichen Menge an Schmerz- und Beruhigungsmedikamenten vollgepumpt, sodass ich in den letzten Stunden kaum einen klaren Gedanken fassen konnte.«

»Chefin.« Rita Beltrames zaghafte Stimme war kaum zu hören. »Bitte begleiten Sie mich kurz hinaus.«

Niemand erhob Einspruch. Alle wirkten erleichtert.

Scaramuzza presste sein Handy ans Ohr und sprach aufgeregt.

Was Beltrame mit Degrassi tat, war Lippi völlig klar.

Sie gab ihr etwas Richtiges zum Anziehen und säuberte ihr das Gesicht und die Arme. Anscheinend war das im Krankenhaus versäumt worden.

Zu seinem Erstaunen verfügte Rita Beltrame über ein Kosmetiktäschchen, denn als die beiden den Raum wieder betraten, sah die Degrassi einigermaßen zivilisiert aus. Kein Blutstropfen klebte mehr an ihr.

»Chefin.« Lippi beeilte sich, den anderen zuvorzukommen. »Darf ich Ihnen mein herzliches Beileid aussprechen?« Er wollte noch etwas hinzufügen, überlegte es sich dann aber anders.

»Danke«, antwortete die Degrassi und sah ihn starr an.

Wirklich gesund fand er sie nicht. Die Psychologie war noch nie sein Fachgebiet gewesen, aber er musste kein Experte sein, um zu erkennen, dass sich diese Frau in einer anderen Welt befand. Er blickte zum Comandante und erntete ein zustimmendes Nicken.

Schnell wandte er sich ab und tippte in seinen Computer. Beltrame stand hinter ihm und legte begütigend ihre Hand auf seine Schulter. »Es tut unserer Chefin gut, es hilft ihr, damit klarzukommen. Also binden wir sie ebenso wie Piero Zoli in die Ermittlungen ein.«

»Nichts anderes hatte ich vor, Beltrame. Ersparen Sie es sich, mich zu belehren. Während Sie mit der Commissaria im Waschraum waren, hat uns das der Comandante erklärt, und ich kann dem nichts entgegensetzen. Aber sie gleich mit den neuesten Ergebnissen unserer Ermittlungen zu überfallen? Alles zu seiner Zeit.«

Maddalena Degrassi stand am Fenster und fixierte das Meer. Es schien glatt zu sein, so als würde keine Welle es wagen, die Oberfläche zu kräuseln.

Sie atmete tief durch und drehte sich dann um.

»Ich möchte mich bei Ihnen allen dafür bedanken, dass Sie hier sind. Wir müssen Maria Daidone finden, bevor ihre Entführer ihr etwas antun können.« Sie warf Piero Zoli einen mitfühlenden Blick zu. Der schien ihm so zuzusetzen, dass er betroffen wegsah. »Doch für mich steht, und ich hoffe, Sie verstehen mich richtig, der sinnlose Tod meines Verlobten an erster Stelle. Es ist uns doch wohl allen klar, dass wir, nachdem wir wissen, wer die Schuld an seinem Tod trägt, diesen Salvatore so lange jagen werden, bis wir das Schwein zu fassen kriegen.«

Die Stille, die nach Degrassis Ansprache eingetreten war, wurde durch ein zaghaftes Klatschen unterbrochen.

Es war Zoli, der den Anfang gemacht hatte, dann fielen Beltrame und Fanetti ein. Schließlich applaudierten alle Anwesenden.

Lippi wischte sich in einem unbeobachteten Moment eine Träne aus dem Auge und schwor den Tätern Rache.

18

Maddalena fühlte sich in einem bösen Traum gefangen, aus dem sie es kaum schaffte zu erwachen. Verzweifelt versuchte sie, die Grenze zwischen Illusion und Wirklichkeit zu überschreiten.

Eben noch war sie mit Rita Beltrame im Waschraum gewesen, hatte sich wie ein Verbrechensopfer säubern lassen. Rita hatte mit verlegener Miene an ihr herumgeputzt. Maddalena war alles andere als begeistert, dass man das Blut im Krankenhaus übersehen hatte.

»Sie müssen mich nicht schonen. Es ist ohnehin alles schon schlimm genug.«

»Ich versuche nur, die Situation für Sie zu erleichtern, Chefin.«

Und nun stand sie wieder im überdimensionierten Büro ihres Chefs. Vertraute und unbekannte Gesichter starrten sie befangen an oder an ihr vorbei.

Wie sah sie überhaupt aus?

Aus welchem Spind hatte Beltrame diese Kleidung zutage gefördert? Trug sie eine von Zolis alten Uniformhosen? Das blaue Poloshirt mit dem Abzeichen der Polizei war ihr zwei Nummern zu groß, und die rosa Pumps hatte Beltrame gegen graue Plastikschuhe ausgetauscht. Sie gaben bei jedem ihrer Schritte quietschende Geräusche von sich.

Und wie sah es hier aus?

Das Bild des Präsidenten der Republik hing neben dem des obersten Polizeichefs des Landes und einem Porträt von Scaramuzza. Alle drei waren gleich gerahmt und von derselben Größe. Sie war so selten in diesem Büro, dem heiligen Reich ihres mächtigen Kaisers, dass sie immer wieder aufs Neue davon abgestoßen wurde. Jetzt lastete ein unheilvolles Schweigen über dem Raum.

»Nun sind wir also alle versammelt«, sagte der Comandante in die Stille hinein. »Anders, vor allem aber früher als erwartet haben wir unsere Commissaria zurück.«

Offenbar, dachte Maddalena, halten mich hier alle für geistig beeinträchtigt. »Ich habe meiner Mutter die Geldbörse entwendet und bin in einem unbewachten Moment aus dem Zimmer geflohen. Vor der Tür standen jede Menge Taxis.«

Wenn man sie schon so einschätzte, wollte sie ordentlich Stoff für weiteres Getuschel geben. Aber zu ihrem Erstaunen nickten die meisten zustimmend.

Fanetti rieb sein Ohr, und als es rot genug war, sammelte er sich. »Commissaria. Ihrem Hinweis sind wir nachgegangen und haben den Freund des Gesuchten Enrico Zuberti ausfindig gemacht, der ihm den Fluchtwagen geborgt hat. Unwissentlich ist er damit an den Ereignissen beteiligt.«

Das schätzte Maddalena an ihrem Team. Beltrame, Fanetti, Zoli, der selbst vom Unglück schwer betroffen war, und sogar Lippi behandelten sie, als wäre heute ein ganz normaler Tag und sie hätte nicht unsinniges Zeug von sich gegeben.

Es roch nach Kaffee.

Unwillkürlich suchte Maddalena Zolis berühmte Thermoskanne, aber da stand keine. Der köstliche Duft gebrannter Bohnen ging von einer ansehnlichen Espressomaschine aus.

Jedes Büro in dieser Polizeidienststelle hatte seinen eigenen Geruch. Ihrer war der nach verwelkten Blumen. Maddalena sah Astern und Chrysanthemen, die ihre Köpfe über die Ränder der Plastikvasen auf Gräbern hängen ließen.

Lippis Büro roch nach Schweiß und nur Beltrames Ecke ein wenig nach Eau de Toilette.

»Darf ich?«

Der Comandante nickte, und Fanetti ließ einen starken Mokka aus der Maschine.

»Danke.« Maddalena nahm die Tasse entgegen und betrachtete das zarte Design aus dem Hause Fanetti. Legolas' Vater hatte ein Gespür für schöne Dinge.

Trotz der Größe des Raums schien er heute zu eng für die emsige Betriebsamkeit. Nicht die geringste Spur der üblichen Resignation war unter den Kollegen zu spüren. Immerhin hatten sie es hier mit Gewaltverbrechern zu tun, und Marias Lage konnte nicht unbedingt als aussichtsreich bezeichnet werden.

»Wie viele Stunden sind seit der Entführung vergangen?« Sie erntete auf ihre Frage nur angestrengtes Schweigen. »Ich kann auch selbst nachrechnen«, setzte sie scharf nach.

Niemals Schwäche zeigen. Für Zerbrechlichkeit war auf dem Friedhof Zeit genug.

»Also«, hob Lippi an, »die Hochzeitstorte wurde etwa um siebzehn Uhr gebracht, kurz danach passierte es. Das heißt, inzwischen sind vierzehn Stunden vergangen. Es ist jetzt acht Uhr.«

Maddalena war ihm dankbar, dass er das schwierige Thema ihrer Ankündigung der eigenen Hochzeit bei Tortenanschnitt aussparte.

Die statistische Wahrscheinlichkeit, das Opfer zu finden, sank mit jeder Stunde, die verstrich. Die ersten achtundvierzig Stunden waren entscheidend.

Was aber natürlich nicht hieß, dass jemand nicht auch noch nach Wochen oder Jahren wiederauftauchen konnte.

»Lösegeld? Wie schaut es damit aus?« Maddalena saß auf Scaramuzzas mächtigem Stuhl. Ein Umstand, der ihr erst jetzt bewusst wurde.

Wieder kam Guido Lippi den anderen mit einer Antwort zuvor. So eifrig bei der Sache, so wach hatte sie den Kollegen selten zuvor erlebt.

»Bisher nichts.«

»Der Entführer ist ja auch der Ex-Freund meiner Maddalena.« Zoli zögerte kurz, weil er die Blicke bemerkte. »Ich meine, der Ex-Freund meiner Verlobten, Maria Maddalena Daidone. Ein besitzergreifender Mann, der nicht zulassen will, dass sie sich von ihm trennt. Er wird versuchen, Maria außer Landes zu bringen, und natürlich keine Forderungen stellen. Er will sie ja behalten.«

»Zoli«, brummte der Comandante nicht zu Unrecht, »›außer Landes‹ ist nicht die passende Formulierung. Sie meinen nach Sizilien, und das ist innerhalb des Landes.«

Jemand kicherte unterdrückt.

In diesem Moment wurde die Tür aufgerissen, und Maddalenas Mutter, gefolgt von Margherita, stürmte ins Büro.

»Achille, mein Schatz«, sie weinte laut, »danke, dass du mich gleich verständigt hast. Ich dachte wirklich, auch meine Tochter wurde gekidnappt.«

»Mutter.« Maddalena trat auf sie zu. »Ich bin kein weiteres Entführungsopfer. Ich bin freiwillig gegangen. Und ich gehöre hierher.«

19

Enrico wachte auf und wusste im ersten Moment nicht, wo er sich befand.

Die Sonne stand schräg am Himmel und blendete ihn. Schnell schloss er die Augen. Sein Körper befand sich in einem seltsam verdrehten Winkel. Eine Gesichtshälfte lag zwischen Brettern eingekeilt, die andere war zur Landebahn unterschiedlicher Insekten geworden und fühlte sich aufgeschwollen wie ein Lampion an.

Undeutlich konnte er sich daran erinnern, sich ins Boot gekauert und einen der Benzinkanister als Kissen verwendet zu haben. Der ätzende Geruch des Treibstoffes war nicht zu vertreiben, er haftete an ihm wie Klebstoff.

»Verdammt«, sagte er und befreite seine Glieder aus der Verrenkung.

Er hatte die Morgendämmerung verschlafen.

Das Boot. Mit dem sollte er längst schon die Küste entlanggetuckert und in den richtigen Kanal eingebogen sein.

Salvatores Gesicht mochte er sich nicht vorstellen und auch nicht, was in dessen Kopf jetzt gerade vorging.

Er musste sich beeilen.

Nach einem Schluck Kaffee aus der Thermoskanne, der lauwarm und schal schmeckte, biss er von seinem letzten verbliebenen Sandwich ab.

Dann überprüfte er den Strand. Außer ihm war noch keine Menschenseele hier. Zum Glück war er doch noch früh genug aufgewacht.

Es kostete ihn Schweiß und Anstrengung, sich auf den Weg zu machen. Seine Armmuskeln brannten, als er das Boot zum Wasser zog. Die Flut hatte eingesetzt, daher musste er sich danach nicht allzu weit vorkämpfen, bis er von den Wellen hinausgespült wurde.

Fast hätte er vor Freude zu pfeifen begonnen. Alles, was ihm gestern noch unmöglich schien, gelang jetzt. Es funktionierte wie am Schnürchen. Der Motor sprang sofort an, und das Meer trug das Gefährt hin zu den Kanälen.

Das Wasser war heute unruhig. Enrico, der eine leichte Übelkeit verspürte, konnte sich Angenehmeres vorstellen als hin- und herzuschaukeln. Trotzdem machte sich bezahlt, dass er im Vorfeld den Weg so gründlich erkundet hatte. Es gelang ihm, auf Anhieb die richtige Kanalmündung zu finden. Tamarisken, so hieß das stachelige Gestrüpp an der Seite, hingen weit über die Ufer. Viele fanden sie schön. Auf einer der Laguneninseln züchtete ein Bauer sogar Bienen, die nur aus den Blüten dieses Gewächses ihren Honig erzeugten.

Im Kanal war es ruhiger. Das Boot hatte zu schlenkern aufgehört. Das Wasser schien dunkler, tiefgrün, und man konnte nicht bis zum Grund sehen.

Eine ziemliche Strecke war zurückzulegen. Trotz der vielen Missgeschicke, die ihm widerfahren waren, verspürte er Stolz. Er hatte geschafft, was er nie für möglich gehalten hätte. Einen Moment lang schwelgte Enrico in diesem Hochgefühl.

Dann überfiel ihn das schlechte Gewissen und der Schrecken über die Ereignisse, die zu alldem hier geführt hatten.

In einem der seltenen Momente reiner Selbstreflexion erkannte er, was für eine jämmerliche Person er war. Der Preis, den er für sein aufgeblähtes Selbstbewusstsein zu zahlen hatte, war ein gewaltiger.

Mindestens ein Mensch war gestorben, eine junge Frau entführt und er war zu einem Schwerverbrecher geworden.

Aber es half nichts, sich mit solchen düsteren Überlegungen abzugeben. Jetzt war seine gesamte Aufmerksamkeit gefordert. Er musste Salvatore finden und ihm das Boot übergeben.

Er fuhr jetzt langsamer, und als er endlich den kleinen Hafen vor sich auftauchen sah, stellte er den Motor ab.

Sicher war sicher.

Das Zentrum des Fischerdorfes war um diese Jahreszeit so gut wie verlassen. Nur in den Sommermonaten ging es an manchen Wochenenden um Ferragosto lebhafter zu. Punta Sdobba glich einer etwas heruntergekommenen Schrebergartensiedlung. Die meisten Eingangstüren und Fenster der schiefen Häuschen waren mit Brettern zugenagelt.

Enrico glitt außen an der Ansiedlung vorbei und bog dann in eine schmale Abzweigung ein, die noch tiefer ins Dickicht führte. Dort standen vereinzelte Hütten kaum in Sichtweite voneinander.

Enrico war wegen des Liebespaares, das er aufgespürt und danach gekonnt in die Flucht geschlagen hatte, nicht wirklich besorgt. Die beiden Turteltauben würden hierher sicher nicht mehr zurückkehren, denn so angenehm war dieser Ort nicht.

Salvatore durfte von diesem Zwischenfall nichts erfahren. Es hätte die Lage nur unnötig verkompliziert.

Salvatore.

Angst schoss durch seine Adern.

Verdammt. Das Handy.

Erschrocken griff er in seine Hosentasche und fischte es heraus. Natürlich war der Akku inzwischen leer.

Das hätte nicht passieren dürfen.

Salvatore wartete auf ihn und konnte ihn nicht erreichen.

Mit einem mulmigen Gefühl im Magen, das nicht nur dem unruhigen Meer geschuldet war, paddelte er ans Ufer und verankerte das Boot zwischen dichtem Schilf.

Dann machte er sich auf leisen Sohlen durch das Buschwerk auf den Weg zum Versteck.

Es lag wirklich gut abgeschirmt, er hatte den Platz vorzüglich gewählt. Dieses Lob würde er sich von Salvatore einholen.

Das zumindest war der überhebliche Kerl ihm schuldig.

Mit einem Schwung, der die Angst verdrängen sollte, öffnete er die Tür und prallte erschrocken zurück.

Die Hütte war leer.

20

Lippi spürte sofort, dass Zoli etwas auf dem Herzen lag.

Und es war nicht nur die Besorgnis um das Verschwinden seiner Verlobten, das ihn belastete.

»Piero«, sagte er in einem seltsamen Anflug von Versöhnlichkeit, »komm kurz mit mir hinaus. Ein wenig Frischluft schadet keinem.«

Den Blick Scaramuzzas, den er dafür erntete, übersah er geflissentlich.

»Mhmm«, machte Zoli unschlüssig und zuckte mit den Schultern.

»Was ist mit dir, außer der Sorge um Maria? Ich merke dir deine Unruhe doch an.«

»Wenn du schon so auf den Punkt hin fragst, und es ist jetzt wohl auch untergeordnet, aber die Chefin wies uns an, den Vermisstenfall aus der Schweiz genauer unter die Lupe zu nehmen. Das war, bevor alles geschah.«

»Ja, und?« Lippi verstand nicht, worauf Zoli hinauswollte.

»Wir haben die Spur nicht weiterverfolgt. Wir wissen nicht mehr über dieses Mädchen aus der Schweiz als zuvor.«

Lippi setzte zu einer Antwort an, aber Zoli schüttelte den Kopf. »Die Chefin erwartete von uns ordentliche Recherchen und konkrete Antworten. Und wir haben sie im Stich gelassen. Nichts ist geschehen.«

Tickte Zoli noch richtig? Lippi ärgerte sich über den Kollegen, der ständig den Musterschüler heraushängen ließ. Er war kurz davor, Zoli anzuschreien.

Zoli zog ein Taschentuch aus seiner Hosentasche und wischte über seine Augen. Er sah so geknickt aus, dass Lippi einen Anflug von Mitgefühl verspürte. Wahrscheinlich lenkte der Kollege sich mit solchen Gedanken vom eigenen Unglück ab.

»Komm rein, wir überprüfen das demnächst. Mach dir jetzt keinen Kopf. Erst mal kümmern wir uns um deine Maria. Und spüren den Mörder von Franjo auf. Das hat Vorrang.« Er fand, es half Zoli nicht, sich mit Nebensächlichkeiten zu befassen.

Ohne sie bemerkt zu haben, stand die Commissaria vor ihnen.

»Was treiben Sie beide hier draußen? Verdunkelung? Oder lästern Sie über mich?«

Nun schien ihr jeglicher Humor abhandengekommen zu sein. Kein Wunder, dachte Lippi.

»Es ging um die Knochenfunde in der Villa Esperanza«, stammelte Zoli kleinlaut.

War der Kerl noch bei Trost?

»Knochenfunde?«

Lippi starrte in Degrassis Augen. Ein Trauerflor hatte sich über deren strahlendes Grün gelegt.

»Commissaria, wir …« Er brach ab.

»Ja. Wir.« Sie lachte kalt auf. »Wir sollten sofort einen öffentlichen Aufruf starten, um vielleicht Hinweise zu Marias Aufenthaltsort zu bekommen. Diese verdammten Knochen gehören zu erbarmenswerten Frauen, die aber schon lange tot sind. Wir müssen jetzt zuallererst verhindern, dass Maria ein ähnliches Schicksal erleidet.«

Einen schrecklichen Moment lang befürchtete Lippi, Zoli würde etwas von den Abtreibungen zu faseln beginnen. Zum Glück sagte er nichts dergleichen, sondern sah hilflos zur Commissaria auf.

»Ich mache mich daran«, erbot er sich unterwürfig, aber Degrassi machte eine Handbewegung, als wollte sie ihm einen Stoß verpassen.

»Nein. Lippi wird das erledigen, und so wie ich das sehe, wird er die richtigen Worte dafür finden, die Bevölkerung zur Mithilfe aufzufordern. Nicht wahr?«

Lippis Brust schwoll vor Stolz an, während Zoli noch ein Stück mehr in seiner Uniform verschwand.

»Piero.« Sie wandte sich begütigend an ihren Kollegen. »Abgesehen davon, dass die Unterstützung der Einwohner unentbehrlich ist und wir natürlich hoffen, auf diese Weise zusätzliche Informationen zu erhalten, denn irgendjemand hat immer irgendetwas bemerkt, müssen wir uns selbst aktiv auf die Suche nach möglichen Verstecken in der näheren Umgebung machen.«

»Gehen wir mal davon aus, die Gesuchten befinden sich noch in unserer Region«, Lippi sah Zoli direkt an, »und ich teile die Meinung unserer Chefin, sollten wir sofort jeden Winkel durchkämmen, jeder auch noch so vagen Spur folgen.«

Manchmal tat eine Lüge gut. Die waren sicher schon über alle Berge. Aber bei so viel Kummer sollte zumindest ein kleiner Trost bleiben.

Die Degrassi nickte wie ein Schulkind, das eben von ihrem Lehrer gelobt wurde. Lippi atmete durch und spürte ein erwartungsvolles Kribbeln in seinem Bauch.

»Chefin«, sagte Zoli bedrückt. »Ich wollte Ihnen nur sagen, auch wenn das vielleicht kein Trost für Sie ist: Ihr Verlobter hat Tomaso Tosoni eindeutig gezeigt, wer das Sagen hat.« Dann verstummte er und fixierte einen Punkt an der Wand oberhalb der Commissaria.

Lippi blieb die Luft weg, was selten genug geschah.

»Das freut mich zu hören, Piero«, die Stimme der Commissaria kippte, »aber so wie es aussieht, hat Franjo davon jetzt nicht mehr allzu viel. Außer die Engel stehen auf solche Geschichten.«

Lippi wandte sich seiner Chefin zu. »Entschuldigen Sie bitte, wenn wir Blödsinn von uns geben. Wir stehen alle unter Schock. Ich verfasse jetzt einen entsprechenden Text und spreche ihn mit Ihnen und dem Comandante ab. Danach gebe ich ihn an die Medien raus. Ich übernehme gern die gesamte Öffentlichkeitsarbeit, Commissaria. Sie können sich auf mich verlassen. Und ich weise die Kollegen an, die Suche intensiv zu betreiben.« Er machte einen Schritt auf Scaramuzzas Büro zu.

»Lippi.« Maddalena Degrassi packte seinen Unterarm und zwang ihn, stehen zu bleiben. »Sie sind mir, uns allen hier, eine große Hilfe. Ich weiß zu schätzen, dass Sie einen kühlen Kopf bewahren. Man hat mir erzählt, dass Sie zudem in der entscheidenden Situation sehr tapfer gehandelt haben.«

Sie wandte sich an Zoli. »Lippi hat Ihnen das Leben gerettet. Ist Ihnen das klar, Piero? Hätte er Sie nicht mit der Faust niedergeschlagen, wären Sie vermutlich tödlich getroffen worden und würden meinem Franjo Gesellschaft leisten.«

Zoli wurde noch blasser, sein Raubvogelgesicht ähnelte jetzt eher dem eines Kükens. »Ja, das wurde mir berichtet. Danke, Guido. Ich habe es gar nicht richtig mitbekommen, ich wollte nur meine Maria beschützen.« Mit hochrotem Kopf wandte sich Zoli ab.

»Lippi«, die Commissaria hielt seinen Unterarm noch immer umklammert, »hat das Erste-Hilfe-Team Sie untersucht? Sie waren doch kurz ohne Bewusstsein?«

»Bis auf die Schramme«, er zeigte auf seine Wange und machte sich sanft aus Degrassis Umklammerung frei, »habe ich keinen Schaden genommen.«

»Der Comandante und ich werden uns etwas überlegen, um Ihren vorbildlichen Einsatz zu würdigen.«

Lippi, nicht gewohnt, so freundlich angesprochen zu werden, war die Situation mittlerweile peinlich. »Ich kümmere mich jetzt um die Presse und die Suche«, sagte er schnell und ließ die Degrassi und Zoli stehen.

Zolis Verlobte, überlegte er sachlich, war von diesem Salvatore vermutlich längst nach Sizilien gebracht worden. Und wie es mit den Kontakten zu den Kollegen dort bestellt war, konnte er nicht beurteilen.

Lippi holte abermals tief Luft und begann, den Text für die Presseaussendung zu formulieren. Wie gut, dass er die Degrassi mit seinem Zweifel nicht zusätzlich verunsichert hatte.

Sobald er wieder etwas Zeit fand, würde er Stella anrufen.

21

»Soll ich dich persönlich ins Irrenhaus bringen?« Eine Hand legte sich schwer auf Enricos Schulter.

»Salvatore!«

»Halt's Maul!«

Gerade erst hatte er die leere Hütte verlassen und sich verzweifelt umgesehen.

»Bist du nicht einmal imstande, das Offensichtliche zu erkennen, du Idiot? Du selbst hast diesen Unterschlupf gefunden, und jetzt spazierst du allen Ernstes in das falsche Haus?«

»Wie?«

Mehr fiel Enrico nicht ein, aber der zentnerschwere Stein rutschte von seiner Brust. Einen schrecklichen Augenblick lang war er tatsächlich überzeugt gewesen, Salvatore wäre aufgebrochen und hätte ihn ohne die Adresse in Pordenone zurückgelassen!

»Das Boot!«, herrschte Salvatore ihn an. »Und warum warst du nicht erreichbar? Glaubst du, das hier ist nichts weiter als eine kindische Schnitzeljagd?«

»Das Boot ist da. Beruhige dich. Alles hat seine Ordnung. Es ist gut vertäut, versteckt und gesichert. Du hast zwei Kanister Treibstoff und Nahrung für einige Tage obendrein. Das Wetter wird nicht umschlagen, du kannst also wie geplant im Morgengrauen aufbrechen.« Enrico schnappte nach Luft. »Ich übergebe dir jetzt alles, und du nennst mir wie abgemacht die Adresse in Pordenone. Man sucht bereits nach mir.«

Auf Salvatores Gesicht zeichnete sich eine dunkle Wolke ab. »Dadurch stellst du für mich ein hohes Sicherheitsrisiko dar. Das ist dir doch hoffentlich bewusst?«

Enrico atmete hechelnd, als bekäme er einen Asthmaanfall. »Ja. Aber du kannst dich auf mich verlassen.«

»Kann ich das?« Salvatore gab ihm einen derben Stoß. »Nun, das spielt im Moment keine Rolle. Deine Leiche zu entsorgen, würde mir wesentlich mehr abverlangen, als dich einfach laufen zu lassen.«

Enrico rang nach Luft.

»Zeig mir das Boot. Ich breche im Morgengrauen mit Maria auf. Und du haust am besten jetzt schon ab. Nimm das.« Salvatore gab ihm einen Zettel, auf den er die Adresse gekritzelt hatte. »Falls man dich fasst, hältst du deinen Mund. Verstanden?« Er holte das Rad, das Enrico ihm besorgt hatte, aus dem Gebüsch und hielt es ihm hin. »Fahr damit zur nächsten Busstation. Stell es dort unauffällig ab und verzieh dich schleunigst nach Pordenone. Dort erfährst du, wie es weitergeht. Und rede mit keinem über das, was hier passiert ist. Ich finde dich überall.« Salvatore spreizte Mittel- und Zeigefinger und hielt sie zuerst sich und dann ihm vor die Augen. »Capito?«

Enrico hatte verstanden.

22

Wie Robby diesen grauenvollen Tag überstanden und dennoch freundlich dreingeblickt und ihrem Vorgesetzten Rede und Antwort gestanden hatte, konnte sie sich nach Feierabend nicht mehr erklären.

Das abseits der Siedlung gelegene Gartenhaus ihrer Freundin war nicht mehr als eine Hütte auf einem ungemähten Wiesenstück mit ehemaligen Blumenrabatten und einem verwahrlosten Gemüsebeet.

Bobby und sie kamen fast gleichzeitig an und stellten ihre Autos hintereinander ab.

Es war weit und breit niemand zu sehen.

Kaum hatten sie die Holztür hinter sich zugezogen, nahm Bobby Robby in die Arme.

So standen sie eine Weile da.

Dann begann Robby zu weinen.

»Ich bin traurig und kann so nicht mehr weitermachen. Diese tragische Geschichte bei der Hochzeitsfeier in Strassoldo mit dem in die Schusslinie geratenen Koch hat mir den Rest gegeben. Das, was wirklich zählt im Leben, kann so schnell vorüber sein. Eine einzige Sekunde entscheidet.«

»Ja. Ein Mann ist tot. Und eine Frau entführt.«

Robby machte einen Schritt von ihm weg. Seine wortkarge Antwort im Telegrammstil verunsicherte sie. So sprach er sonst nicht mit ihr. Es kam ihr vor, als würde er bewusst damit verbundene Gefühle abwehren. Das unangenehme Rumoren in ihrem Bauch, das sie schon den ganzen Tag begleitet hatte, nahm zu.

»Setzen wir uns doch.« Sie zeigte auf einen der beiden kantigen Holzstühle, deren blaue Farbe an den meisten Stellen abgeblättert war.

Bobby lächelte, und Robby erkannte mit einem Mal, dass sein Lächeln schief war. Gleich würde er ihr etwas sagen, was sie nicht hören wollte.

»Bobby.« Sie machte einen letzten Versuch, seine Worte hinauszuzögern. »Lass dich umarmen und küssen. Ich sehne mich nach dir.«

Doch er sah an ihr vorbei und ging nicht auf sie ein. Der blaue Stuhl knarrte unter seinem Gewicht.

»Robby.« Er räusperte sich. »Wir müssen das hier beenden. Ich kann meine Frau und die Kinder nicht im Stich lassen.«

»Das hier?« Robby sprang hoch, und ihr Stuhl kippte weg. »Was meinst du mit ›das hier‹?«

»Wir können uns nicht mehr treffen. Deutlicher vermag ich es nicht auszudrücken.«

Robby unterdrückte einen Aufschrei. »Aber wir lieben einander.«

»Ich weiß.« Bobby sah sie verlegen an. »Ich weiß.«

Robby überlegte. Sie sollte es ihm jetzt sagen. Aber sie konnte nicht.

»Bobby.« Ihre Stimme schwankte. »Heute muss nicht unser letztes Treffen sein. Diese Bude«, sie wies auf die spärliche Behausung, »ist nur *ein* Ort, um zu reden. Wir finden etwas Besseres.« Sie stand auf und ging zu ihm. Doch anders als sonst verhärtete sich seine Miene.

»Nein«, sagte er knapp. »Es ist endgültig. Ich habe lange darüber nachgedacht. Glaube mir bitte, ich nehme das alles nicht auf die leichte Schulter. Du weißt, was ich für dich empfinde. Doch ich habe eine Familie, und meine Frau und die Kinder brauchen mich.«

»Das fällt dir jetzt ein? Die hattest du auch schon, als du mich leidenschaftlich gevögelt hast.«

»Du hast recht. Ich bin ein Betrüger, ein feiges Arschloch. Niemals hätte ich dich in diese Lage bringen dürfen. Dich nicht, nicht meine Frau und meine Kinder schon gar nicht.«

»Erspare mir dein Selbstmitleid.«

Robby versuchte, ihn zu umarmen. Er wehrte ihre Nähe ab.

»Ich kann nicht anders. Jeden Abend singe ich mit meinen Kindern ein Lied.«

Jetzt begann er allen Ernstes zu singen.

»Zwei mal drei macht vier, widdewiddewitt und drei macht neune, ich mach mir die Welt, widdewidde wie sie mir gefällt. Hey, Pippi Langstrumpf, trallari, trallahey, tralla hoppsassa! Hey, Pippi Langstrumpf, die macht, was ihr gefällt.«

Dann hörte er abrupt zu singen auf. »Robby, so sehr ich dich auch liebe, ich bin nicht Pippi Langstrumpf, und meine Welt kann ich mir leider nicht machen, wie es mir gefällt.«

»Aber Bobby«, hob Robby an, »ich bin …«

Er unterbrach sie mit einem Blick, der kein weiteres Wort zuließ.

Dann ging er und schaute kein einziges Mal zurück.

23

Ginevra wälzte sich in ihren Kissen.

Die Laken wickelten sich um ihren Körper, als wären sie eigenständige kleine Kreaturen, einzig darauf bedacht, sie zu quälen.

Sie litt unter Schuldgefühlen.

Warum hatte sie den dunklen Raben von Edgar Allen Poe nicht schon vor diesem Zusammenprall ernst genommen?

Sie war nicht so naiv, das als Allegorie misszuverstehen.

Der ganze Tag war für sie von etwas Düsterem, Finsterem begleitet gewesen. Aber Ginevra war niemand, der sich weinend an Arturos Brust geworfen und ihm davon erzählt hätte.

»Du bist zwar mitunter eine kleine Hexe. Aber ein Unglück herbeizuzaubern, gelingt nicht einmal dir.«

Auf so einen Kommentar konnte sie getrost verzichten.

Nicht sie forderte das Böse heraus, sie hatte bloß hin und wieder das Gefühl eines drohenden Unheils, das sie nicht näher beschreiben konnte.

Sie kratzte an einem der aufgeklebten Tattoos so lange, bis die Haut darunter blutig wurde.

Shit!

Jetzt wiesen Arturos jungfräulich weiße Bettlaken rote Flecken auf.

Sie griff schließlich doch zum Telefon.

»Arturo?«

»Schatz?«

»Es tut mir so leid. Ich hatte schon den ganzen Tag so ein merkwürdiges Gefühl. Kindisch vielleicht, aber mir war, als kauerten Raben auf den Zinnen des Schlosses und warteten nur darauf, sich auf uns zu stürzen. Hätte ich bloß etwas gesagt, dann wäre Maddalenas Franjo noch am Leben. Ich hasse mich dafür.«

»Ginevra.« Arturo hielt inne und fügte dann den Kosenamen ihrer Kindheit hinzu. »Ginny, du hast nichts falsch gemacht. Niemand hätte wegen irgendwelcher Krähen eine herannahende

Gefahr vermutet. Du hättest dich bloß lächerlich gemacht. Aber Schatz, ohne deine Reaktion, nachdem du die Pistole bei dem vermeintlichen Kellner entdeckt hast, wäre Lippi niemals aufmerksam geworden. Auch Zoli könnte jetzt tot sein.«

»Ja«, brachte Ginevra hervor. »Aber Franjo. Den hätte ich retten können.«

»Liebling. Meine Schöne.« Arturo klang jetzt wieder wie eine gestelzt redende Romanfigur, und im Moment wusste Ginevra das durchaus zu schätzen.

Sie bedurfte dieser Distanziertheit jetzt mehr als alles andere.

»Du hat mindestens ein Leben gerettet. Bitte leg dich hin, trink einen Kamillentee und versuche zu schlafen. Soll ich deine Mutter und deinen Vater anrufen und sie bitten, dir Gesellschaft zu leisten?«

»Mama und Papa?« Ginevra putzte sich geräuschvoll die Nase. »Damit verschone mich bitte.« Sie lächelte, denn gegen die Gesellschaft ihrer Eltern hätte sie nichts einzuwenden. Sie verstand sich gut mit den beiden. Nur in diesem Augenblick wollte sie allein sein.

»Schatz«, Arturos Stimme gab ihr Halt, »ich kann nicht genau sagen, wann ich zu dir komme. Aber eines verspreche ich, es wird sich eine frische, knusprige Brioche in meiner Tasche befinden.«

»Eine mit Schokolade?« Ginevra lächelte.

Auf einmal erschien ihr alles eine Spur leichter.

Trotzdem weinte sie Arturos blütenreines Kissen nass und verschmierte es mit ihrer Wimperntusche.

Dann stand sie auf und schmiss die blutigen Laken und schmutzigen Kissenüberzüge in die Waschmaschine und zog frische Bettwäsche auf.

24

Bevor die Morgendämmerung anbrach, würde Salvatore sie in das Motorboot bringen.

Die Gezeiten standen dann günstig; die Flut würde die Fahrt erleichtern, während das schlechte Wetter bereits weitergezogen war.

Maria machte sich längst nichts mehr vor. Ihr Versteck war gut gewählt. Auf rechtzeitige Hilfe durfte sie nicht hoffen.

Salvatore wirkte vergnügt.

Großzügig hatte er Enrico, der doch noch aufgetaucht war, das Klapprad überlassen und gemeint, dass der Bursche es dringender bräuchte als er. Er war mit seinem Kompagnon einige Zeit draußen gewesen, und Maria hatte in der Zwischenzeit die Hütte eingehend betrachtet.

Vielleicht gab es hier etwas, das sie als Waffe verwenden konnte?

Aber natürlich war auch dieser Gedanke eine reine Wunschvorstellung gewesen.

Es gab nichts, an das sie herankam. Immer noch war sie mit Kabelbinder ans Bett gefesselt.

Immerhin hatte sie ihn davon überzeugt, ihr den Knebel nicht mehr in den Mund zu stecken. Wenn sie mit ihm sprach, waren ihre Worte leise, und sie wählte sie sorgsam.

Trotzdem wurde ihre Angst immer größer.

Die Vorstellung, in der Dunkelheit und gefesselt mit Salvatore in einem Boot über das offene Meer zu fahren, brachte sie fast um den Verstand.

Es gab doch sicher Wasserpolizei, die angehalten war, nach ihnen Ausschau zu halten, tröstete sie sich.

Aber was, wenn sie keiner stoppte?

Oder falls doch, was, wenn Salvatore zu schießen begann?

Was, wenn das Boot kenterte?

Sie konnte schwimmen, ja, aber in der Nacht, mit zusammengebundenen Armen und im offenen Meer?

Falls das alles wider Erwarten gut ging und sie Slowenien unbeschadet erreichten, wie wollte er von dort unerkannt zu einem Flughafen kommen?

Doch nicht mit dem Autobus oder der Bahn?

Blödsinn.

Vermutlich würde er einen Wagen stehlen.

Hatte er neue Namen für sie, Pässe?

Gab es die darauf ausgestellten Flugtickets schon?

Marias Blick irrte durch die Hütte.

Würde sie Piero je wiedersehen?

25

Einen Regenguss könnte Robby jetzt brauchen.

Harte Tropfen, die wild gegen die Scheiben ihres Autos trommelten.

Aber das Wetter spielte bei ihrer wehmütigen Stimmung nicht mit.

So waren es nur ihre Tränen, die unaufhaltsam ihre Wangen hinabflossen und sich in den Kuhlen ihrer Schlüsselbeine sammelten.

Sie war todunglücklich.

Bobbys Worte waren eindeutig und unmissverständlich gewesen. Er wollte die Trennung. Daran bestand nicht der geringste Zweifel.

Als er zu singen angefangen hatte, hätte sie ihm am liebsten mitten ins Gesicht geschlagen. Aber das alberne Kinderlied sprach deutlicher als alles andere aus, dass ihre Liebe allein nicht reichte, um dem Leben und der Verantwortung, die sie trugen, gerecht zu werden. Und ihn mit dem Baby zu erpressen, war keine Lösung.

Sie musste sich mit der Trennung abfinden.

Ihr Schluchzen auf dem Weg zurück nach Hause wurde immer heftiger. Auf einmal erfasste sie eine heiße Welle der Erkenntnis.

Sie wollte dieses Kind bekommen.

Sie bog im nächsten Kreisverkehr nicht in Richtung Grado ab, sondern nahm die Straße nach Punta Sdobba, dem Fischerdorf, in dem sie mit Bobby so glücklich gewesen war.

Die Dunkelheit, die sie umgab, war nichts gegen den tobenden Schmerz über den Verlust ihrer großen Liebe.

Sie drückte auf den Knopf ihres Lieblingskanals im Autoradio, vernahm die letzten Takte eines Songs und danach die Stimme des Sprechers.

Er sprach wieder über das grausame Verbrechen, das die ganze

Region erschüttert hatte. Diesmal kam der leitende Beamte der Sonderkommission zu Wort.

Robby hörte nur mit halbem Ohr zu, sie wusste bereits, wozu man die Bevölkerung aufrief. Es wurde darum gebeten, jede noch so unbedeutende Beobachtung unmittelbar der nächsten Polizeidienststelle mitzuteilen.

Das war selbstverständlich.

Nur war sie nicht in Strassoldo gewesen und hatte daher auch nichts Auffälliges bemerken können.

Sie schaltete das Radio aus, parkte ihren Wagen und legte aus sentimentalen Gründen die letzte Strecke zu Fuß zurück. Merkwürdigerweise hatte der Kummer ihre Angst, entdeckt zu werden, verscheucht.

So war sie auch nicht besonders leise, sondern verlieh ihrer düsteren Stimmung durch so manchen heftigen Tritt gegen einen Baumstamm Ausdruck.

In der Nähe ihres Liebesnestes schimmerte das Wasser des Kanals dunkel durch das Schilf. Es roch nach Muscheln und Seetang. Robby bemerkte ein Motorboot, das bisher nicht hier gelegen hatte. Es war mit Ästen und einer grauen Plane zugedeckt.

Gedankenverloren ging sie zu »ihrem« Häuschen und setzte sich von Kummer überwältigt auf die Matratze, auf der sie sich so oft an Bobby geschmiegt hatte.

Irgendwann hörten ihre Tränen auf zu fließen, und Robby beschloss, dass es Zeit war, ein für alle Mal Abschied von der Hütte zu nehmen.

Sie wählte einen anderen Weg zurück zum Auto, zerkratzte sich die Arme und Beine am Gestrüpp und hörte das gierige Surren der Moskitos.

Aber da war auch etwas, das sie nicht gleich zuordnen konnte. Es klang wie das Scharren eines Stuhls oder das Knarren eines Bettes. Hier war doch aber sonst keine Hütte, so weit draußen, so tief im Schilf? Oder hatten sie sich diesbezüglich getäuscht?

Neugierig, wie sie war, schlich sie näher. Da stand tatsächlich ein weiteres kleines, verfallenes Häuschen, verborgen hinter dichtem Gestrüpp.

Sie spähte durch das Fenster.

Was Robby sah, ließ sie erschrocken zurückprallen.

Eine junge Frau war an ein Bettgestell gefesselt. Und auf einem Stuhl daneben saß ein schlafender Mann, der eine Pistole umklammert hielt.

26

Maria vernahm ein Geräusch.

Salvatore schnarchte leise in seinem Stuhl neben ihrem Bett. Zwischendurch setzte sein Atem aus, und er schnappte nach Luft, um danach weiterzuschnarchen.

Das Geräusch eben war von draußen gekommen.

Maria wagte nicht, sich zu bewegen.

Keinesfalls durfte sie ihren Entführer wecken. Wenn Rettung nahte, wäre er vorgewarnt.

Also rührte sie sich nicht und hoffte mit wild schlagendem Herzen, dass sie nicht bloß das Rascheln eines herumstreunenden Tieres vernommen hatte.

Doch nein, da war es wieder. Es hörte sich wie ein Tappen an, so als schleiche sich jemand davon.

Wenn Salvatore das mitbekäme, würde er aufspringen, hinausstürmen und auf alles schießen, was sich bewegte.

Maria verharrte still.

Vielleicht hatte die Person draußen mitbekommen, dass sie hier festgehalten wurde?

Dass die Hütte nicht gestürmt worden war, lag wohl am Umstand, dass es kein Polizist gewesen war, sondern möglicherweise einer der Fischer.

Er war wieder gegangen, und Maria betete stumm: »Bitte hol Hilfe. Morgen ist es zu spät.«

In diesem Moment schlug Salvatore die Augen auf.

Er sah sie auf eine rätselhafte Art an. »Du bist ja schweißnass. Hast du etwa Fieber?« Besorgt beugte er sich über sie und strich über ihre Stirn. »Fühlt sich nicht heiß an. Kalter Schweiß also. Was bedeutet das?«

Er schlug sich auf die Wange und lachte auf. »Dass mir das nicht gleich aufgefallen ist. Du bibberst vor Angst. Warte, Liebste, ich gebe dir eine Tablette, damit du eine Runde schlafen kannst. Morgen wirst du all deine Kräfte brauchen. Der Tag wird hart, und so eine Fahrt über das offene Meer birgt allerlei Gefahren.«

Er richtete sie auf und schob ihr eine Pille zwischen die Zähne.

»Schluck!«

Maria schob die Tablette unter ihre Zunge, aber sie begann bereits, sich aufzulösen.

»Braves Mädchen.« Salvatore setzte sich zufrieden auf den Stuhl neben sie.

27

Robby war einen Moment wie gelähmt vor Angst.

Da drinnen befand sich die Entführte.

Warum sonst sollte die Frau ans Bett gefesselt sein?

Was sollte sie jetzt machen?

Das Auto war weiter entfernt als ihre Hütte. Sie musste Hilfe holen.

Spontan entschied sie, zurück zur Hütte zu schleichen. Sie versuchte, sich so lautlos wie möglich durch das Gebüsch zu bewegen.

Hinter ihr befand sich das Versteck des Entführers. Mit jedem Schritt entfernte sie sich ein Stück weiter von ihm.

Einmal blieb sie stehen und lauschte in die Nacht. Sie meinte, etwas gehört zu haben. Aber es war nur das heftige Pochen ihres Herzens.

Endlich befand sie sich im Schutz ihrer Hütte.

Das Handy!

Hatte sie es im Auto liegen gelassen?

Panik loderte in ihr hoch.

Hektisch fingerte sie in den Taschen ihrer Jeans.

Aber da war kein Handy.

Was war sie bloß für eine Närrin?

Es blieb ihr nichts anderes übrig, als sich wieder auf den Weg durch die Nacht zu machen.

Hin zum Auto.

Dorthin, wo sie ihr verdammtes Telefon achtlos zurückgelassen hatte.

28

Maria befand sich in einem Dämmerzustand.

Sie hatte zwar verhindern können, die gesamte Tablette zu schlucken, aber ein Teil hatte sich aufgelöst, bevor sie den Rest unbemerkt mit der Zunge in ihren Mundwinkel schieben konnte, darauf wartend, dass Salvatore endlich wieder einschlief.

Doch er ließ sich Zeit, kratzte sich, summte leise ein sizilianisches Volkslied, sah sie dabei aber nicht an. Er schien in Erinnerungen verstrickt zu sein.

Das war Marias Chance.

Vorsichtig stieß sie den Rest der Tablette mit der Zungenspitze aus ihrem Mundwinkel und hoffte, dass Salvatore nicht mitbekam, wie die Brösel unter dem Kragen ihres Brautjungfernkleides verschwanden.

»Du!« Er setzte sich aufrecht hin und zeigte vorwurfsvoll auf sie.

Jetzt war alles vorbei.

Er hatte es bemerkt und würde ihr nun eine weit größere Dosis des Beruhigungsmittels verpassen. Eine, die sie vermutlich nicht mehr so schnell aufwachen ließ.

»Wie unendlich dumm war ich doch. Du wärest nie an sie herangekommen.«

»Sie?« Maria nuschelte. Ihre Zunge fühlte sich dick und schwer an.

»Ich rede von Giulietta. Sie war meine große Liebe.«

Giulietta?

Vage nahm die Erinnerung an eine Tragödie, von der sie einst gehört hatte, in ihrem Kopf Gestalt an. Maria war benommen. Das Medikament zeigte doch eine stärkere Wirkung, als sie vermutet hatte.

»Warum soll es dir also anders ergehen als ihr? Sie in ihrer Badewanne ›ertrinken‹ zu lassen«, er formte imaginäre Anführungszeichen mit den Fingern, »war noch zu nett von mir. Vielleicht sollte ich dich hier in den Kanal werfen. Ein Problem wäre damit gelöst. Das Motorboot hätte weniger Fracht an Bord.«

Maria zuckte zusammen. Er war dazu fähig.

»Ich drehe eine Runde, während du den Schlaf der Gerechten schläfst, und schau mal, ob sich da etwas machen lässt.«

Nein! Draußen war jemand, der sie retten konnte. Sie musste verhindern, dass er die Hütte verließ.

»Salvatore, küsse mich ein letztes Mal.«

Er beugte sich über sie und gab ihr eine kräftige Ohrfeige. Dann zog er seine Schuhe an und knallte die Tür hinter sich zu.

29

Robby ärgerte sich.

Wie dumm war sie?

Durch die Nacht zu laufen und das Handy im Auto zu vergessen.

Jetzt musste sie wieder hinaus, musste durchs Dickicht schleichen und hoffen, dass der Entführer sie nicht hörte.

Mit schweißnassen Fingern umklammerte sie den Schlüssel ihres alten Fiat Panda. Kämpfte sich durch das Unterholz, darauf bedacht, sich nicht durch ein Knarren oder Rascheln zu verraten.

Abrupt blieb sie stehen und hielt die Luft an.

Sie hatte ein Geräusch gehört. Es kam aus der Richtung der Hütte, in der sie die gefesselte Frau gesehen hatte.

Es lagen zwar schon zig Meter zwischen ihr und dem Haus, aber falls der Entführer sie bemerkt haben sollte, würde er die Gegend absuchen.

In diesem Moment flackerte der Schein einer Taschenlampe durch das Dickicht. Robby presste sich gegen einen Baum, hoffte, mit der harten Rinde eins zu werden. Sie verharrte regungslos und betete still.

Dann bewegte sich das Licht weg von ihr, und sie sah das dunkle Wasser des Kanals im Schein der Taschenlampe aufleuchten.

Der Entführer ging zu seinem Boot.

Einige Zeit wartete Robby mit angehaltenem Atem und überlegte verzweifelt, wie sie sich jetzt verhalten sollte. Eine Möglichkeit wäre, zur Hütte zu laufen und die Gefesselte zu befreien, aber das würde der Entführer bemerken.

Sie konnte ihn hören.

Es klang, als zöge er die Plane vom Boot, und es plätscherte, als füllte er Treibstoff nach.

Der Benzingeruch bestätigte ihre Vermutung.

Vorsichtig löste sie sich vom Baum und schlich durch das Strauchwerk.

Endlich lag die Landstraße vor ihr, und Punta Sdobba blieb mit all seinen verstreuten Hütten ein Stück weit hinter ihr zurück.

Robby begann zu laufen.

Sie unterdrückte ein Keuchen, befahl sich, ruhig zu atmen, und sah vor sich ihr Auto. Zum Glück reagierte die alte Kiste auf keine Fernbedienung. Denn so hektisch und panisch, wie sie gerade war, hätte sie draufgedrückt, und das Licht wäre unweigerlich angegangen.

Lautlos sperrte sie die Wagentür auf, und erst als sie sich im Innenraum eingeschlossen hatte, wagte sie einen angstvollen Blick zurück.

Da war niemand.

Sie duckte sich unter dem Fenster weg und wählte den Notruf. Mit vor Aufregung zitternder Stimme berichtete sie, was sie gesehen hatte, und ließ ihr Handy von der Polizei orten. Man wies sie an, sich ruhig zu verhalten und im Auto zu warten, es keinesfalls zu verlassen. Außerdem bot man ihr an, die Leitung in der Zwischenzeit aufrechtzuerhalten, damit sie mit jemandem reden konnte, aber Robby lehnte dankend ab.

Kaum hatte sie das Gespräch beendet, tippte sie auf Bobbys Namen. Obwohl es bei ihm läutete, ging er nicht dran. Robby brach in Tränen aus und wählte erneut.

»Ja?« Eine Frauenstimme nahm das Gespräch entgegen.

Damit hatte sie zuletzt gerechnet.

»Es ist ein Notfall. Bitte lassen Sie mich mit Bobby sprechen.«

»Bonifacio«, hörte sie die Frau laut und deutlich sagen, »du solltest da besser rangehen. Es ist dein Flittchen.«

»Robby.« Seiner Stimme war der Zorn anzuhören.

»Bobby, es tut mir leid, ich musste nur gerade ein letztes Mal deine Stimme hören. Ich habe die Entführte gefunden. Sie befindet sich in einer der Hütten in Punta Sdobba, ganz in der Nähe von unserem Häuschen. Ich warte auf die Polizei, aber ich sterbe vor Angst.«

Dann beendete sie das Gespräch, trocknete ihre Tränen und überließ sich ihrem Schicksal.

30

Eben hatte der Comandante einen Anruf erhalten. Und stand nun stocksteif da.

»Arturo, leg dein Privathandy augenblicklich weg.«

Scaramuzza sprach normalerweise nicht in diesem Ton mit seinem Protegé. Interessiert sah Lippi von einem zum anderen.

»Hört mir genau zu.« Der Comandante hob seine Stimme. »Eine Frau namens Roberta Bianchi gab eben an, die Entführte in einer der Fischerhütten von Punta Sdobba gesehen zu haben. Sie wartet nahe der Siedlung in ihrem Auto auf uns und wird uns hinführen.«

Augenblicklich brach neue Geschäftigkeit aus. Allein die Reaktion der Degrassi war seltsam verhalten, sie äußerte sich mit keinem Wort, sondern saß nur da und fuhr sich unentwegt durch die Locken. Dann verließ sie kurz das Büro und kam nach wenigen Minuten zurück.

Ein eigenartiger Glanz lag auf ihrem Gesicht, ein Leuchten, das Lippi erschauern ließ.

Doch jetzt war keine Zeit für derlei Überlegungen, jetzt galt es, die weitere Vorgehensweise zu besprechen. Ein Sondereinsatzkommando musste angefordert werden und ebenso eine dafür ausgebildete Polizeipsychologin, die Maria Daidone nach deren Befreiung entsprechend unterstützen konnte.

Einer der uniformierten Kollegen betrat nach kurzem Klopfen das Büro. »Dottor Scaramuzza. Ein Bonifacio Cinà will Sie sprechen. Es geht um Punta Sdobba, er sagt, er kann helfen.«

»Dann herein mit ihm.«

»Am Telefon. Er rief in der Zentrale an.«

Lippi enthielt sich eines Grinsens, dafür war die Situation zu ernst.

Scaramuzza schaltete sein Telefon auf Lautsprecher. Grußlos setzte der Mann an.

»Ich fasse mich kurz. Ich bekam vorhin einen Anruf von Roberta Bianchi, die, wie Sie inzwischen sicher wissen, in Punta Sdobba die entführte Frau entdeckt haben will. Im Fischerdorf gibt es einige abseits gelegene Hütten. In einer davon hatte ich mich regelmäßig mit Roberta getroffen. Heute war sie allein, und jetzt wartet sie völlig verstört in ihrem Auto darauf, dass Sie kommen. Ich bin außer mir vor Sorge und unterwegs zu Ihnen, um Sie dorthin zu begleiten. Ich weiß ebenfalls, wo die Hütte liegt, und kann helfen.«

»Dann beeilen Sie sich. Wir haben keine Zeit zu verlieren.« Der Comandante legte auf und wies Fanetti, Lippi, Beltrame und Zoli an, ihm zu folgen. »Wir werden nicht auf das Eintreffen des Sondereinsatzkommandos warten, sondern sofort zu Signora Bianchi stoßen. Beltrame, Sie verständigen das SEK und die Polizeipsychologin, wohin sie zu kommen hat«, forderte er die Kollegin bestimmt auf. »Nicht dass die Frau im Revier antanzt und wir in Punta Sdobba auf sie warten. Dort wird sie gebraucht.«

31

Robby verhielt sich genau so, wie die Polizei es ihr geraten hatte.

Sie kauerte auf dem Boden des Beifahrersitzes und hatte ihr Handy auf lautlos gestellt und die Vibration ausgeschaltet. Das Telefon lag mit dem Display nach unten, sodass kein Lichtschein durch einen möglichen Anruf sie verraten konnte.

Hoffentlich kamen die Beamten bald.

So couragiert sie sich vorhin auch gezeigt hatte, so sehr zitterte sie jetzt vor Angst.

Was, wenn der Verbrecher durch die Gegend streifte und ihr Auto entdeckte?

Sie versuchte, sich nicht auszumalen, was die Folge davon wäre.

Es würde nicht helfen, im Wagen eingesperrt zu sein. Der Schuss aus einer Pistole würde die Scheiben des alten Pandas zerbersten lassen.

Ihre Hand lag auf dem Bauch. Eine verzweifelte Geste, das Kleine, das in ihr wuchs, zu beschützen.

Und da sah sie es.

Ein Auto rollte auf sie zu.

Fast wäre es ihr entgangen.

Es fuhr im Schritttempo, und kein Scheinwerfer erhellte die Nacht.

Vor Erleichterung schluchzte sie auf. Dann öffnete sich die Tür des Autos, das neben ihrem geparkt hatte, und ein Polizist stieg aus. Leise näherte er sich ihrem Wagen und wies sie durch ein Zeichen an, ebenfalls auszusteigen.

Auch die anderen Türen des Fahrzeugs öffneten sich, und dann stand auf einmal Bobby vor ihr.

Sie fiel ihm in die Arme und atmete tief seinen vertrauten Geruch ein. »Danke, dass du hergekommen bist. Damit habe ich nicht gerechnet. Es bedeutet mir viel.«

Hinter ihm sah sie dunkel gekleidete Gestalten, die sich geräuschlos näherten.

»Robby.« Während ihr einer der Beamten eine schusssichere Weste anlegte, erklärte Bobby ihr flüsternd die Vorgehensweise.

Sie beide würden den Einsatzkräften aus sicherer Entfernung die Hütte zeigen, dann sollte die Polizei überprüfen, ob die Entführte allein im Raum war.

In diesem Fall könnten sie zugreifen und das Opfer befreien.

»Bobby.« Sie schmiegte sich an ihn, und er hielt sie fest umschlungen. »Da ist noch etwas. Ich habe vorhin, als ich allein zu unserer Hütte zurückging, so ein komisches Geräusch gehört. Es klang wie der Motor eines Bootes.«

»Das hättest du gleich sagen müssen.« Bobby machte sich sanft los und sprach leise mit einem der Polizisten.

Das Schilf raschelte bedrohlich, und Robby fröstelte.

»Bobby?«

»Du bist in Sicherheit. Es ist alles geregelt.«

Sie schluchzte auf. »Ich bin schwanger.«

Er nahm sie fest in seine Arme und drückte sie an sein pochendes Herz.

32

Es war dunkel und die Luft schwer von drückender Schwüle.

Eine Mondsichel, kaum unter einer Wolke aufgetaucht, verschwand wieder.

Guido Lippi stand neben Scaramuzza. Flankiert von Fanetti, Beltrame und Zoli.

Die Commissaria war ebenfalls, entgegen allen Widerständen des Comandante, mitgefahren. Da Lippi seine direkte Vorgesetzte kannte und nicht all ihre Aktionen guthieß, befürchtete er, dass sie möglicherweise im falschen Moment einen gravierenden Fehler machen könnte. Er musste sie also im Auge behalten.

Derzeit verhielt sie sich unauffällig, aber das konnte auch Strategie sein. Er hatte sie schwer im Verdacht, persönliche Rache an Franjos Mörder nehmen zu wollen. Verübeln konnte er ihr das nicht, verhindern aber musste er es.

Das Pärchen hatte schusssichere Westen bekommen und sollte ihnen den Weg zeigen.

Guido Lippi beschlich das unangenehme Gefühl, etwas Entscheidendes übersehen zu haben. Was war es diesmal?

Da packte ihn Bonifacio Ciná am Ärmel und raunte ihm zu, dass seine Freundin Robby ihm eben anvertraut hätte, aus dem Dickicht beim Kanal ein Motorengeräusch vernommen zu haben.

Dumm gelaufen.

Natürlich brachte es Vorteile, wenn sich der Entführer außerhalb der Hütte aufhielt. Es konnte aber auch bedeuten, dass er sein Opfer bereits ins Boot gebracht hatte und mit Maria Daidone aufs offene Meer geflohen war.

Wahrscheinlich hätte man von Anfang an die gesamte Rettungsaktion vom Kanal und Meer aus mit der Wasserschutzpolizei gemeinsam in Angriff nehmen sollen.

Mit dem iPhone in der Hand eilte er auf Scaramuzza zu.

»Wir alle haben etwas Wichtiges außer Acht gelassen. Die Annahme, dass sich die beiden noch in der Hütte befinden, muss nicht stimmen. Möglicherweise ist der Täter mit seinem Opfer längst in einem Boot auf dem Meer.«

Nachdem er Scaramuzza von der neuerlichen Wendung in Kenntnis gesetzt hatte, alarmierte er die Küstenwache.

33

Maria kam langsam zu Bewusstsein.

In ihrem Magen gurgelte es. Bittere Flüssigkeit bauschte sich zu Wellen hoch, auf denen ein Boot schaukelte.

Ihr war übel.

Gleich musste sie sich übergeben. Würgend kämpfte sie gegen den Widerstand in ihrem Rachen an.

Schlucken!

Sie durfte dem Würgereiz unter keinen Umständen nachgeben, sie würde an ihrem eigenen Erbrochenen ersticken.

Immer noch war zu viel des Schlafmittels in ihrem Blut.

Tiefe Dunkelheit umfing sie.

Die Hütte, das Bett, die Fesseln, der Knebel und jetzt noch eine Augenbinde.

Ruhig, befahl sie sich. Atme gleichmäßig. Dir ist nicht schlecht. Du spazierst Hand in Hand mit Piero im warmen Sand.

Strand?

Meer?

Boot?

Verdammt, wo war Salvatore?

Da war seine Drohung, sie hier in den Kanal zu werfen.

Auch wenn er ihre Sinne vernebelt hatte, riechen konnte sie noch.

Am Fehlen seines Geruches erkannte sie, dass er nicht in der Hütte war.

In ihren Ohren summte das Blut. Das hieß, hören konnte sie ebenfalls.

Und es war still.

Vor ihrem tiefen Betäubungsschlaf war jemand vor dem Fenster gewesen.

Jetzt waren sie beide draußen.

Salvatore war nicht dumm. Auch er musste etwas bemerkt haben.

Deshalb die Hast, sie loswerden zu wollen.

War er ohne sie gefahren?

Wieder kam Magensäure hoch. Verzweifelt schluckte Maria und begann zu würgen.

Man würde sie nicht rechtzeitig finden.

Ein Geräusch riss Maria hoch.

Die Betäubung hielt sie noch immer umfangen.

Salvatore.

Es näherten sich Schritte, die Tür klappte.

Maria stemmte sich gegen die Fesseln, drehte ihren Kopf von einer Seite zur anderen und sank ermattet zurück auf die Matratze. Jetzt war es also so weit.

Jetzt kam er sie holen, um sie im Kanal zu ertränken.

Mit einem Ruck wurden Binde und Klebestreifen gleichzeitig von Augen und Mund gezogen. Gierig sog Maria Luft in ihre Lungen.

Dann redete eine beruhigende Stimme auf sie ein. Sie klang vertraut und warm.

Piero.

Während ihr jemand die Fesseln abnahm, schlangen sich seine Arme um sie.

Maria hustete, bekam Wasser zu trinken, und eine Ärztin hängte ihren Arm an eine tragbare Infusion.

Ob sie wisse, wo Salvatore sei, wurde sie gefragt, und ob er ohne sie losgefahren sei.

Maria konnte nur stumm den Kopf schütteln und ihren Blick nicht von Pieros braunen Augen lösen. Er hob sie ein Stück hoch und drückte sie an sich, als wollte er sie nie wieder loslassen.

»Zoli, Sie und ein paar der anderen bringen Ihre Verlobte zum Rettungswagen und danach nach Monfalcone ins Krankenhaus, wo sie durchgecheckt wird.« Die Stimme des Comandante dröhnte in ihren Ohren. »Alle anderen Abmarsch, runter zu den Kanälen. Der Bursche wird uns nicht entkommen. Den schnappen wir uns.«

»Piero?«, hörte Maria Guido Lippi aufgeregt fragen. »Weißt du, wo die Commissaria ist?«

»Sie war eben noch da.«

»Was gibt es, Lippi?« Scaramuzza klang verärgert.

»Ich kann die Commissaria nirgends sehen.«

Der Comandante wiegte nachdenklich den Kopf. »Darüber machen wir uns fürs Erste keine Sorgen.«

Wo aber war Maddalena?

Es war Marias letzter Gedanke, bevor sie auf der Trage in einen wohltuenden Schlaf sank.

34

Maddalena hastete durch das Dickicht, hin zum Kanal. Schon konnte sie das brackige Wasser riechen und das sanfte Plätschern der Wellen hören.

Die Wolken gaben den Himmel frei.

Das Mondlicht wies ihr den Weg.

Die Grillen zirpten ihre schrillen Lieder, die Stechmücken durchbohrten mit ihren Stacheln gierig Maddalenas Haut.

Es war schwül. Die Luft schien zu flirren.

Nur die Geräusche, nach denen sie sich sehnte, waren verklungen. Kein Brummen eines Motors, kein Klatschen eines Ruders.

War der Killer bereits auf hoher See?

Kam sie zu spät?

War er nicht losgefahren, hieß das, er versteckte sich hier. Sie musste ihn vor den anderen kriegen.

Schon konnte sie die Rufe hören.

Jemand schrie ihren Namen.

Wollten diese Idioten den Kidnapper warnen?

Maddalena zwängte sich durch das Gebüsch, ritzte sich an den Dornen die Haut auf und durchforstete in Windeseile die Umgebung.

Sie rang nach Atem. Und dann vernahm sie ein Platschen, das sie an einen Sprung ins Wasser denken ließ. Wollte er ihnen davonschwimmen?

Jetzt war alles still. Auch die Rufe nach ihr hatten aufgehört.

Maddalena machte vorsichtig ein paar Schritte vorwärts. All ihre Sinne waren geschärft.

Vor ihr schaukelte das Motorboot auf dem Wasser des Kanals.

Sie näherte sich lautlos.

Es war leer.

Salvatore musste in Panik aus dem Boot gesprungen und an Land geschwommen sein, um sich dort im Strauchwerk zu verstecken.

Dann hörte sie es.

Es war ein sanftes Blubbern. Luftblasen, die an die Oberfläche des Wassers stiegen.

Mit einem Satz hechtete Maddalena vor und sprang in den Kanal.

Sie bekam ihn gleich zu fassen.

Seine Beine schlangen sich um ihre, versuchten, sie hinabzuziehen, sein Arm umschloss ihren Hals.

Mit einer Kraft gespeist aus Trauer und Verzweiflung schlug sie ihre Zähne in seinen Unterarm, und er ließ abrupt los. Mit beiden Händen packte sie seinen Kopf und zerrte ihn an den Haaren aus dem Wasser. Nach Luft ringend umklammerte sie ihn. Er kämpfte, trat und stieß sie. Aber Maddalena war stärker.

Schon sah sie die Umrisse ihrer Kollegen.

»Mörder!«, schrie sie und zerrte ihn weiter an Land.

»Nicht, Maddalena! Nicht!«

Aber Maddalena zog die Dienstwaffe aus dem Halfter und hielt sie Salvatore an die Schläfe.

»Degrassi! Nein!«

Franjos Gesicht schob sich über alles andere, seine im Tod geschlossenen Augen und sein blutdurchtränktes Hemd. Nie wieder würde sie seinen ganz besonderen Geruch nach Küchenkräutern und Wiesenblumen wahrnehmen.

»Das traust du dich nicht.« Salvatore versuchte, seinen Kopf von der Mündung ihrer Waffe wegzudrehen.

Maddalena entsicherte die Beretta.

Auch Salvatores Hand fuhr nach oben. Maddalenas Augen wanderten mit.

Unbemerkt hatte er eine Waffe gezogen.

Um sie herum wurde es ganz still.

Das Blut in ihrem Körper hatte aufgehört zu pulsieren.

Da war nur noch das Mondlicht.

Ein Schuss krachte, und dann fiel ein zweiter. Doch sie hatte nicht geschossen.

Hände packten sie und zogen sie von der Leiche weg.

»Haut ab! Lasst mich in Ruhe!«, schrie Maddalena.

Lippi stand mit gesenkter Dienstwaffe an eine Pinie gelehnt und zitterte.

»Lippi!« Fanetti lief auf ihn zu. »Du hast Maddalenas Leben gerettet.«

»Mein Leben?«, tobte Maddalena. »Das ist nichts mehr wert. Ihr habt mir meine Rache gestohlen!«

Epilog

Die Sonne versank langsam wie ein oranger Ball im Meer.

Maddalena hatte die Abenddämmerung gewählt, um hierherzukommen. Um diese Stunde war das Wasser im Golf von einer irisierenden Farbe, die sie an das Azurblau der Augen ihres Vaters und an die tiefdunklen von Franjo erinnerte.

Nun stand sie auf dem schönsten Friedhof der Welt in Santa Croce und blickte auf das Grab. Sie hatte darauf bestanden, Franjo neben ihrem Vater beerdigen zu dürfen.

Der Duft von Salbei und Rosmarin vermischte sich mit dem Geruch welkender Blumen.

Wie oft hatte sie Papa hier stumm von ihrem Leben erzählt und war traurig darüber gewesen, auf ihre Fragen keine Antworten zu erhalten. Nun hielt sie ihre stillen Zwiegespräche abwechselnd mit einem der beiden.

Seit Franjos Tod waren über zwei Monate vergangen, und der bohrende Schmerz über seinen Verlust hatte nicht nachgelassen.

Auf dem grauen Grabstein stand sein Name jetzt unter dem ihres Vaters.

Das Begräbnis und alle damit verbundenen Zeremonien waren wie ein Alptraum in Endlosschleife an ihr vorbeigezogen. Sie hatte viel Unterstützung von ihrer Mutter, den Kollegen, Freunden und Comandante Scaramuzza bekommen. Alle meinten es gut mit ihr und wollten Trost spenden, wo es keinen gab.

Sie konnte nicht anders als allein sein.

Manchmal fuhr sie zu Mateja, Franjos Mutter, nach Dol pri Vogljah, und dann saßen sie einander schweigend und doch in stiller Eintracht gegenüber. Die alte Frau hatte Maddalenas Wunsch, Franjo neben deren Vater in Santa Croce zu beerdigen, akzeptiert. Niemand würde sein Grab hingebungsvoller pflegen.

Maddalena hatte sich immer schon mit dem Karst verwurzelt gefühlt. Sie liebte Santa Croce, das wie in die Felsen über dem Meer gehauen schien.

Nun war sie in das Haus ihrer Eltern zurückgekehrt. Ihre Villa in Grado wurde von ihrer Freundin Bibiana in der Zwischenzeit an Touristen vermietet. Was danach mit dem Haus, in dem sie sich mit Franjo ihre Zukunft aufbauen wollte, geschehen würde, wusste sie noch nicht.

Überzeugungskraft war notwendig gewesen, als Maddalena Comandante Scaramuzza um einige Monate Auszeit gebeten hatte. Nur unter der Bedingung, dass ihr Rückzug einer auf Zeit war, hatte er eingewilligt.

Schweren Herzens hatte sie Guido Lippi ihren Arbeitsplatz überlassen. Er hatte sich gut gemacht und bravourösen Einsatz gezeigt. In einem verborgenen Winkel ihres Herzens allerdings neidete Maddalena ihm den tödlichen Schuss, den er abgesetzt hatte, auch wenn es ihr eine kleine Genugtuung verschaffte, an das klaffende Loch in der Stirn von Franjos Mörder zu denken.

Sie strich liebevoll über den immer noch sonnenheißen Grabstein, schluckte ihre Tränen hinunter und verließ ohne zurückzuschauen den Friedhof. Zielstrebig suchte sie die kleine Bar im Dorf auf. Dort bekam sie ihren Espresso und das Glas Wasser automatisch serviert. Man kannte sich.

Maddalena rauchte eine Zigarette auf der Steinveranda, atmete tief durch und verscheuchte die aufsteigenden traurigen Gedanken. Langsam ging sie zu ihrem Haus.

Ihr erster Weg führte sie zur Garage, in der die chromblitzende nagelneue Moto Guzzi auf sie wartete.

»Torta degli sposi« – Meringata alla frutta di fragole

Das folgende Rezept wurde uns von der Gräfin Gabriella Williams di Strassoldo zur Verfügung gestellt. Es ist das ihrer eigenen Hochzeitstorte.

Zutaten
Für die Baiserschichten:
120 g Wasser
600 g Zucker
10 Eiklar

Für die Puddingcreme:
135 ml Vollmilch
35 ml flüssige Sahne
1 Vanilleschote
2 Eigelb
45 g Zucker
15 g Maisstärke

Für die Füllung:
250 g Sahne
200 g Erdbeeren, gewürfelt

Für die Seiten:
150 g flüssige Sahne
zerbröckelte Baisers

Zum Garnieren:
50 g Erdbeeren

Zubereitung
Bereiten Sie zunächst das italienische Baiser folgendermaßen zu: Vermischen Sie Wasser und Zucker in einem kleinen Topf und tauchen Sie ein Lebensmittelthermometer ein, um die Temperatur

zu überprüfen. Sobald der Sirup 116 °C erreicht hat, schlagen Sie parallel das Eiweiß auf. Beachten Sie, dass Sie eine große Schüssel (Fassungsvermögen mindestens 4 Liter) benötigen, da der Eischnee rasch an Volumen gewinnt.
Wenn der Sirup 121 °C erreicht hat, gießen Sie ihn bündig auf das geschlagene Eiweiß und schlagen dabei weiter. Danach abkühlen lassen.
Heizen Sie das Backrohr auf 70 °C vor.
Legen Sie ein Blatt Backpapier auf ein Backblech und zeichnen Sie mit Hilfe des Bodens einer Springform von 22 cm Durchmesser einen Kreis, der als Referenz für die Baiserscheibe dient.
Füllen Sie die abgekühlte Baisermasse in einen Spritzbeutel mit einer glatten 12-mm-Düse und geben Sie, ausgehend von der Mitte, mit einer spiralförmigen Bewegung das Baiser auf das Backpapier, bis es den zuvor auf dem Blatt verzeichneten Kreis ausfüllt. Wiederholen Sie den Vorgang, um eine zweite, identische Scheibe zu erstellen. Dann wechseln Sie die Düse des Spritzbeutels und setzen Sie einen sternförmigen Einsatz hinein. Verzieren Sie eine der beiden Baiserscheiben nach Wunsch mit Tupfen, Kringeln oder Ähnlichem.
Aus dem verbliebenen Schneeschaum bilden Sie auf einem dritten Blech kleine Tupfen, die Sie später für die Dekoration verwenden können. Die beiden Scheiben und die Tupfen im vorgeheizten Ofen mindestens 4 Stunden bei leicht offen gehaltener Ofentür trocknen lassen.

Für die Puddingcreme stellen Sie einen Topf auf den Herd und gießen Sie Milch und Sahne hinein. Geben Sie den ausgeschabten Inhalt der Vanilleschote hinzu und lassen Sie alles bei schwacher Hitze langsam aufkochen. Dann den Herd ausschalten.
In der Zwischenzeit das Eigelb in eine große Schüssel geben, den Zucker hinzufügen und mit einem Schneebesen zu einer homogenen Masse verrühren, bis sie hellgelb wird. Danach die gesiebte Maisstärke untermischen.
Schalten Sie die niedrige Hitze wieder ein, rühren Sie, sobald Sahne und Milch erneut zu köcheln beginnen, die Eigelbmasse

ein und rühren Sie weiter konstant, um die Mischung für maximal 4 Minuten zu verdicken.
Wenn der Pudding verdickt, stellen Sie die Hitze ab und gießen Sie ihn in eine Schüssel, die Sie sofort mit Küchenfolie abdecken, um die Bildung einer Haut zu vermeiden.
Lassen Sie das Ganze zuerst bei Raumtemperatur und dann mindestens eine Stunde lang im Kühlschrank abkühlen. Nun fügen Sie dem Vanillepudding ⅔ der zerbröckelten Eischneetupfer hinzu.

In der Zwischenzeit schlagen Sie die Sahne für die Füllung mit einem elektrischen Schneebesen und heben Sie sie vorsichtig unter die gekühlte Puddingcreme.

Es ist Zeit für die Montage Ihres Erdbeer-Baiser-Kuchens:
Legen Sie den glatten Baiserkreis auf einen Servierteller und umschließen Sie ihn mit einem Tortenring.
Mit der Füllung aus Pudding, Baiser und Sahne bedecken und die Masse mit einem Tortenspachtel glatt streichen. Zum Schluss die gewürfelten Erdbeeren darauf verteilen.
Legen Sie nun die verzierte Baiserscheibe auf die Füllung. Stellen Sie den so hergestellten Kuchen in den Gefrierschrank und lassen Sie ihn mindestens 4 Stunden fest werden. Anschließend lösen Sie ihn mit einem glatten Messer vom Tortenring.
Schlagen Sie für die Seitenabdeckung die angegebene Menge Sahne auf und verteilen Sie sie mit einem Spachtel an den Seiten des Kuchens.
Mit Hilfe eines Löffels lassen sich die restlichen (⅓) zerbröckelten Eischneetupfer an den Seiten des Kuchens auftragen.
Die zum Garnieren vorgesehenen Erdbeeren längs halbieren und dekorativ auf den Kuchen legen. Für weitere Verzierungen können Sie Marzipanrosen, Zuckerblumen und -blätter und auch echte Rosen sowie frische Beeren der Saison verwenden.
Falls Sie eine mehrstöckige Torte wollen, müssen Sie den kompletten Backvorgang in einer jeweils kleineren Springform wiederholen und bei der Füllung die Menge anpassen.

Danksagung

Es war ein außergewöhnliches Jahr mit vielen Lesungen, Präsentationen, Festivals und Buchmessen, auf denen ich die deutschen und italienischen Adria Krimis um die Kommissarin Maddalena Degrassi aus Grado sowie »Kärntner Wiegenlied« vorstellen durfte.

Für das Vertrauen in mich danke ich unserem phantastischen Verleger Hejo Emons und seinem wunderbaren Team, im Besonderen Christel Steinmetz, Stefanie Rahnfeld und meiner Lektorin Marit Obsen, deren scharfem Blick nichts entgeht. An dieser Stelle möchte ich mich auch bei jenen bedanken, die immer ein offenes Ohr für mich haben und beeindruckende Titel, Cover, Pressetexte, Lesungen, Bewerbungen, Korrekturen und Postings auf Facebook und Instagram kreieren: Leslie Schmidt, Svenja Schulze, Carolin Gladysch, Ulrike Emons, Angela Eichner, Sonja Erdmann, Franziska Emons-Hausen, Nina Schäfer, Ingeborg Simandi, Sophie Olk, Hannah Naumann, Daria Gaberdan-Koprowski, Denise Lemma, Dominic Hettgen, Helge Kuhnert, der Verlagsvertretung Michael Höller plus Team und natürlich Mike Stirnagel sowie all jenen, die im Hintergrund wirken.

Ich danke meinem Expertenteam: Christa Rados, die mir bei psychiatrischen sowie neurologischen Fragen aushilft, und Christian Puswald, der mich mit juristischem Rat versorgt. Ebenso danke ich der Contessa Gabriella Williams Di Strassoldo – die mir großzügigen Zugang zu ihrem wunderbaren Wasserschloss gewährt hat – für das köstliche Rezept ihrer eigenen Hochzeitstorte. Das Delfino Blu, Ort des Brautjungfernabends, besuche ich immer wieder gerne, ebenso wie das Villagio Punta Sdobba. Dank auch an Sabine Türk-Kritzler für das Video mit Brautkleid in ihrem Brautsalon. Auf die nächste Tagesreise zu den schaurigen Orten von »Grado im Mondschein« mit Regina Rauch-Krainer von TLS Reisekultur freue ich mich sehr. Zwei wichtigen Unterstützern meiner Grado-Krimis, Thomas Soyer und Alessandro Lovato, danke ich für ihre Loyalität und ihr Engagement.

Ich danke den Buchhändlern, Bibliothekaren, Festival-Verantwortlichen und Journalisten in Österreich, Deutschland und Italien, die sich für meine Bücher einsetzen, sowie natürlich allen treuen Lesern, die zu meinen Präsentationen kommen und an den Leserunden von LovelyBooks teilnehmen, all jenen, die meine Krimis mögen und rezensieren.

Ebenso danke ich meinen Freunden: Christa, Uta, durch deren und Elenas Hilfe die Hochzeitstorte gelang, Ursula, Claudia, Susi R., Maria, Cinzia, Karin, Elfie, Karin D., Carol, Nicoletta, Arno, Christian, Helmut, Bernhard H., Stefan, Carlo, Nevio, Konrad, Wolfgang, Giovanni und Ludwig. Immer meiner Mutter, meinem Bruder Alfred, meiner Cousine Babsi, meiner Nichte Becky, meinem Neffen Matthias, Julia und meinem Cousin Gert.

Sophie, Maxi, Karo und meinem Mann Günther gilt mein ganz besonderer Dank. Denn die vier wissen besser als jeder andere, was es heißt, wenn ein Familienmitglied ein Buch schreibt. ☺

Andrea Nagele
GRADO IM DUNKELN
Broschur, 256 Seiten
ISBN 978-3-7408-0068-0

»Ihre Erzählungen lassen den Leser tief in die Geschichte von Taten und Tätern eindringen und Psyche und innere Motive ergründen. Ein spannendes Verwirrspiel, das bis zum Schluss in Atem hält.«
Wiener Bezirksblätter

Andrea Nagele
GRADO NELL'OMBRA
Italienische Ausgabe
Klappenbroschur, 224 Seiten
ISBN 978-3-7408-0592-0

Andrea Nagele
GRADO IM NEBEL
Broschur, 288 Seiten
ISBN 978-3-7408-0298-1

»Hochspannung pur. Man fiebert mit allen Beteiligten, dass es zu einem glücklichen Ende kommt.« ekz

Andrea Nagele
TOD IN DEN KARAWANKEN
Broschur, 240 Seiten
ISBN 978-3-95451-961-3

Kommissar Simon Rosner hat sich in eine Entzugsklinik zurückgezogen, um seine Alkoholsucht behandeln zu lassen. Sein Aufenthalt wird jedoch jäh unterbrochen, als ihn ein alter Schulfreund um Hilfe bittet. Dessen dreizehnjährige Tochter ist verschwunden; die Mutter des Kindes verhält sich seltsam unbeteiligt. Stück für Stück gewinnt Rosner Einblick in eine familiäre Katastrophe – und gerät in einen Strudel aus Erpressung und Mord.

Andrea Nagele
KÄRNTNER WIEGENLIED
Broschur, 256 Seiten
ISBN 978-3-7408-0198-4

Helene traut ihren Augen nicht: In der Wiege ihres Sohnes auf der Säuglingsstation eines Klagenfurter Krankenhauses liegt ein fremdes Kind. Doch niemand glaubt der jungen Mutter. Kommissar Rosners Freundin Alice liegt einige Zimmer weiter und gerät immer tiefer in den Sog der Ereignisse. Als sich Helene schließlich zu einer Verzweiflungstat hinreißen lässt, schreitet Rosner ein …